«Witzige und pointierte Dialoge.»
Badische Zeitung

«Macht auch außerhalb des Kurortdurchschnittsalters Spaß.»
Brigitte Young Miss

Edelgard Spaude, geboren in Freiburg im Breisgau, ist Lektorin und Autorin. Sie lebt und arbeitet heute bei Wien. «Mord im Kurpark» ist der Auftakt zu einer neuen Krimireihe.

Edelgard Spaude

Mord im Kurpark

Ein Schwarzwald-Krimi

Rowohlt Taschenbuch Verlag

2. Auflage März 2008

Veröffentlicht im Rowohlt Taschenbuch Verlag,
Reinbek bei Hamburg, Juli 2007
Copyright © 2007 by Rowohlt Verlag GmbH,
Reinbek bei Hamburg
Der vorliegende Band ist eine komplett
überarbeitete Neufassung von «Tod im Tarnzelt»
(Erstveröffentlichung 2005 im Rombach Verlag,
Freiburg i. Br.)
Redaktion: Werner Irro
Umschlaggestaltung any.way, Andreas Pufal
(Abbildung: Jeffrey Myers/Getty Images)
Satz Minion PostScript (InDesign) bei
Pinkuin Satz und Datentechnik, Berlin
Druck und Bindung CPI – Clausen & Bosse, Leck
Printed in Germany
ISBN 978 3 499 24550 3

Vorbemerkung

Alle Handlungen, Personen und Charaktere in diesem Roman sind frei erfunden. Sollte jemand Ähnlichkeiten feststellen, so wären diese rein zufällig und keinesfalls beabsichtigt. Einer der Figuren gehört die besondere Zuneigung der Autorin, weil deren erste Konturen auch in einer ganz besonderen Zeit und Situation entstanden und gezeichnet worden sind.

1.

Über der mächtigen Schildmauer der Burgruine, die sich behäbig auf dem Badenweiler Schlossberg breitmacht, wabert zu dieser frühen Morgenstunde der Nebel. Von hier aus hat man eine herrliche Aussicht auf das Markgräflerland bis hinüber zum Rhein. Aber heute liegt über allem ein undurchdringlicher weißer Schleier. Man sieht kaum die Hand vor Augen.

Auf den Straßen des Kurortes bewegt sich noch nichts, es beginnt eben erst zu dämmern. Ganz anders geht es in den alten und neuen Pensionen im Ort zu, in den Gasthäusern und Hotels. Hier herrscht schon rege Betriebsamkeit, zumindest in jenen, die in der glücklichen Lage sind, bereits im April so viele Gäste beherbergen zu können, dass es sich lohnt, das Haus offen zu halten. Selbst im ‹Römerbad› stöhnt man – wenn auch hinter vorgehaltener Hand – über die ständig sinkende Zahl der Gäste. Dabei genießt das Traditionshotel seit mehr als einem Jahrhundert das Privileg, erstes Haus am Platz zu sein. Illustre Gäste haben seit jeher den Weg in den südbadischen Kurort am Rand des Schwarzwaldes gefunden, und wer es sich leisten konnte, hat für seinen Aufenthalt das exquisite Ambiente des ‹Römerbads› gewählt. Durch seine Lage direkt am Kurpark und im Gegensatz zu dem kühl-modernen Bau des Kurhauses ist es nach wie vor ein malerischer Blickfang, auch wenn es von außen inzwischen ein wenig antiquiert und angestaubt wirkt.

Die Pension Oberle kann sich damit freilich nicht messen. Dafür garantiert sie eine familiäre Betreuung der Gäste. Mutter, Vater und Tochter Oberle tun ihr Bestes, damit die Gäste sich wohl fühlen. Sie haben sich längst daran gewöhnt, dass ihnen das nicht immer leichtgemacht wird. Zurzeit aber erleben sie mit einem ihrer Hausgäste allerdings einen wirklichen Tiefpunkt. In Zimmer Nr. 7 wohnt Silvio Gerstenbach, seines Zeichens Fotograf, der allen auf die Nerven geht mit seiner barschen, überheblichen Art und seiner felsenfesten Überzeugung, ein unbestrittener Star unter seinen Berufskollegen zu sein. Er plant, eine aufregende Serie von Tier- und Pflanzenmotiven zusammenzustellen, die er dann umfassend vermarkten will: auf Postkarten, als Bildband, als Kalender, sogar eine Veröffentlichung bei einem weltweit bekannten Magazin wie *Time Life* ist vorgesehen. Selbstverständlich will er seinem übersteigerten Selbstbewusstsein gemäß auch entsprechend hofiert werden.

Gerstenbach hat in seinem Zimmer, das eines der größeren in der Pension ist, binnen kurzem ein fast unübersehbares Chaos angerichtet, das das Zimmermädchen jeden Tag aufs Neue zur Verzweiflung treibt. Überhaupt wünscht er in jeder Hinsicht devot und privilegiert behandelt zu werden. Das beginnt schon früh am Morgen. Weit vor der üblichen Zeit sitzt er im Frühstücksraum, weil er schon im Morgengrauen «in die Natur aufbrechen» will. Voraussetzung dafür ist selbstverständlich ein üppiges Buffet, das all seinen kulinarischen Vorlieben gerecht wird.

Als Zuständige für das Frühstück ist Sonja Oberle, die Tochter des Hauses, immer die Erste, die mit Gerstenbachs Forderungen und Beschwerden konfrontiert wird. «Warum muss ich so lange warten, bis der Kaffee endlich kommt!» Dabei wird er ihm umgehend frisch kredenzt. «Der Kaffee ist nicht heiß genug.» Der Kaffee ist kochend heiß. Auch das Essensangebot erscheint ihm nicht ausreichend. «Weshalb gibt es nur zwei Sorten Schinken! Ich dachte, wir sind hier im Schwarzwald, wo es jede Menge davon gibt. Sind im Korb womöglich noch Brötchen von gestern?» Sie sind natürlich alle frisch. «Ich verlange, dass das Zimmer sauber gemacht wird, während ich hier frühstücke! Ich zahle schließlich genug!»

Längst betet Sonja im Geist all die Vorwürfe herunter, die gleich wieder auf sie niederprasseln werden. Währenddessen verteilt sie sorgfältig in der Küche Marmelade in die verschiedenen kunstvoll gearbeiteten Keramiktöpfchen, die alle aus einer Zeit stammen, als im einige Kilometer entfernten Kandern in vielen Familien noch das Töpferhandwerk ausgeübt wurde.

Sonja hatte schon öfter mit anspruchsvollen Gästen zu tun gehabt, aber mit solch einem Widerling noch nie. Da er sich für mehrere Wochen in der Pension eingemietet hat, kann man ihn auch nicht in die Schranken weisen, ganz davon zu schweigen, ihm einfach das Logis aufzukündigen. Die Familie kann die Einnahmen gut gebrauchen.

Sonja seufzt tief. Weshalb ist man nur auf solche Leute angewiesen! Seine riesige schwarze Tasche, die er immer zum Frühstück mitbringt, füllt er hemmungslos in – wie er meint – unbeobachteten Momenten mit Vorräten vom Buffet auf: Brötchen, Wurst, Käse, Obst, ein richtiges Sortiment. So ist er bis zum Abend versorgt und muss nichts mehr kaufen. Sogar der Behälter mit dem Duschgel in seinem Badezimmer ist jeden zweiten Tag komplett leer, wie Maria, das Zimmermädchen, immer wieder empört berichtet. Das scheint er abzufüllen, um sich einen Vorrat für zu Hause anzulegen.

Wie gern hätte Sonja diesem Silvio Gerstenbach, den sie richtiggehend schmierig findet, wozu auch sein leicht aufgedunsenes Gesicht beiträgt, wenigstens ein einziges Mal in aller Deutlichkeit die Meinung gesagt: dass sie hier nicht blöd sind, dass sie alle seine Frechheiten und Übergriffe sehr wohl registrieren. Doch der Vater hat strikte Anweisung gegeben, trotz allem höflich und freundlich zu bleiben, denn ein Fotograf komme schließlich viel herum, und da könnte es sein, dass er Schlechtes über die Pension verbreitet. Und das wiederum könnte sich negativ auf die Zimmerbuchungen auswirken. Sonja glaubt das zwar nicht, denn sie haben eine ganze Reihe treuer Stammgäste, aber sie traut sich nicht, schon wieder gegen die väterliche Autorität anzugehen.

Das Stillhalten fällt ihr jedoch schwer, sie würde überhaupt gern vieles ganz anders machen. Das beginnt bei der Speisekarte, die für ihren Geschmack zu provinziell ist, und reicht bis zur Einrichtung, die sie als schrecklich bieder empfindet. Die gepolsterten Stühle, die schweren Eichentische und die wallenden weißen Gardinen an den Fenstern entsprechen überhaupt nicht ihrem Geschmack. Sie hätte es gern etwas moderner und peppiger, findet das gesamte Ambiente spießig, eine oft geäußerte Kritik, der die Eltern jedoch mit völligem Unverständnis begegnen. Solche Veränderungen passen nicht in ihre festgefügten Vorstellungen von badischer Gemütlich- und Gastlichkeit. Mit ihren Einwänden und Neuerungsvorschlägen hat Sonja daher keinen Erfolg. Sie steht auf einsam-verlorenem Posten gegen die geschlossene Elternfront, die ihrerseits der Tochter ständige Nörgelei vorwirft.

Solche Gedanken gehen ihr auch heute Morgen durch den Kopf, während sie im Frühstücksraum sitzt und sich ärgert, dass sie so früh aufgestanden ist, während der Herr Fotograf offenbar verschlafen hat.

Allmählich wird es im Haus ein wenig lauter. Man hört leises Wasserrauschen von den Duschen und Toilettenspülungen, die erste Tür klackt. Herbert Fehringer ist vor allen anderen Gästen stets der Erste, der zum Frühstück erscheint und daher hautnah das Szenario mitbekommt, das Gerstenbach Tag für Tag aufführt.

Mit einem fröhlichen, ausgeschlafenen und lauten «Morgääään» hält er, heute sogar noch vor dem Fotografen, Einzug. Fehringer ist sein ganzes Leben lang früh aufgestanden. Er hat auf dem Freiburger Münstermarkt gemeinsam mit seiner Frau einen Bratwurststand geführt und die berühmte Freiburger «Rote» verkauft. Seine sind immer die Besten gewesen. Das war weit und breit bekannt, manchmal wurden sie sogar richtiggehend als touristischer Geheimtipp gehandelt. Ferien zu machen war dem Ehepaar Fehringer nicht oft vergönnt gewesen. So hatte sich Gundi, seine immer noch ausgesprochen hübsche Frau, riesig gefreut, als Herbert ihr vorgeschlagen hatte, nach seinem sechzigsten Geburtstag den Laden einfach dicht zu machen. Dank des jahrzehntelangen Fleißes konnten sie es sich schließlich leisten. Endlich ausschlafen, hatte Gundi frohlockt, nie mehr morgens um halb vier vom Wecker aus dem Schlaf gerissen werden, dafür abends ins Kino gehen können oder sonst etwas unternehmen. Und nie mehr am Nachmittag Unmengen von Zwiebeln schälen, nie mehr stundenlang den Fettgeruch einatmen müssen, nie mehr verzweifelt, aber erfolglos versuchen, den Bratgestank aus den Haaren zu waschen. Gundi war selig gewesen.

Einige ihrer Hoffnungen sind auch wirklich in Erfüllung gegangen, nicht aber der größte Wunsch, ungestört ausschlafen zu dürfen. Herbert ist nach wie vor in aller Herrgottsfrühe putzmunter. Von dem Moment an, in dem er die Augen aufschlägt, beginnt er ein fröhliches Gespräch mit seiner Gundi. Das heißt, er versucht es, denn Gundi ist meist nicht zu bewegen, ihren Teil zur Unterhaltung beizutragen. Also beschränkt sich Herbert auf ausgedehnte Monologe, was seine morgendliche gute Laune keineswegs beeinträchtigt.

In der Pension Oberle erscheint er stets in bester Stimmung zum Frühstück, ohne Gundi, die sich noch mindestens zweimal im Bett umdreht. Sie ist dankbar dafür, dass Herberts Hunger und sein Kommunikationsbedürfnis schon zu so früher Stunde gestillt werden und sie ihre Ruhe hat. Sonja mag Herbert Fehringer sehr, weil er gleichbleibend freundlich ist und ihre Arbeit zu schätzen weiß.

«Na, geht's gut heute Morgen?», begrüßt er die Oberle-Tochter und fährt gleich selbst freudig fort: «Oh, schon alles wieder so schön hergerichtet. Da läuft einem ja das Wasser im Mund zusammen. Vielen Dank.»

Sonja, die wie immer ein Dirndl trägt – auch dies nicht freiwillig, sondern auf ausdrücklichen Wunsch der Eltern, die überzeugt sind, dass ihre auswärtigen Gäste eine solche Kleidung erwarten, wenn sie im Schwarzwald Urlaub machen –, seufzt schon wieder. «Sie freuen sich wenigstens daran, aber der Mistkerl Gerstenbach meckert immer nur.»

Bei Würschtle-Herbert, wie sie ihn in der Familie heimlich nennen, braucht Sonja kein Blatt vor den Mund zu nehmen. Sie weiß, dass er den Fotografen genauso wenig leiden kann. Und das hat seinen Grund. Denn Gerstenbach kann es nicht lassen, Herbert Fehringer unablässig zu verstehen zu geben, dass er in seiner Eigenschaft als Künstler etwas weit Besseres ist als jemand, der sein Leben mit derart Vulgärem wie dem Braten von Würsten zugebracht hat. Die höheren Ambitionen eines Silvio Gerstenbach ändern jedoch nichts daran, dass Würschtle-Herbert mit seiner profanen Tätigkeit nicht nur finanziell unabhängig, sondern sogar richtig wohlhabend geworden ist, wovon der Möchtegern-Starfotograf nur träumen kann.

Würschtle-Herbert lässt sich von so jemandem nicht «an den Karren fahren», wie er es nennt. Und so kommt es fast täglich zu einem giftigen verbalen Schlagabtausch zwischen zwei kampfbereiten Gegnern. Glücklicherweise bleiben die anderen Gäste davon verschont. Wenn sie zu weniger nachtschlafener Zeit zum Frühstück erscheinen, haben die beiden Kontrahenten ihre morgendliche Mahlzeit und die gegenseitigen Sticheleien und Boshaftigkeiten längst beendet.

Heute zeigt sich auch Sonja fest entschlossen, sich nichts gefallen zu lassen. Sie wird zwar versuchen, höflich zu sein, wenigstens einigermaßen, aber beschimpfen lassen will sie sich nicht mehr.

«Was meinen Sie, Herr Fehringer, ich könnte ihm wenigstens sagen, dass er so ein Frühstück wie bei uns für das Geld nirgendwo kriegt, oder?»

«Ja, das stimmt schließlich auch. Sagen Sie ihm ruhig gehörig Bescheid, ich helfe Ihnen schon. Keine Angst, den Maulhelden kriegen wir klein.»

Beide reden sich in Kampfesstimmung, schaukeln sich gegenseitig ein bisschen hoch und warten gespannt und voller Energie auf das Erscheinen des Fotografen. Doch Silvio Gerstenbach tut ihnen den Gefallen nicht. Er lässt sich einfach nicht blicken. Und das können sie ihm nun wirklich nicht übelnehmen, denn zu diesem Zeitpunkt liegt er schon eine geraume Weile mausetot unter seinem Tarnzelt an einem verschwiegenen Plätzchen des Badenweiler Kurparks.

2.

Gegen acht Uhr an diesem Dienstagmorgen schließt Tanja Sommer, Mitte zwanzig, dunkelhaarig, schlank und recht attraktiv, gedankenverloren ihren Schreibtisch auf, der sich im Dienstleistungsbereich der Schweizerischen Hypotheken- und Handelsbank in Zürich befindet. Sie arbeitet noch nicht lange hier, ist noch in der Probezeit. Und obwohl sie schon deshalb ihre ganze Konzentration auf die Aufgaben richten sollte, die auf sie warten, beschäftigt sie sich in Gedanken weit mehr mit ihrem Besuch am vergangenen Wochenende in Badenweiler. Sie hatte sich mit ihrem Freund Silvio gestritten, nachdem dieser ihr wie schon so oft eine lange Liste in die Hand gedrückt hatte, auf der Punkt für Punkt notiert war, was sie für ihn erledigen sollte.

Sie kennt den Fotografen seit etwas mehr als drei Monaten, damals hatte sie sich Hals über Kopf in ihn verliebt. Er hatte ihr gefallen mit seinen blauen Augen und den hellblonden Haaren, die allerdings meist ungewaschen zusammenklebten. Zaghaft versuchte sie ihm beizubringen, dass sie es sehr schätzt, wenn er jeden Morgen die Dusche frequentiert.

Seine bestimmende Art, etwas durchzusetzen und sich völlig sicher zu sein in dem, was er will, hatte ihr anfangs unglaublich imponiert. Hier war jemand, der wusste, wo es langgeht und wie man das Leben anpacken muss. An ihn konnte sie sich anlehnen. Dass er fast sofort begonnen hatte, sie mit Aufträgen zu überhäufen, verbuchte sie zunächst auf das Konto Gemeinsamkeit und den guten Willen, sich gegenseitig zu helfen. Allmählich aber musste sie einsehen, dass seine Hilfs- und Opferbereitschaft ihr gegenüber entschieden weniger ausgeprägt, um nicht zu sagen gar nicht vorhanden war. Ihre Gutmütigkeit und Gutgläubigkeit haben deshalb inzwischen ziemlich gelitten. Mehr noch, sie spürt, wie er ihr seit kurzem mit seinen dauernden Forderungen gehörig auf die Nerven geht.

Was hatte er ihr wieder aufgeschrieben? «1. Sämtliche Adressen von Verlagen heraussuchen, die solche und ähnliche Bücher publizieren, wie ich es plane. 2. Nach Sponsoren suchen, die meine Arbeit fördern. 3. Unbedingt bei deiner Bank nachfragen und denen klarmachen, dass es sich lohnt, mich zu sponsern. 4. Eine genaue und ausführliche Begründung für Sponsoren formulieren; ausdrücklich auf die Vorteile verweisen, die sie durch mich haben ...» Es folgt eine lange Einkaufsliste von Fotomaterialien, die – selbstverständlich umgehend – zu besorgen sind. Damit kennt Tanja sich inzwischen aus, das hat sie schon öfter gemacht. Die Begleichung der Rechnungen hat Silvio stets großzügig ihr überlassen. Ihn daran zu erinnern war ihr peinlich gewesen. Sie hatte sich damit begnügt, die Kassenzettel unübersehbar zu den Einkäufen zu legen, er aber hatte die Quittungen ungerührt und unbeachtet stets zur Seite geschoben.

Klatsch. Geräuschvoll fällt der Aktenberg von Tanjas Schreibtisch auf den Boden. Alles liegt durcheinander. Verdammt, jetzt muss sie die ganzen Stapel neu ordnen, lauter fliegende Blätter! Die Kollegen in ihrer Umgebung recken die Hälse, ohne dass einer auf die Idee käme, ihr zu helfen.

«Ich hatte schon öfter um etwas mehr Sorgfalt gebeten, Fräulein Sommer, odrrr?» Dass in diesem Moment ausgerechnet der dämliche Bührli, ihr unmittelbarer, stets überkorrekt gekleideter Vorgesetzter, vorbeikommen muss! Sie hat ihn noch nie leiden können, vom ersten Tag an nicht. Hauptsächlich deshalb, weil er sie unablässig mit einem betonten «Fräulein» anspricht und an fast jeden Satz das typische «odrrr?» anhängt. Tanja versucht sich zusammenzureißen. Doch schon im nächsten Augenblick wandern ihre Gedanken wieder zu Silvio. Hat sie irgendetwas falsch gemacht oder übersehen?

Anfangs hatte sie sich nur ein bisschen mokiert über den schroffen Ton, den er ihr gegenüber anschlug. Sie hatte das vor sich selbst damit gerechtfertigt, dass er wahrscheinlich wieder einmal wenig Zeit hatte und müde war von seiner Arbeit, die ihn tagelang in diesem niedrigen, stickigen dunkelgrünen Tarnzelt festhielt, von dem aus ihm seine außergewöhnlichen Tierfotografien glückten. Sie wollte ihm helfen, so gut sie konnte. Oft genug hatte sie sich allerdings in der letzten Zeit über seinen ausgeprägten Egoismus geärgert. Alles musste ausnahmslos so gehen, wie er wollte. Es gelang ihr immer weniger, ihre Zweifel an dieser Form von Zweisamkeit zu verdrängen.

«Am liebsten würde ich zu dir ziehen, zumindest vorübergehend», hatte er ihr schon am zweiten Abend zärtlich zugeflüstert. Und sie war so vernarrt gewesen, dass sie sich in diesem Augenblick nichts Schöneres hatte vorstellen können und nur noch gehaucht hatte: «Nimm deine Koffer und komm.» Als am übernächsten Tag sein alter grauer Campingbus vor dem Mietshaus hielt, in dem sie wohnte, hatte sie sogar vor Freude gezittert. Der Bus war bis unters Dach voll gewesen mit Fotoausrüstungen, Kisten und Kästen und sonstigem Gepäck, ihre kleine Wohnung konnte den ganzen Kram kaum fassen. Seit er sich eingenistet hatte, war die Ordnung und Heimeligkeit, mit der sie sich eingerichtet hatte, dahin. Die mit so viel Sorgfalt ausgesuchten neuen Möbel verschwanden fast völlig unter seinen Utensilien. Auf die Idee, das Frühstücksgeschirr abzuräumen, wenn sie morgens spät dran waren, kam er nie. Abends fand sie den Küchentisch so vor, wie sie ihn eilig verlassen hatte, um pünktlich in der Bank zu sein, damit sie Bührli nicht unnötig Anlass gab für einen seiner sehr dezidiert formulierten Tadel. Aufräumen, putzen, waschen – alles ist selbstverständlich ihre Sache. Allmählich fühlt sie sich wie ein braves Frauchen aus dem Werbefernsehen der sechziger Jahre, dessen Lebensinhalt allein darin besteht, sich widerspruchslos unterzuordnen. Fehlt nur noch, dass ich mit den Pantoffeln an der Tür stehe, dachte sie manchmal und war wütend über sich selbst. Wo war ihre Selbständigkeit geblieben, auf die sie schon beharrt hatte, als sie noch in die Schule ging? Sie hatte sich immer getraut, den Mund aufzumachen, wenn ihr etwas nicht passte, oder war über ihre Freundinnen hergezogen, wenn die sich einen Macho geangelt hatten. Und was machte sie jetzt? Hundertmal hatte sie sich schon vorgenommen, endlich mit der Faust auf den Tisch zu hauen. So ging es nicht weiter.

Alles musste von langer Hand geplant sein, was sie hasste. Und wehe, sie wich davon ab. Er sah es gar nicht gern, wenn sie sich zum Beispiel abends, nachdem sie das große graue Gebäude der Bank endlich verlassen konnte, mit Freunden auf ein Glas Wein oder Bier in einer Kneipe treffen wollte. Dabei war es für sie recht schwierig gewesen, sich aus dem Nichts heraus als Deutsche in der Schweiz einen kleinen Bekanntenkreis aufzubauen. Sie tat sich ein wenig schwer damit, unbefangen auf Fremde zuzugehen.

Jetzt galt es auf einmal, tausenderlei Dinge zu erledigen: einkaufen, kochen, rechtzeitig Bescheid geben, wann sie kam und wohin sie ging, alles perfekt und minutiös geplant.

So war sie im Grunde ganz froh gewesen, als das Markgräfler Projekt eines Abends bei ihr zu Hause diskutiert wurde. Silvio wollte in diesem idyllischen Landstrich Naturmotive fotografieren und dann einen Bildband daraus machen. Das bedeutete erst einmal eine Art Beziehungspause. Das war nicht schlecht.

Silvio hatte in Michael Schüren einen Partner gefunden. Schüren war ebenfalls begeisterter Fotograf – in Silvios Augen selbstverständlich längst nicht so gut wie er selbst, aber immerhin – und verfügte durch seinen eigentlichen Beruf als

Pharmareferent über gute Kontakte zu entsprechenden Firmen, das heißt zu potenziellen Geldgebern. Silvios Arbeiten, die teilweise wirklich ganz passabel waren, kannte Schüren von früher. Und wenn man es genau nahm, war das Projekt dessen Idee gewesen. Schüren wollte Silvio «eine neue Chance geben», wie er es formulierte. Tanja wollte von Silvio später natürlich wissen, was Schüren damit gemeint habe, aber es kam nur die barsche Antwort, sie solle sich nicht um Dinge kümmern, von denen sie sowieso nichts verstehe. Trotz dieser deutlichen Abfuhr hatte sie noch mehrmals nachgefragt, jedoch immer nur ausweichende oder rüde Entgegnungen erhalten. Mit der Zeit wurde es ihr dann zu dumm. Sollte er sich um seinen Mist eben selber kümmern.

«Also wirklich, Fräulein Sommer! Hätten Sie vielleicht die Güte, ans Telefon zu gehen?» Schon wieder schnarrt Bührlis Stimme herüber.

Ich muss mich zusammenreißen, denkt Tanja und nimmt den Hörer ab. Ein Mensch, dessen Namen sie nicht versteht, will etwas über Kontokorrentzinsen wissen. Was hat sie damit zu tun, das ist nicht ihr Bereich. Erleichtert drückt sie eine Taste, um den Kunden weiterzuverbinden. Offenbar hat sie die falsche erwischt, das fällt ihr aber erst auf, als der Ton aus dem Hörer signalisiert, dass sie das Gespräch abgewürgt hat. Auch egal, wenigstens hat der Bührli das nicht mitgekriegt.

Michael Schüren hatte sowohl das Konzept für das Markgräfler-Projekt entworfen als auch Silvio für seine Idee zu begeistern versucht, dem Ganzen eine etwas anspruchsvollere Note zu verleihen.

«Weißt du, Silvio, wir könnten jetzt, wo die Esoteriker und Alternativen für sich Feld und Wald entdeckt haben und ‹Zurück zur Natur› schreien, die Fotos mit entsprechenden Texten würzen. Dann bekommen wir auch diejenigen als Käufer, die nicht nur Bilder gucken wollen. Wir koppeln die Fotografien einfach mit Zitaten, zum Beispiel von Rousseau und Goethe oder so. Ich bin sicher, dass wir damit erheblich mehr Käufer finden.»

Tanja fand die Idee prima, aber Silvio war nicht dafür zu haben. Was sollte dieser Schwachsinn? Die Leute sollten seine hervorragenden Bilder anschauen und würdigen und nicht davon abgelenkt werden. Und überhaupt: Er fand die Idee saublöd. «Nicht mit mir. Wir erklären, was auf den Bildern zu sehen ist und damit basta. Du hast doch Biologie studiert, oder», blaffte er Schüren an.

«Ich bin mir ganz sicher, dass wir mit meinem Konzept mehr Bücher verkaufen», versuchte Michael Schüren weiterhin den Partner zu überzeugen.

Die beiden Meinungen waren aufeinandergeprallt und führten bald zu einer lautstarken Auseinandersetzung, die Tanja geduldig versucht hatte, in ruhigere Bahnen zu lenken. Schließlich war die Textfrage vertagt worden, weil Michael auf seiner Idee beharrte und Silvio zu Recht fürchtete, ihn als Partner und damit auch dessen aussichtsreiche finanzielle Verbindungen zu verlieren.

In Wahrheit stand aber noch etwas ganz anderes hinter der Sache. Michael hatte erzählt, dass er vom amerikanischen *Time Life Magazine* einen großen Auftrag in Aussicht gestellt bekommen habe, der kurz vor dem Abschluss stand: eine Deutschland-Reportage, die alle Sehenswürdigkeiten vorstellen sollte, die amerikanische und japanische Touristen bei ihrem Trip nach good old Germany zu sehen erwarteten. Silvio war sofort überzeugt, dass Michaels künstlerisch-fotografische Fähigkeiten hierfür bei weitem nicht ausreichen. Das musste unbedingt er selbst in die Hand nehmen. Brauchte der Schüren ja nicht gleich zu erfahren. Ein ausgiebiger warmer Geldregen war genau das, was ihm fehlte. Bereits die Spesen waren reichlich bemessen. Er wollte diesen Auftrag unbedingt für sich selbst an Land ziehen und seinen Partner ausbooten. Aus diesem Grund hatte Silvio im Lauf der Auseinandersetzung vorsichtshalber ein wenig eingelenkt. Auf einen misstrauischen Michael Schüren konnte er bei seinem Vorhaben gut verzichten.

«Fräulein Sommer, es reicht!» Der scharfe Ton lässt Tanja hochschrecken. Was war jetzt schon wieder los? Ach du liebe Güte, sie hat, ohne es zu merken, die Kaffeetasse umgestoßen, der Inhalt fließt nun gemächlich quer über den Schreibtisch. Ein Glück, dass die Tastatur des Rechners nichts abbekommen hat. Mit einer ganzen Packung Papiertaschentücher versucht Tanja, die Ausdehnung des braunen Sees einzudämmen, bevor sie in den Waschraum geht, um nach einem Putzlappen zu suchen. Der kurze Ausflug gibt ihr wenigstens Gelegenheit, ihren Gedanken noch eine Weile nachzuhängen, ohne dass es zu weiteren Katastrophen kommt oder Bührli merkt, dass sie nicht bei der Sache ist.

Tanja hat jenen Abend, als es zum Streit zwischen Silvio und Michael gekommen ist, in sehr unguter Erinnerung. Immerhin glaubt sie, dass es ihr Verdienst war, die beiden Kampfhähne halbwegs zur Vernunft gebracht zu haben. Sie hatten sich am Ende darauf geeinigt, dass Silvio zunächst einmal beginnen sollte, im Markgräflerland, in der Gegend um Badenweiler, zu fotografieren. Michael würde sich unterdessen auf die Suche nach Geldgebern machen. Dass dieser Waffenstillstand in Wirklichkeit auf dem berechnenden Plan Silvios beruhte, das amerikanische Projekt an sich zu reißen, ahnt sie nicht.

Dummerweise hat sie in ihrer Naivität Silvio von ihrem Bruder Berni erzählt, der Briefträger in Badenweiler ist. Silvio hatte sofort eingehakt und kurzerhand erklärt, in der Zeit, die er für die Fotoaufnahmen brauchte, bei ihm wohnen zu wollen. Er verlangte – und ließ auch keinen Widerspruch zu –, dass Tanja bei Berni anrief, um das zu klären. So gut es ging, hatte sie sich gewunden, denn sie kannte ihren Bruder. Wenn dem etwas nicht passte, konnte er unglaublich ausrasten. Berni und Silvio in einer Wohnung, das war ein Gedanke, bei dem ihr angst und bange wurde. Mord und Totschlag könnte das geben. Aber letztlich hatte sie vor Silvios Entschiedenheit kapituliert und Berni angerufen.

Wie sie befürchtet hatte, war sie auf Granit gestoßen. Berni war nicht im mindesten gewillt, in der kleinen Badenweiler Wohnung, die er zusammen mit seiner Freundin Barbara bewohnte, jemanden zu beherbergen, den er nicht kannte. Und diesen spinnerten Fotografen, von dessen Marotten ihm seine Schwester berichtet hatte, schon gar nicht. Mehrmals hatte er ihr wütend vorgehalten, dass sie nur ausgenützt werde, was Tanja damals aber lieber überhört hatte. Sie sah überhaupt keinen Anlass, sich auch noch von ihrem Bruder maßregeln zu lassen. So war das Einzige, was sie bei Berni erreichen konnte, seine zähneknirschende, nur maulend gegebene Zusage, sich bei den Oberles, die er gut kannte, zu erkundigen, ob sie einem Gast, der über einen längeren Zeitraum bleiben wollte, einen Nachlass für die Übernachtungen einräumten. Dies wiederum ärgerte Barbara, die auf Sonja eifersüchtig war, weil sie Berni und die Oberle-Tochter im Verdacht hatte, ein Verhältnis miteinander zu haben. Schließlich aber war Silvio zu einem ermäßigten Übernachtungspreis in der Pension Oberle gelandet.

3.

In ebendieser Pension geht an diesem Montag alles seinen gewohnten Gang. Sonja ist heilfroh, dass ihr der ungeliebte Dauermeckerer erspart geblieben ist. Gleichwohl wundert sie sich zusammen mit Würschtle-Herbert, weshalb der Fotograf nicht zum Frühstück erschienen ist. Auf etwas zu verzichten, worauf er Anspruch hat, entspricht ganz und gar nicht seiner Art.

«Vielleicht ist er ja ohne Frühstück aufgebrochen», überlegt Fehringer. Aber diese Möglichkeit verwirft Sonja.

«Unmöglich. Der Schlüssel, mit dem die Haustür abends von innen abgeschlossen wird, steckte noch. Ich habe vorhin erst aufgeschlossen. Und aus dem Fenster wird er kaum geklettert sein.»

Seltsam!

Während Sonja und ihre Mutter später die Reste des Frühstücksbuffets beseitigen, die Küche in Ordnung bringen und die ersten Vorbereitungen für das Mittagessen treffen, beginnt Maria, die Zimmer der wenigen Gäste, die derzeit bei den Oberles logieren, aufzuräumen und zu putzen.

Maria ist vor langer Zeit aus Simonswald, dem «Vaterunsertal», wie sie ihre Schwarzwälder Heimat etwas boshaft bezeichnet, nach Badenweiler gezogen. Sie ist nie schlecht gelaunt, zu allen freundlich und in den vielen Jahren fast zu einem Familienmitglied der Oberles geworden. Besonders mit Sonja versteht sie sich hervorragend. Anfangs hatte Maria eine etwas eigene Auffassung von Sauberkeit in Bezug auf ihre Tätigkeit gehabt. War es wirklich notwendig, dass man alles, selbst in den hintersten Ecken, tagtäglich so akribisch putzte, bis auch das letzte

Staubkörnchen entfernt war? Sie war in dieser Hinsicht um einiges großzügiger als Frau Oberle. Diese wiederum dachte nicht im Traum daran, von ihren Prinzipien abzuweichen. In der ihr eigenen energischen Art war es ihr recht bald gelungen, die neue Angestellte ohne viel Umschweife von ihrem Standpunkt zu überzeugen.

Weil in Zimmer Nr. 7 niemand auf ihr Klopfen reagiert, wartet Maria noch etwas ab, um den stets übelgelaunten Gast, den sie ebenso wenig leiden kann wie Sonja, nicht zu stören und ihm keine Gelegenheit zu geben, sie in Grund und Boden zu keifen.

Nachdem sie gegen Mittag aber alle bewohnten Zimmer, die Flure und das Restaurant gründlich gereinigt und gemeinsam mit Sonja das Gemüse für das Mittagessen vorbereitet hat, klopft sie nochmals kräftig an die Zimmertür von Nr. 7. Keine Reaktion. Es bleibt ihr nichts anderes übrig, als die Tür mit dem Generalschlüssel zu öffnen. Überrascht bleibt sie stehen. Alles ist noch genau wie gestern, als sie das Zimmer verlassen hat. Das Bett ist offensichtlich nicht benutzt worden, im Bad hat sich nichts verändert. Die frischen Handtücher hängen noch sorgfältig gefaltet, der Duschgelbehälter ist halbvoll – ein Zustand, der auf Marias Entscheidung beruht, ihn nur mehr zur Hälfte nachzufüllen.

Maria geht hinunter in die Küche, um von ihrer Entdeckung oder vielmehr von dem Nicht-Entdeckten zu berichten. «Stellen Sie sich vor, der Fotograf ist heute Nacht nicht nach Hause gekommen. Alles ist wie gestern.»

Dass die Oberles sonderlich berührt wären von dieser Mitteilung, kann man nicht behaupten, aber als Besitzer der Pension fühlen sie sich verpflichtet, über das Wohl ihrer Gäste zu wachen. Sonja wünscht den Querulanten zwar zum Teufel, aber sie hütet sich, das laut zu sagen. Von der tiefen, innigen Einigkeit in der Abneigung gegen Gerstenbach, die

Maria, Sonja und Würschtle-Herbert verbindet und alle drei im Geheimen nach Kräften über ihn schimpfen lässt, haben die Oberle-Eltern glücklicherweise keine Ahnung. Auch nicht davon, dass inzwischen – und das ist das Verdienst von Würschtle-Herbert – der halbe Ort weiß, welch einen Stinkstiefel sie beherbergen.

An diesem Nachrichtenfluss hat auch Berni in seiner Eigenschaft als Briefträger gehörigen Anteil. Ihm war dieser Gerstenbach von Anfang an suspekt. Da ihm naturgemäß das alles akzeptierende und verzeihende Verständnis fehlt, das seine Schwester ihrem neuen Freund zu Beginn ihres Verhältnisses entgegengebracht hat, festigte sich das zunächst unterschwellige und dann offen gezeigte Misstrauen rasch und verwandelte sich – stetig genährt durch Sonja Oberles Wutanfälle – in heftigste Abneigung.

Gemeinsam steigt die Familie die Stufen hinauf, um sich selbst von dem zu überzeugen, was Maria berichtet hat. Tatsächlich, nichts ist im Zimmer angerührt worden. Während sie noch ratlos in der geöffneten Tür stehen, kommt Herbert Fehringer den Flur entlang. Sonja teilt ihm sofort aufgeregt die Neuigkeit mit.

«Stellen Sie sich vor, Herr Fehringer, der blöde Gerstenbach ist verschwunden.» Der ‹blöde Gerstenbach› trägt ihr einen solch giftigen Blick des Vaters ein, dass sie sicher sein kann, nachher einen kräftigen Rüffel einstecken zu müssen, wenn sie unter sich sind.

Das Interesse und die Neugier von Würschtle-Herbert hingegen sind geweckt.

«Ja, hat er nicht gesagt, dass er über Nacht wegbleibt?»

«Nein, er ist gestern nach dem Frühstück mit seiner ganzen Ausrüstung losgezogen. Sie haben sich doch noch mit ihm unterhalten.»

Was Sonja ‹unterhalten› nennt, ist freilich eine sehr zurückhaltende Umschreibung für das Wortgefecht, das sich der Fotograf und Würschtle-Herbert während des Frühstücks geliefert hatten. Wie immer war es darum gegangen, dass Gerstenbach etwas auszusetzen und sein Kontrahent – selbst wenn der Fotograf im Recht gewesen wäre – sich aus purer Opposition gegen ihn gestellt hatte. Diesmal waren dem empfindlichen Gaumen des Fotokünstlers die angebotenen Wurstsorten zu fett erschienen. Mit dieser Kritik war er bei Würschtle-Herbert an den Richtigen geraten. Lautstark hatte der ihn über den nicht vorhandenen Fettgehalt der verschiedenen Sorten aufgeklärt, und zwar so nachdrücklich, dass Sonja schnell die Tür zum Frühstücksraum geschlossen hatte, damit die anderen Gäste nichts davon mitbekamen.

«Ja, dann müssen wir etwas tun», erklärt nun Herbert Fehringer entschieden. In seinen Augen funkelt es unternehmungslustig. Endlich ist etwas los. Auch wenn es nur die Suche nach einem Fotografen ist, der woanders übernachtet hat. Immerhin vielleicht eine pikante Affäre, über die es sich lohnte, in der Stammkneipe zu ‹diskutieren›, wie Herbert Fehringer dies freundlich umschreibt.

Ansonsten ist die Kur, zu der ihn sein Orthopäde der lädierten Bandscheiben wegen verdonnert hatte, in dem zu dieser Jahreszeit traurigen Nest nur langweilig. Nicht einmal die regelmäßigen Aufenthalte im ‹Waldhorn›, mittlerweile seine Stammkneipe, bringen wirklich Abwechslung. Nach drei Wochen Kur gibt es schlicht keine Neuigkeiten mehr. Das Leben der wenigen Gäste, die jetzt im April kuren, ist vom Unterhaltungswert her gesehen nicht ertragreich, und Sensationen, selbst kleine, bescheidene, sind nicht zu erwarten. In der mit dem Computer ausgedruckten Kurzeitung kann man zwar die Namen derer finden, die in den Hotels wohnen, doch ein Promi ist nie darunter. Außerdem verirrt sich von den ‹vornehmeren› Gästen bestimmt keiner ins ‹Waldhorn›.

«Wir sollten die Polizei benachrichtigen», schlägt Frau Oberle besorgt vor. Doch ihr Mann ist skeptisch.

«Meinst du nicht, dass das ein bisschen voreilig ist? Vielleicht hat der nur bei irgendeiner neuen Freundin übernachtet, die er hier kennengelernt hat. Dann blamieren wir uns erbärmlich. Womöglich macht er uns auch noch Vorwürfe, dass wir uns in sein Privatleben einmischen.»

Würschtle-Herbert ist da ganz anderer Meinung. Ein solches Vorgehen ist ihm entschieden zu unspektakulär. Wenn der woanders übernachtet und nicht Bescheid gesagt hat, soll er ruhig seinen Denkzettel kriegen. Das kann er aber in dieser Form bei den Oberles nicht anbringen, deshalb argumentiert er ein wenig raffinierter.

«Wenn wir die Polizei benachrichtigen, haben wir uns nichts vorzuwerfen. Nachher liegt der irgendwo mit gebrochenem Bein oder sonst was im Wald und verklagt uns alle, weil wir uns nicht um ihn gekümmert haben. Unterlassene Hilfeleistung und so weiter.»

Das leuchtet ein.

«Also gut, ich rufe beim Polizeiposten an», gibt sich Vater Oberle geschlagen, und gemeinsam ziehen alle zum Telefon, Würschtle-Herbert selbstverständlich im Schlepptau der familiären Solidargemeinschaft.

Alle stehen um Vater Oberle herum, als der mit seinem Stammtischbruder, dem Holzer Toni, telefoniert, der heute auf der Badenweiler Polizeistation Dienst hat.

«Ja, Toni, seit gestern früh … Was? … Nein, ist noch nie vorgekommen … Eine Freundin? Ja, es war eine junge Frau da, am Wochenende, die Schwester vom Berni … Ja, der Briefträger. Jetzt frag nicht so blöd, du kennst ihn doch. Über den ist auch die Vermietung gelaufen. Am Sonntag ist die Frau aber, glaub ich, wieder abgefahren … Ja, sie hat bei ihm übernachtet. Ich hab mir noch überlegt, wie ich dem klarmache, dass er für zwei Nächte ein Doppelzimmer zahlen muss ... Ich glaub nicht, dass er hier jemanden kennt ... Ich glaub, er legt keinen Wert auf Kontakt.»

An dieser Stelle nickt Würschtle-Herbert heftig mit dem Kopf. Ins ‹Waldhorn›, wo Kontakt gewährleistet wäre, ist der Fotograf nie gekommen.

«Streit? Weiß ich nicht. Der netteste Zeitgenosse ist er nicht ... Seit ungefähr drei Wochen wohnt er jetzt hier ... Was? ... Was sollen wir abwarten? ... Moment. Ja, was ist denn?»

Herbert Fehringer gestikuliert heftigst, er will selbst mit der Polizei sprechen. Energisch reißt er das Telefon an sich.

«Hier ist Herbert Fehringer, ich bin Gast bei den Oberles, fast schon Familie. Und ich sage Ihnen, dass Sie was unternehmen müssen. Nachher ist was passiert, und der verklagt uns alle wegen unterlassener Hilfeleistung.»

Am anderen Ende hört man Toni überlegen. Er muss zugeben, dass dieses Argument nicht ohne weiteres vom Tisch zu wischen ist.

«Geben Sie mir mal wieder den Hubert», fordert er Fehringer auf.

«Ja? ... Ja, er hat mich hundert Sachen gefragt, ob ich Stellen kenne, wo Füchse ihren Bau haben, wo man besonders seltene Pflanzen findet oder Vögel beobachten kann – jetzt im April. Woher soll ich das wissen, ich bin schließlich den ganzen Tag in der Pension. Zeit zum Spazierengehen habe ich nicht. Ich habe ihm die Telefonnummer vom Robert gegeben ... Robert Stammer, Mensch, der Förster. Sitzt neben dir am Stammtisch. Der muss so was schließlich wissen. Scheint's hat es auch geklappt, denn der Gerstenbach hat nicht mehr gefragt. Bedankt hat er sich aber auch nicht. Na ja.»

Der Holzer Toni ist vom Stimmengewirr am anderen Ende der Leitung etwas genervt. Deshalb wälzt er die Verantwortung, die man ihm übertragen will, erst einmal ab und rät dazu, am besten den Förster zu informieren.

«Meinetwegen, ruf ich halt den Robert an. Wenn ich was höre, sage ich dir Bescheid. Kommst du heute zum Stammtisch? ... Ist recht, also bis heute Abend.»

Als Nächstes wählt Hubert Oberle die Nummer von Robert Stammer. Würschtle-Herbert steht derweil ungerührt weiterhin Posten, um nur ja nichts zu verpassen.

«Hier Hubert. Hör mal, du hast doch dem Gerstenbach, dem Fotografen, der bei uns wohnt, gezeigt, wo er was vor seine Linse kriegen kann. Wir vermissen ihn seit gestern. Vielleicht hat er irgendwo anders, bei einer Frau oder so, übernachtet. Aber vielleicht ist ihm im Wald, oder wo er sich sonst herumtreibt, etwas passiert. Kannst du nicht mal die Stellen abgehen, wo er sein könnte?»

Würschtle-Herbert rudert schon wieder wild mit den Armen und versucht, den Hörer in die Hand zu bekommen.

«Ja, Moment. – Was ist denn schon wieder, Herr Fehringer?»

«Ich gehe mit dem Förster mit, dann wissen Sie gleich, was los ist, und er muss nicht extra umkehren.»

Das ist zwar eine etwas wilde Begründung für seine Neugier, denn auch Förster Stammer ist im Besitz eines Handys, mit dem Informationen problemlos weitergegeben werden können, doch Hubert Oberle gibt nach.

«Einer unserer Gäste begleitet dich ... Ja, ich sag's ihm. Danke und bis nachher.»

«Sie sollen oberhalb vom Eingang beim Thermalbad warten. Der Stammer holt Sie dort ab», teilt Oberle dem strahlenden Fehringer mit, nachdem er aufgelegt hat.

In diesem Augenblick stößt Gundi, die ihren Herbert schon vermisst hat, zu der Versammlung neben dem Telefon. In aller Eile wird sie von ihrem Mann aufgeklärt, was Sache ist und dass er sofort aufbrechen muss, um den Förster zu treffen.

Gundi verdreht die Augen. Was in aller Welt geht sie dieser verrückte Fotograf an! Und weshalb muss Herbert mit auf die Suche! Und überhaupt: «Was ist mit der Behandlung beim Herrn Pfefferle nachher?»

Martin Pfefferle ist der Physiotherapeut, der die beiden behandelt, und nebenbei eine Kommunikationsinstanz, von der aus Neuigkeiten jeder Art sehr verlässlich die Runde machen.

«Sag ihm ab. Ich habe noch mehr Termine. Der Förster braucht meine Unterstützung. Stell dir bloß vor, der Gerstenbach kann nicht mehr laufen, und wir müssen ihn tragen. Das kann einer allein nicht.»

Gundi kennt ihren Herbert und verzichtet deshalb weise darauf, ihm entgegenzuhalten, dass es in der Badenweiler Umgebung keinen undurchdringlichen Dschungel gibt, sondern nur gut erschlossenes Gebiet, wo es selbst für einen Einzelnen – zumal einen ortskundigen Förster – die Möglichkeit gibt, Hilfe zu holen. Aber die Behandlung beim Masseur abzusagen ist ihr peinlich. Herbert muss selbst anrufen, was für ihn bei seinem Unternehmungsgeist keinerlei Hindernis darstellt. In epischer Breite erklärt er, warum und weshalb er nachher keinesfalls kommen könne, und erreicht damit, dass die Neuigkeit dank Martin Pfefferle mit tödlicher Sicherheit schleunigst die Runde machen wird.

4.

Kurze Zeit später sieht man Herbert Fehringer, dem die Vorfreude auf möglicherweise Spektakuläres förmlich aus den Augen sprüht, in den Geländewagen von Robert Stammer einsteigen. Der Förster kennt die Stelle im Wald, wo Gerstenbach vor vierzehn Tagen sein Zelt aufgeschlagen hat, um, auf solche Weise getarnt, das Vertrauen einer Fuchsfamilie zu gewinnen und diese in aller Ruhe fotografieren zu können. Silvio Gerstenbach beherrscht sein Handwerk als Naturfotograf. Da macht ihm so schnell keiner etwas vor. Mit den Ergebnissen, die er abliefert, sind seine Auftraggeber stets zufrieden, sein technisches Können und die Sorgfalt, mit der er seine Arbeit angeht, werden geschätzt. Seine Allüren und sein übersteigertes Selbstbewusstsein erträgt man daher zähneknirschend. Bei Gerstenbach hat diese Anerkennung allerdings dazu geführt, dass seine ohnehin schon maßlose Überheblichkeit sich in schwindelnde Höhen hinaufschraubte.

Stammer und Fehringer lassen das Auto auf einem Waldweg stehen und machen sich zu Fuß in die Richtung auf, in welcher der Förster noch in der letzten Woche das Zelt hat stehen sehen.

«Reden Sie jetzt nicht mehr, und versuchen Sie möglichst leise zu gehen, sonst gibt es Ärger, weil wir die Tiere stören», mahnt Stammer seinen Begleiter, dessen Redefluss während der kurzen Fahrt keinen Moment ins Stocken geraten ist. Bis ins kleinste Detail hat er den Förster über das schlechte Benehmen des Fieslings Gerstenbach informiert.

Gezielt streben sie in Richtung der Stelle, wo sie ihn vermuten. Doch das Einzige, was sie finden, ist ein Rasenstück, das noch deutliche Spuren des nun nicht mehr vorhandenen Zeltes aufweist. Fehringer schaut Stammer ratlos an.

«Und jetzt? Wo könnte der noch sein?»

«Hm. Lassen Sie mich mal überlegen. Er hat noch gefragt, ob es im Kurpark seltene Bäume und Pflanzen gibt. Ich habe ihm gesagt, dass dort unter anderem Zedern, Ginkgo und besonders schöne Mammutbäume wachsen. Vielleicht hat er sich ja davon etwas als Motiv ausgesucht.»

«Kann sein. Für so was braucht er wenigstens kein Tarnzelt. Die Bäume sind so alt, dass sie auch noch die Gegenwart dieses Menschen aushalten», kommentiert Fehringer abschätzig.

Folglich fahren sie gemeinsam zu ihrem Ausgangspunkt zurück, um in dem wegen des anhaltenden Nebels verwaisten Kurpark nach dem Fotografen zu fahnden.

Der Kurpark umfasst ein recht großes Areal. Die beiden kommen an den Überresten der Badeanlage vorbei, in der es sich vor Zeiten bereits die Römer gutgehen ließen. Der Weg, der um den Burgberg herumführt, steigt sanft an. Links steht stumm die Statue des einstigen badischen Großherzogs Friedrich I., der ihnen seine geöffnete Hand erwartungsvoll entgegenstreckt, gerade so, als ob er eine kleine Spende erwartet.

Doch auch diese Suchaktion scheint ergebnislos zu verlaufen, und die dicke weiße Nebelwand macht die Sache nicht einfacher. Der Feldstecher, den Stammer bei sich trägt, ist nutzlos. Nirgendwo entdecken sie zwischen den eng beieinanderstehenden Nadelbäumen eine Spur.

«Gehen wir quer durch. Vielleicht finden wir weiter oben etwas», schlägt Stammer halbherzig vor. Er glaubt nicht, dass die Suche irgendeinen Sinn hat.

Nach einem kurzen Weg bergauf erreichen sie den Rand einer winzigen Lichtung, und kaum ein paar Meter von ihnen entfernt sehen sie plötzlich das grüne Tarnzelt liegen, überdeckt mit kahlen Zweigen.

Stammer runzelt die Stirn. Er denkt das Gleiche wie Herbert Fehringer vorhin. Komisch! Aus welchem Grund hat Gerstenbach das Zelt hier aufgebaut? Und weshalb hat er es einfach so achtlos zurückgelassen?

«Kommen Sie. Wir sehen uns das näher an.» Dieser Aufforderung hätte es nicht bedurft, denn Fehringer ist bereits die wenigen Schritte bis zu der Stelle unterwegs, wo das Tarnzelt in sich zusammengefallen auf dem Boden liegt. Das ist genau das, was er sich insgeheim gewünscht hat – jemand hat dem Fotografen einen üblen Streich gespielt und das Zelt mitsamt der Ausrüstung kurz und klein gehauen. Geschieht ihm ganz recht. Strafe muss sein!

Drei Sekunden später stehen die beiden Männer vor dem kleinen grünen Hügel, der einmal ein Tarnzelt gewesen ist. Das lange Teleobjektiv ragt wie ein Fernrohr nach oben in den Himmel. Stammer hebt vorsichtig eine Seite des Zeltes an, um zu überprüfen, ob der Rest der Ausrüstung noch vorhanden ist. Was er jedoch zu sehen bekommt, jagt ihm eine Hitzewelle in den Kopf und gleich darauf einen kalten Schauer über den Rücken: Unnatürlich verdreht streckt sich ihm ein Cordhosenbein entgegen, an dessen Ende ein schmutziger Turnschuh halb verdeckt zum Vorschein kommt.

Fehringer, der auf der anderen Seite des Zeltes steht, sieht den Förster plötzlich kreidebleich werden. Er starrt ihn mit entsetzten Augen an.

«Was ist los? Liegt eine Leiche drunter?», witzelt Herbert Fehringer.

«Ja, ich glaube schon», krächzt Stammer.

«Was – das gibt's doch nicht.»

Fehringer reißt den Zeltteil auf seiner Seite hoch, und vor ihm liegt, mit dem Gesicht nach unten, im weichen Erdboden, ohne Zweifel Silvio Gerstenbach.

In fliegender Hast und mit zitternden Händen versuchen

die beiden Männer den ganzen Körper freizubekommen, um dem Fotografen eventuell noch helfen zu können. Aber als Stammer versucht, ihn umzudrehen, merkt er sofort, dass der Körper eiskalt und nicht einmal mehr steif ist. Silvio Gerstenbach muss schon eine ganze Weile tot sein.

Stammer und Fehringer knien neben der Leiche und starren sich entgeistert an. Einen Moment oder auch zwei sind sie nicht in der Lage, sich zu bewegen. Fehringer fasst sich zuerst.

«Wir müssen die Polizei rufen. Hat er irgendwelche Verletzungen, die man sieht?»

Auf den ersten Blick können sie nichts erkennen, und Stammer dämmert es, dass die polizeilichen Untersuchungen verfälscht werden könnten, wenn sie sich noch weiter an dem Toten zu schaffen machen. Womöglich wird er als Förster noch verdächtigt, etwas damit zu tun zu haben, weil er als Einziger darüber informiert war, dass Gerstenbach im Kurpark fotografieren wollte. O nein!

Stammer tippt zitternd die Notrufnummer der Polizei in sein Handy ein. Nach dem dritten Versuch gelingt ihm das schließlich. Als sich am anderen Ende endlich jemand meldet, ist er kaum in der Lage, einen zusammenhängenden Satz zu formulieren. Er stottert so abgehackt vor sich hin, dass Würschtle-Herbert, der seine Fassung wiedergewonnen hat, ihm entschlossen das Mobiltelefon aus der Hand nimmt. Meine Güte, der hat doch Tag für Tag mit Toten zu tun, denkt er, wenn es auch nur tote Viecher sind.

Klar, laut und deutlich berichtet Herbert Fehringer, wer sie sind und was sie gefunden haben. Vierzig Jahre Bratwürste verkaufen auf dem Freiburger Münsterplatz stählt. Da ist einem nichts Menschliches mehr fremd.

Fehringer schickt den Förster zum Auto zurück, damit er dort auf die Polizei wartet, um sie zum Fundort der Leiche zu bringen. Er selbst bleibt beim toten Silvio Gerstenbach. Mitleidig schaut er auf ihn hinunter. Na ja, das hat er nicht verdient. Herbert Fehringer versucht, die offenbar bereits aus dem Winterschlaf erwachten Ameisen, die über den leblosen Körper krabbeln, zu verscheuchen. Wer weiß, vielleicht ist ihm schlecht geworden in dem muffigen Zelt, er hat keine Luft mehr gekriegt und in seiner Panik alles zusammengerissen. Und ist hilflos und allein gestorben.

Oder – und jetzt erwachen die letzten bis dahin noch gelähmten Lebensgeister –: Er ist ermordet worden. Aber wie? So genau Fehringer auch hinschaut, er kann nichts entdecken, was auf einen gewaltsamen Tod hindeuten würde. Kein Messer, keine Schusswunde, nirgendwo Blut, kein Strick oder etwas Ähnliches um den Hals, auch kein Hinweis darauf, dass er erschlagen worden wäre. Nicht die geringste sichtbare Verletzung.

Alles sehr, sehr rätselhaft. Er wird gleich der Polizei das Ergebnis seiner umfassenden Betrachtung mitteilen.

Würschtle-Herbert hat ausreichend Zeit, sich Gedanken zu machen, denn es dauert lange, bis Förster Stammer mit dem Holzer Toni vom Polizeiposten Badenweiler und vier weiteren Polizisten, die aus Müllheim gekommen sind, endlich den Hügel heraufmarschieren.

Alle sieben stehen jetzt um die Leiche herum und starren nach unten – so lange, bis einer der Uniformierten auf die Idee kommt, dass ihre Fußspuren den Kollegen, die den Fundort der Leiche untersuchen müssen, eine Menge Mehrarbeit und ihnen selbst ziemlichen Ärger einbringen könnten. Deshalb scheucht er die anderen zurück und benachrichtigt in strengem Behördendeutsch die zuständige Stelle der Polizeidirektion in Freiburg.

«Müller. Vom Polizeiposten Müllheim. 12.32 Uhr. Fund einer Leiche im Kurpark Badenweiler. Muss mindestens 24 Stunden tot sein. Todesursache unklar. Es handelt sich um den Fotografen Silvio Gerstenbach. Gefunden vom Förster Stammer und einem zufällig anwesenden Kurgast.»

Der ‹zufällig anwesende Kurgast› schaut beleidigt drein. Wenn er nicht gewesen wäre, hätte der Fotograf noch lange hier gelegen. Ihm war es schließlich zu verdanken, dass nicht noch mehr Zeit vergangen ist, was die Arbeit der Polizei zweifellos erschwert hätte.

Aber das kennt man ja. Erst hilft man, und dann dankt es einem keiner.

Die Gedanken von Toni Holzer und Robert Stammer gehen derweil in eine ganz andere Richtung. Ein Toter im Kurpark, einem der Hauptanziehungspunkte des Ortes! Hoffentlich stellt sich heraus, dass er auf natürliche Weise das Zeitliche gesegnet hat. Dann wird das Getratsche, das es mit Sicherheit geben wird, bald verstummen. Was aber, wenn es ein Mord war, und das kurz vor der Saison? Was, wenn nun Panik entstand, die durch die Presse noch geschürt würde? Würde das Kurgäste und Urlauber davon abhalten, hierherzukommen, weil sie fürchten, einem Mörder zu begegnen? Die Gemeinde ist sowieso schon hoch verschuldet und kann nicht noch zusätzliche Einbußen vertragen. Holzer und Stammer kennen als Mitglieder des Gemeinderates die finanzielle Situation und das ständige Lamento des Bürgermeisters darüber zur Genüge.

Es trifft nun keineswegs zu, dass den beiden die Gemeindefinanzen so sehr am Herzen lägen, dass es ihnen allein darum gegangen wäre. Sie fürchten vielmehr seit langem Auswirkungen staatlicher Sparmaßnahmen auf ihre eigenen Positionen. Und wenn die Behörden durch einen Mord erst recht auf ihre Dienststellen in Badenweiler aufmerksam würden? Diese krausen und wenig logischen Erwägungen beschäftigen die beiden Beamten heftig, denn es kursieren wilde Gerüchte, dass der Polizeiposten Badenweiler aufgelöst würde, was ohne Zweifel mit einer Stellenstreichung beziehungsweise einer Versetzung verbunden wäre. Der Holzer Toni verspürt nicht die geringste Lust, die letzten Jahre bis zu seiner Pensionierung Tag für Tag nach Freiburg und wieder zurückzufahren, oder noch schlimmer: ganz woandershin zu müssen.

Ähnliches könnte Förster Stammer bevorstehen. Sein Revier, das er seit einigen Jahren betreut, ist im Vergleich mit anderen recht klein, und es wäre, wenn die Ausgaben gar nicht mehr zu rechtfertigen sind, problemlos aufzuteilen. Dann würde er entweder im Innendienst an einem Schreibtisch versauern oder ebenfalls wer weiß wohin versetzt werden.

So kommt es, dass jeder der beiden dem ungeliebten Fotografen Silvio Gerstenbach im Nachhinein einen sanften, natürlichen Tod wünscht.

5.

Im dritten Obergeschoss des Freiburger Polizeipräsidiums zieht sich kurze Zeit später Reinhold Lorenz seine schon etwas abgeschabte Tweedjacke über das ungebügelte Hemd.

«Auch das noch», seufzt er. «Das hat mir noch gefehlt, dass ich tagelang nach Badenweiler fahren darf.»

Reinhold Lorenz befindet sich derzeit mit sich selbst und der Welt nicht im Einklang. Seine Frau Brigitte hat vor einigen Wochen kurzerhand ihre Sachen gepackt und ihm eröffnet, dass sie erstens ausziehen und zweitens über eine Scheidung nachdenken wird. Sie wolle endlich unabhängig sein und nicht mehr ihr ganzes Leben als unbezahltes Dienstmädchen verbringen und nach ihm ausrichten. Und das nach fünfunddreißig Ehejahren, wo sich alles so schön eingespielt hatte! Welcher Teufel ritt seine Brigitte nur! Einen anderen habe sie nicht, nein, sie sei es nur einfach leid, den ewig gleichen Trott auszuhalten. Er nehme sie sowieso bloß noch als Haushälterin wahr. Ja, was erwartet sie denn nach so vielen Jahren? Da wäscht sich die Liebe eben ab – wie Seife. Das ist bei anderen schließlich genauso.

Jetzt sitzt er mit einem Mal allein da, hat kaum Ahnung, wie man eine Waschmaschine bedient oder die Wohnung einigermaßen sauber hält. Verdammt nochmal, was will sie denn noch in ihrem Alter?

In dieser tristen Stimmung begibt sich Lorenz zur Fahrbereitschaft, wo schon einer der Assistenten, der ihm wohl demnächst als fester Mitarbeiter zugeordnet wird, im neuen Passat auf ihn wartet.

«Guten Morgen, Herr Lorenz», tönt es ihm reichlich verhalten entgegen. Assistent Thiele ist morgens kein Ausbund an Fröhlichkeit.

Beim Klang dieser Stimme seufzt Lorenz ein weiteres Mal.

Heute hat sich scheint's alles gegen ihn verschworen. Der junge Thiele, der am Steuer sitzt, ist so tapsig wie ein junger Bär und sucht im Automatik-Passat regelmäßig erfolglos nach dem dritten Pedal. Auch die mehr oder weniger geduldigen Erklärungen seines Vorgesetzten, dass es beim Einparken nicht den geringsten Sinn habe, mit einem Fuß auf das Gaspedal und mit dem anderen gleichzeitig auf die Bremse zu treten, haben bisher nichts gefruchtet.

«Kann losgehen, Thiele.»

«Ich habe es schon gehört, Chef, nach Badenweiler. Da können wir richtig dankbar sein an so einem schönen Frühlingstag, dass wir nicht im Büro sitzen müssen.»

Zu mehr als einem ärgerlichen Knurren reicht es bei Lorenz nicht. Thiele, dem man während der Ausbildung weder die Lust am künftigen Beruf noch die meist gute Laune hat verderben können, plaudert nun, da er zunehmend wacher wird, munter weiter.

«Wissen Sie schon Genaueres?»

«Nein!»

«Ich habe nur gehört, dass man einen Toten gefunden hat. Er soll Fotograf gewesen sein. Ob er ermordet worden ist? Was meinen Sie?»

«Ich bin Kriminalkommissar, Thiele, kein Hellseher. Um das zu klären, fahren wir hin.»

Thiele lässt sich von dieser giftigen Bemerkung nicht irritieren, zudem glaubt er, dass der andere es witzig gemeint hat.

«Dann hätten wir's einfacher, gell? Wir könnten uns gemütlich ins Café setzen und warten. Sie sollten sich so eine große Glaskugel anschaffen, in der man die Mörder gleich sehen kann. Haha.»

Das bisschen Geduld, das Lorenz mühevoll aufgebracht hat, ist erschöpft. Ihm reicht es. «Thiele, halten Sie einfach das Maul und fahren Sie los. Und wenn Sie mir einen großen Gefallen tun wollen, dann machen Sie es, bevor wir dort sind, auch nicht wieder auf.»

Jetzt ist Thiele beleidigt. Gegenüber einer solch unhöflichen Abfuhr ist er empfindlich. Was kann denn er dafür, dass sein Chef wieder schlechter Laune ist, bloß weil seine Frau ihn hat sitzenlassen. Wenn der sich zu Hause genauso benommen hat wie hier, dann wundert es Thiele nur, dass die Frau nicht schon viel früher abgehauen ist.

Wie ein Lauffeuer hatte sich diese Neuigkeit im ganzen Präsidium herumgesprochen. Wer die Gerüchteküche ursprünglich angeheizt hatte, blieb ungeklärt, aber innerhalb kürzester Zeit wussten alle, dass Frau Lorenz a) schon länger einen jungen Liebhaber hatte, mit dem sie b) auf dem Weg irgendwo in den Süden ist, weil er c) wohl Geld unterschlagen hat oder so ähnlich, jedenfalls d) aus dem kriminellen Milieu stammt. Glücklicherweise ahnt der verlassene Ehemann von diesen phantasievollen Ausschmückungen seines derzeitigen Schicksals nichts.

Thiele lenkt den Passat in Richtung B 3, weil er sich nicht auf die Autobahn traut. Allerdings erweist sich die Entscheidung als überraschend gut, denn kurz hinter der Stadtgrenze hüllt sich der Frühlingstag zunehmend in dicke Nebelschwaden ein.

In den Markgräfler Ortschaften, durch die die Bundesstraße führt, muss Thiele ständig an roten Ampeln anhalten, was für Fahrer wie für Beifahrer gleich nervenaufreibend ist. Thiele entschließt sich immer erst so kurzfristig, das Bremspedal durchzutreten, dass Lorenz mehrmals Angst haben muss, im Kofferraum des Vordermannes zu landen. Thiele merkt das zwar selber, aber das macht die Sache nicht besser.

«Entschuldigung, Chef, aber das Auto ist halt neu und noch nicht eingefahren.»

Auf diese Ausrede wäre ich nie gekommen, denkt Lorenz, aber ich fürchte fast, dass der das wirklich glaubt.

Kurz vor Müllheim ist der letzte Rest an gutem Willen aufgebraucht. Außerdem ist es Lorenz schlecht von der ständigen Ruckelei. Die kurvige Straße bis Badenweiler steht er nicht mehr durch.

«Halten Sie an, Thiele», schnauzt Lorenz seinen Fahrer an.

Gehorsam tut der, was sein Chef ihm befiehlt – und zwar sofort, mitten auf der Straße.

«Thiele, fahren Sie um Gottes willen auf den Parkstreifen da vorn.»

«Ja aber, Sie haben doch gesagt …»

«Ruhe. Da vorn rechts ran, und dann steigen Sie aus. Ich fahre selber.»

Lorenz lässt sich mit dem Aus- und Einsteigen Zeit. Er braucht erst einmal ein bisschen frische Luft. Gegessen hat er heute auch noch nichts.

Am Ortseingang von Badenweiler, wo viele Gäste vernünftigerweise ihre Autos auf dem großen Parkplatz stehen lassen, wartet der Holzer Toni, wie es am Telefon abgesprochen worden war, um sie zum Fundort der Leiche im Kurpark zu bringen.

Dort herrscht mittlerweile rege Betriebsamkeit. Der Gerichtsmediziner ist da, auch die Kollegen von der Spurensicherung. Letztere mit grimmigen Gesichtern, weil sie kaum eine Chance sehen, zwischen den Fußspuren von Würschtle-Herbert, dem Förster und den zuerst angekommenen Polizisten noch brauchbare Hinweise auf den Täter – so es denn einen gibt – zu finden.

«Und? Können Sie schon etwas sagen?», fragt Lorenz den Arzt und kommt sich unendlich dämlich vor, weil diese wirklichkeitsfernen Fernsehkommissare stets und ständig genauso reden.

«Eines natürlichen Todes ist der jedenfalls nicht gestorben. Ich vermute, dass er sich im Zelt befunden hat und jemand mit einem Knüppel oder Ähnlichem von außen so lange draufgeschlagen hat, bis der hier halb ohnmächtig war. Dann hat sich dieser Jemand auf das Zelt geworfen und das Opfer mit aller Kraft in die Erde gedrückt. Bis es erstickt ist. Aber wir müssen eh eine Obduktion machen. Warten wir das Ergebnis ab. Ich bin mir aber recht sicher, dass es so gewesen sein könnte.»

«Das müssen dann mehrere Personen gewesen sein, die ihn nach unten gedrückt haben», traut sich Thiele zu sagen.

«Keineswegs», entgegnet der Arzt. «Im Zelt war der Mann sicher nicht auf einen solchen Angriff gefasst. Und wenn es schnell gegangen ist, hatte er auch nicht die mindeste Chance, sich zu wehren. Er hat sich mit den Armen in dem Ding vollkommen verheddert.»

«Thiele, ich habe Ihnen schon so oft gesagt, dass Sie keine voreiligen Schlüsse ziehen sollen», mault ihn sein Chef an. Lorenz ist es peinlich, eine solche Niete in seiner Abteilung mitschleppen zu müssen, seinem Assistenten wiederum, dass er vor anderen zurechtgewiesen wird.

«Wer hat ihn gefunden?»

Nun schlägt Würschtle-Herberts große Stunde. Er baut sich in seiner ganzen Mächtigkeit vor dem Kommissar auf und beginnt seinen Bericht.

«Also, das war so: Heute Morgen in der Pension Oberle – wissen Sie, der Gerstenbach – das ist der Tote da – er ist – oder vielmehr war – Fotograf. Also der Gerstenbach, der ist immer so früh wie ich zum Frühstück in der Pension gekommen. Oft noch früher. Und nichts konnte man dem rechtmachen. An allem hat er rumgemeckert. Aber so einen Tod, den hätte ich ihm doch nicht gewünscht. Also, heute Morgen ist der jedenfalls nicht zum Frühstück gekommen. Ich habe mich gleich gewundert, denn wissen Sie, also, was der bezahlt hat, das wollte er auch haben. Also und dann hat er sich immer die Brötchen, Wurst und Käse, also den Vorrat für den ganzen Tag mitgenommen. Also, dass die Oberles ihm das haben durchgehen lassen. Wissen Sie, ich, ich hätte ja was gesagt ...»

Das, was die Psychologen als Frustrationstoleranz bezeichnen, ist Reinhold Lorenz, da derzeit sowieso nicht sonderlich ausgeprägt, jetzt endgültig abhandengekommen.

«Mann, jetzt machen Sie mal einen Punkt. Wer sind Sie überhaupt? Haben Sie einen Personalausweis dabei?»

«Ja, also, Herbert Fehringer ist mein Name, und ich habe einen Wurststand auf dem Münsterplatz in Freiburg gehabt. Über vierzig Jahre. Aber dann habe ich meiner Frau, der Gundi, gesagt ...»

Es interessiert Reinhold Lorenz kein bisschen, was Herbert Fehringer seiner Gundi gesagt hat.

«Wie kommen Sie hierher?»

Nun mischt sich der Förster ein, der seine Fassung wiedergewonnen hat. Er klärt den Kommissar in militärisch kurzen, abgehackten Sätzen – die vier Jahre, für die er sich bei der Bundeswehr verpflichtet hatte, sind noch nicht vergessen! – über die Vorkommnisse des heutigen Vormittags auf.

«Von Herrn Oberle, dem Pensionswirt unten im Ort, informiert worden. Ein Gast sei abgängig. Herrn Fehringer beim Thermalbad aufgenommen. Zu Hilfszwecken bei der Suche. Mein Kenntnisstand war der, dass ich den Ort kannte, wo der Fotograf sein Zelt aufgebaut hat. Suche im Wald negativ. Habe mich dann erinnert, dass er auch nach seltenen Bäumen im Kurpark gefragt hat. Hier sofort zur Kenntnis genommen, dass der Mann tot ist. Diese Kenntnis dann per Handy an den Holzer Toni weitergegeben. Vor dem Kurhaus auf die Polizei gewartet, weil – wie gesagt – ich die entsprechende Kenntnis hatte.»

Nach so vielen Kenntnissen fühlt sich Kommissar Lorenz etwas schwach, aber fürs Erste wenigstens annähernd informiert. Er gibt – in Absprache mit den Beamten von der Spurensicherung – die notwendigen Anweisungen für den Abtransport der Leiche, verabschiedet sich vom Gerichtsmediziner und beschließt, zunächst in die Pension zu fahren, in der dieser Gerstenbach gewohnt hat.

Dort weiß man inzwischen dank diverser Handy-Botschaften von Würschtle-Herbert alles, was sich an diesem Vormittag ereignet hat.

Nachdem der Passat bei Oberles im Hof geparkt ist, erhält Thiele von seinem Chef vorab den knappen und nicht ausgesprochen höflich formulierten Hinweis, sich gefälligst aus den notwendigen Befragungen herauszuhalten.

Es ist heute weder Thieles Tag noch der von Kommissar Reinhold Lorenz. Die Stimmung zwischen beiden ist merklich angespannt. Als Lorenz fast zeitgleich mit ihrem Eintreffen bei den Oberles Würschtle-Herbert mit wichtiger Miene aufkreuzen sieht, hat seine Laune den absoluten Tiefpunkt erreicht. Einzig seine langjährige Berufserfahrung, die ihm sagt, dass er bei seinen Nachforschungen nur etwas erreichen kann, wenn er sich genau auf sein Gegenüber konzentriert und sich so weit als möglich in dessen Psyche versetzt, lässt ihn zu einem verbindlichen und annähernd verständnisvollen Ton kommen.

«Guten Tag, mein Name ist Lorenz», stellte er sich den Oberles vor, «und ich muss versuchen, Licht in die Vorgänge der vergangenen zwei Tage zu bringen. Bitte, seien Sie so freundlich und beantworten meine Fragen so genau Sie können.»

Würschtle-Herbert steht wie angegossen neben dem Beamten und nickt eifrig zu dessen Worten.

«Also, Herr Kommissar, am besten wäre es, wenn Sie sich erst einmal das Zimmer von Gerstenbach anschauen würden», schlägt er hilfsbereit vor.

Auf diesen Gedanken wäre ich allein nie gekommen, knurrt Lorenz still vor sich hin. Aber er will die gedrückte Stimmung bei den Oberles nicht durch seinen eigenen Ärger noch verstärken und schluckt deshalb jede Bemerkung – und die fielen ihm zur Genüge ein – hinunter.

Herbert Fehringer strahlt, als hätte er den alles entscheidenden Hinweis gegeben. Gemeinsam gehen sie die Treppe hinauf, um in Gerstenbachs Zimmer zu gelangen.

Hubert Oberle schließt auf, während die anderen Gäste, die sich zum Mittagessen eingefunden haben, neugierig aus der Gaststube drängen, um den Fortgang dieses spektakulären Ereignisses mitzubekommen.

«Bitte, meine Herrschaften, gehen Sie in Ihre Zimmer oder ins Restaurant. Es ist sehr wichtig, dass hier keine Spuren verwischt werden, und da können Sie alle mithelfen. Bitte, seien Sie so nett.» Lorenz ringt sichtlich um einen verbindlichen Tonfall.

Das Zimmer ist so aufgeräumt, wie es Maria gestern angesichts der vielteiligen Fotoausrüstung, die Gerstenbach überall hat herumliegen lassen, möglich war. Schließlich hat sie sich nicht getraut, das Chaos aus Filmen, Behältnissen, Stativen, Laptop und Objektiven anzurühren. Weiß sie denn, ob sie nicht versehentlich etwas kaputt machen oder eine bestimmte ‹Ordnung› zerstören könnte? In dem Fall hätte Gerstenbach ganz sicher einen Riesenzirkus veranstaltet und womöglich noch Schadenersatz verlangt. Maria traute ihm alles zu. Aber es ist ihr dennoch wichtig, sich für den Zustand des Zimmers zu entschuldigen.

«Wissen Sie, ich räume immer ordentlich auf. Die Chefin legt da viel Wert drauf. Aber ich kann doch nicht aufräumen, wenn ich gar nicht weiß, wie.»

«Keine Sorge, Sie haben das ganz richtig gemacht. Kann ich mich jetzt vielleicht allein im Zimmer umsehen? Thiele, Sie bleiben hier. Vielen Dank, ich melde mich, wenn ich etwas brauche.»

Das ist nicht nach dem Geschmack von Herbert Fehringer.

Er wäre liebend gern dabei gewesen, wenn Lorenz den Inhalt der Schubladen und des Schrankes in Augenschein nimmt. Aber es bleibt ihm nichts anderes übrig, als mit den anderen das Zimmer zu verlassen. Er begnügt sich einstweilen damit, seiner Gundi alles noch einmal haarklein zu berichten, was er bisher erlebt hat.

Die Durchsuchung des Zimmers scheint zunächst ergebnislos zu verlaufen, bis Reinhold Lorenz in einem der Fotokoffer das Futter genauer untersucht, weil es eine leichte Erhöhung aufweist. Mit ein bisschen Mühe, die dünnen, etwas zu großen Vinylhandschuhe behindern die Beweglichkeit seiner Finger, löst er es an den Ecken und findet zu seiner Verblüffung einen Packen Geldscheine. Das Nachzählen ergibt die Summe von über vierzigtausend Euro. Weshalb übernachtet der bei so viel Geld nicht in einem der komfortableren Hotels, fragt er sich.

Lorenz ist vorsichtig geworden. Hat er etwas übersehen? Sicherheitshalber fängt er mit der Durchsuchung nochmals von vorn an. Und er hat Erfolg. Im doppelten Boden des billigen Plastikwaschbeutels, der im Bad auf der Konsole steht und den er eben nur flüchtig durchgekramt hat, stecken weitere zwanzigtausend Euro. Thiele steht mit großen Augen daneben.

Lorenz lässt erst einmal alles so, wie es ist, nimmt das Geld an sich und schließt das Zimmer von außen ab.

«Thiele, versiegeln Sie das Schloss.»

Thiele schaut seinen Chef wieder einmal recht hilflos an.

«Womit denn?»

«Thiele. Wie lange sind Sie jetzt schon bei uns? Es gibt die Möglichkeit, ein sogenanntes Amtssiegel über ein Schloss zu kleben, sodass Unbefugte das Zimmer nicht betreten können. Schon mal davon gehört? Polizeischule, erster Tag.»

«Ja schon, aber so etwas schleppe ich nicht ständig mit mir herum.»

Lorenz gibt auf. Also gut, dann bleiben sie eben so lange

in der Pension, bis die Profis von der Spurensicherung da sind. Das kann ja nicht mehr lange dauern. Er muss ohnedies noch alle befragen. Der Gedanke, dass ihm Herbert Fehringer dabei sicherlich wieder hilfreich unter die Arme greifen wird, lässt ihn schaudern. Was bellt dieser Grönemeyer im Radio immer? Das Leben ist nicht fair. Recht hat er. Zu ihm derzeit ganz bestimmt nicht.

Während sie ins Restaurant der Pension hinuntergehen, wo sich Besitzer und Gäste inzwischen versammelt haben, überlegt Lorenz kurz, ob er seinen Geldfund erwähnen soll. Er entscheidet sich, zunächst nichts zu sagen, bis er von den Oberles und den anderen Gästen mehr über die Person Gerstenbach erfahren hat.

Der Erste, an den er sich wendet, ist Hubert Oberle.

«Warum hat Gerstenbach sich gerade für Ihre Pension entschieden? Sie liegt ja ziemlich weit entfernt vom Ortszentrum.»

«Ja, also schon, aber der Berni, das ist der Briefträger, also der Berni Sommer, den kennt meine Tochter ganz gut. Sie sind Klassenkameraden gewesen. Ja, der Berni hat also bei uns gefragt, ob der Gerstenbach für eine längere Zeit ein Zimmer haben könnt und ob ich ihm einen Sonderpreis machen tät.»

Wie verträgt sich so viel Sparsamkeit mit so viel Geld, fragt sich Lorenz ein weiteres Mal.

«Ja, also», fährt Hubert Oberle fort. Es fällt ihm augenblicklich aber nichts mehr ein.

Können die sich hier alle nur äußern, wenn sie jeden Satz fünfmal mit ‹also› garnieren, sinniert Reinhold Lorenz genervt.

«Also, Frau Oberle», Lorenz dreht sich zu Sonja Oberle um. Himmel nochmal, jetzt redet er selber schon so.

«Können Sie mir Näheres sagen?»

Sonja berichtet mit samtweicher Stimme und liebevollem

Lächeln, dass Berni – ein wirklich hilfsbereiter Briefträger, der es auch schon mal übernimmt, die Blumen zu gießen, wenn in einem Haus alle in Ferien sind – sie vor Wochen gefragt habe, ob sie ein Zimmer frei hätten für Gerstenbach. Gern habe er das aber nicht gemacht.

«Wissen Sie, er hat es seiner Schwester, der Tanja, versprochen. Der Gerstenbach war der Freund von der Tanja. Aber der Berni hat ihn nicht leiden können, weil, ja, weil die Tanja und der Berni nicht so supergut miteinander auskommen, und weil die Tanja dann Berni auch erzählt hat, dass sie alles für den Gerstenbach erledigen und einkaufen muss. Und dass er kein Geld hat und sie ihm – bis er den großen Auftrag, mit dem er auch dauernd angegeben hat, an Land ziehen kann – ein bisschen was leihen muss. Das hat dem Berni nicht gepasst und auch nicht, dass Gerstenbach sofort bei seiner Schwester eingezogen ist. Der Berni hat immer gesagt, dass der seine Schwester nur abzocken will. Und wenn er alles hat, dann lässt er sie einfach sitzen. Denn, wissen Sie, die Tanja, die verdient, glaube ich, ganz gut, die arbeitet bei einer Bank in Zürich. Na ja, und der Berni wird halt auch schon mal grob zwischendurch, aber er meint es dann nicht so. Und Angst, dass der Fotograf ihn anpumpt, hat er auch gehabt. Am ersten Abend, als er hier war, ist der Gerstenbach gleich hin zum Berni und seiner Freundin. Es war grad Zeit fürs Abendessen. Die Freundin vom Berni hat ihm was angeboten, obwohl das dem Berni auch nicht gepasst hat. Die Barbara, also die Freundin vom Berni – wissen Sie, eigentlich passen die nicht so arg gut zusammen –, also die Barbara hat dann alles hergerichtet. Und wissen Sie, was der Gerstenbach gesagt hat, statt sich zu bedanken? ‹Was gibt's denn noch?› Und dann hat er den ganzen Abend nur von sich selber und seinen tollen Fotos geredet. Der Berni hasst den inzwischen richtig. Wenn er könnte, würde er ihm Gift geben.»

Plötzlich stockt Sonja in ihrem Redeschwall, weil ihr bewusst wird, was sie da gerade gesagt hat.

«O Gott, das habe ich nicht so gemeint. Das dürfen Sie nicht falsch verstehen. Der Berni könnt nie jemandem was zuleide tun. Der ist ein richtig guter Mensch. Vielleicht manchmal ein bisschen ungeduldig. Gell, Sie verstehen das schon richtig, wie ich das gemeint hab.»

Lorenz nickt milde.

Diese Ansammlung von Informationen, die sich hier über ihn ergossen hat, muss er erst einmal in Ruhe sortieren und einordnen. Die Existenz des vielen gefundenen Geldes ist nun noch rätselhafter.

Was war das für ein großer Auftrag?

Und warum hortet Gerstenbach solche Beträge in seinem Zimmer, wenn er nichts davon ausgeben will?

Ist es womöglich Schwarzgeld, das er über seine Freundin in der Schweizer Bank deponieren wollte? Die Grenze ist ja nicht allzu weit entfernt. Aber in diesem Fall hätte er ihr schlecht einreden können, er sei eine arme Kirchenmaus und auf ihre Hilfe angewiesen. Im Moment wird das Ganze zunehmend mysteriöser.

Lorenz beschließt, zunächst einmal nach Freiburg zurückzufahren und nachzuforschen, ob und über wen es vielleicht schon Angaben im Polizeicomputer gibt. Außerdem wird er hoffentlich bald die Sachen bekommen, die die Leute von der Spurensicherung bei der Leiche gefunden haben. Vielleicht ist etwas dabei, was Aufschluss geben könnte.

6.

Noch bevor das Auto mit dem toten Silvio Gerstenbach in seinem Behördensarg das Freiburger Gerichtsmedizinische Institut erreicht, ist er in Badenweiler zum Ortsgespräch geworden. Es gibt kaum jemanden, der von den dramatischen Ereignissen im Kurpark noch nichts gehört hätte – in welcher Version auch immer. Zwischen Dichtung und Wahrheit klaffen in den diversen Berichten und Erzählungen breite Gräben.

Für eine rasche Verbreitung der Nachricht hat nicht allein das im Ort völlig ungewohnte Bild des großen Polizeiaufgebotes gesorgt, sondern zunächst einmal Martin Pfefferle, der im gesamten Terrain des Thermalbads ausnahmslos jeden informiert hat, der ihm über den Weg gelaufen ist. Und dann selbstverständlich Würschtle-Herbert, der mit dem Vorgehen der Polizei nicht so ganz zufrieden ist. Er hätte noch jede Menge zu sagen gehabt, aber dieser Freiburger Kommissar hat ihn nicht einmal richtig ausreden lassen. Selbst schuld, wenn der nicht vorwärtskommt, denkt Herbert Fehringer ein wenig trotzig. Er beschließt, sich von nun an selbst vor Ort um die Sache zu kümmern. Schließlich wohnt er schon lange genug hier und kennt viele Leute; er wird sich umhören. Irgendetwas muss herauszufinden sein.

Als Erstes bezieht Fehringer vorübergehend Quartier im ‹Waldhorn›. Dort werden seine Neuigkeiten wenigstens gebührend gewürdigt.

Das ‹Waldhorn› ist eines der inzwischen rar gewordenen traditionellen badischen Wirtshäuser, die seit Generationen im Besitz derselben Familie sind. In den vielen zurückliegenden Jahrzehnten ist hier nie jemand der Versuchung erlegen, größere Veränderungen vorzunehmen. Die holzgetäfelte Decke hat ihre Patina dem Qualm von unzähligen Zigarren und Zigaretten zu verdanken, angereichert mit Schwaden von Küchendämpfen. Der eingegitterte Ventilator über der Tür ist zwar hin und wieder in Betrieb, was aber keinen nennenswerten Einfluss auf die stickige Luft hat. Die Fenster kann man nicht richtig öffnen, sondern nur schräg stellen, denn die zahlreichen Pflanzen davor sind der ganze Stolz der Wirtin, und sie werden nur weggeräumt, wenn wieder einmal ein Generalangriff auf Staub und Spinnweben ansteht. Die soliden hölzernen Tische und Stühle mögen nach dem Weltkrieg – dem Zweiten – erworben worden sein, aber die Qualität ist so gut, dass noch lange keine Notwendigkeit bestehen wird, die Einrichtung zu erneuern. Der jetzige Wirt, Thomas Maria Löffler, Urenkel des ersten Besitzers des Wirtshauses, ist zwar nicht der Hellste – und je weiter Tag und Abend fortschreiten, umso verschwommener steht es um sein Denkvermögen, was ohne Zweifel auf den Markgräfler Gutedel zurückzuführen ist –, doch als Moderator der Stammtischrunde ist er unverzichtbar.

«Ja, und der ist einfach so in seinem Zelt gelegen?», will er gerade von Herbert Fehringer wissen.

«Hat es denn gar kein Blut oder Kampfspuren gegeben?» Auch Löffler kennt sich bei der Aufklärung von Kriminalfällen aus. Am liebsten sind ihm im Fernsehen die alten Folgen vom ‹Kommissar›. Die sind zwar noch schwarz-weiß, aber in ihrer Handlung nicht so kompliziert wie die im ‹Tatort›. Auch diese Einschätzung ist nicht unwesentlich in Verbindung mit dem Markgräfler Gutedel zu sehen. Denn am Sonntag ist im ‹Waldhorn› Ruhetag, und Löffler hat, weil er diesen Tag unter Aufsicht seiner Frau verbringen muss, nur eingeschränkte Zugangsmöglichkeiten zum Fasswein. Das, was er sich den Tag über genehmigen darf, reicht gerade dafür, dass er abends regelmäßig auf halber Strecke des ‹Tatort›-Krimis einschläft, was das Verständnis des Handlungsfortgangs naturgemäß erschwert. Zu späterer Stunde, wenn der ‹Kommissar› beginnt, ist er dann wieder fit.

«Nix. Es muss ihn jemand richtig zerquetscht haben. Der hat einfach keine Luft mehr gekriegt. Und mit dem Gesicht ist er mit Gewalt in den Dreck gedrückt worden.»

Bei der Fehringer'schen Schilderung dieser wenig appetitlichen Einzelheiten schütteln die Stammtischgäste fassungslos die Köpfe. Was es nicht alles gibt, und das in Badenweiler!

«Und dann, ja, dann hätte ich dem Kommissar noch ganz viel über den Gerstenbach erzählen können. Ich wohne ja mit dem seit Wochen» – es waren genau gesagt noch nicht einmal zwei – «unter einem Dach. Da lernt man einen Menschen kennen. Aber glaubt ihr, dass dieser arrogante Knilch von einem Kommissar das hören wollte? Der hat mich einfach stehen lassen.»

Die Enttäuschung darüber, dass seine wichtigen Aussagen nicht wichtig sein sollen, sitzt tief bei Würschtle-Herbert, und er trifft am Stammtisch auf warmes Verständnis und Zustimmung.

«Man weiß ja, wie das so läuft. Da sitzen die in ihren Büros und haben keine Ahnung, wie es draußen zugeht.»

«Und wenn sie dann doch einen gefasst haben, dann lassen sie ihn gleich wieder laufen.»

«Was die Herren auf den Gerichten entscheiden, kann auch keiner verstehen. Da hat einer ein paar Leute abgemurkst, und dann wird er zur Belohnung auf Bewährung freigelassen.»

«Na, ganz so ist es ja nun auch wieder nicht», mischt sich Lehrer Lempel jetzt ein, der es als persönliche Verpflichtung betrachtet, nachmittags sein reiches Wissen an die Stammtischbrüder weiterzugeben. Nach drei großen Pils und zwei Vierteln Gutedel kommt er immer richtig in Fahrt und vergisst vorübergehend das Elend, das ihm sein Nachname in Verbindung mit seinem Beruf beschert – zumindest bei jenen Kollegen und Schülern, deren literarische Bildung bis zu Wilhelm Busch reicht.

«Ganz sicher ist es so. Hundertprozentig. Schlag nur mal die Zeitung auf, da kannst du's jeden Tag lesen. Da sitzen sie höchstens zwei, drei Jahre ab, und dann kommen sie wieder raus und bringen die Nächsten um. Das hat's früher nicht gegeben. Da konnten sich die Frauen abends noch auf die Straße trauen, ohne Angst haben zu müssen. Es war nicht alles so schlecht, wie man es heute hinstellt», erklärt im Brustton der Überzeugung einer der älteren Stammtischbrüder.

Doch das ist zu viel für Würschtle-Herbert, da ist er empfindlich. Er weiß genau, wo solche Tiraden enden, und das ärgert ihn gewaltig, weit mehr noch als die Ignoranz des Kommissars ihm gegenüber. Oft genug hat er sich derartige Äußerungen auf dem Münsterplatz anhören müssen. Lernen die denn nie dazu? Braucht man sich nicht zu wundern, wenn die braune Soße schon wieder auf die Jungen überschwappt, wenn die Alten es ihnen sogar noch vorbeten.

Würschtle-Herbert ist sauer: «Sei du doch still mit dem alten Geschwafel. Will eh keiner hören.» Eigentlich hätte er es lieber sehr viel deutlicher gesagt: ‹Halt's Maul›, aber er will keinen größeren Krach provozieren, er braucht noch Zuhörer.

Nicht nur rund um den Stammtisch im ‹Waldhorn› entwickeln sich gewagte Thesen. Sogar im vornehmen ‹Römerbad› ist der rätselhafte Kurpark-Mord – dass es einer war, daran zweifelt in Badenweiler niemand mehr – das Hauptgesprächsthema, sowohl in der Küche als auch im eleganten Restaurant und an der Rezeption, wo sich Manfred Hochwert ausführlich vom Portier über alle Details unterrichten lässt.

«Sie müssten den Toten eigentlich kennen», sagt der Portier eben zu Hochwert, der als Gast eine der teuren Suiten bewohnt.

«Ich? Wieso? Ich kenne hier keinen Menschen. Schon gar keinen toten Fotografen.»

«Doch», beharrt der Portier. «Erinnern Sie sich nicht, wie ich Ihnen ausgerichtet habe, dass dieser Gerstenbach in der letzten Woche nach Ihnen gefragt hat? Ich habe Ihnen noch seine Visitenkarte ins Fach gelegt. Ich weiß es ganz genau.»

«Ach ja, jetzt fällt es mir wieder ein. Aber ich habe mit der Karte nichts anzufangen gewusst und sie gleich weggeworfen.»

«Kennen müssten Sie ihn trotzdem, denn am nächsten Tag haben Sie sich mit ihm in der Halle unterhalten.»

So schnell gibt der Portier nicht auf. Er hat einen Blick für Leute, und Verwechslungen kommen bei ihm nicht vor. Zudem ist er sich sicher, dass bei diesem geschniegelten Hochwert etwas nicht stimmt. Ein junger Kerl, im Maßanzug – auch dafür hat der Portier einen Blick –, aalglatt, eine Spur zu großzügig mit dem Trinkgeld, der das neueste Porsche-Modell spazieren fährt. Outfit und Benehmen passen jedoch überhaupt nicht zueinander.

«Ach, der war das», sagt Hochwert gedehnt. «Den habe ich mit der Visitenkarte gar nicht in Verbindung gebracht. Und was der von mir wollte, habe ich auch nicht herauskriegen können. Wahrscheinlich wollte er mir irgendein Projekt andrehen, weil er gesehen hat, dass ich gutsituiert bin.» Der Portier grinst in sich hinein. Der Begriff ‹gutsituiert› passt zu diesem Möchtegern-Yuppie wie die Faust aufs Auge.

«Diese verrückten Fotografen suchen immer Leute, die ihre Projekte finanzieren. Da fotografieren sie und fotografieren, und andere Leute sollen es zahlen. Wie er da auf mich kommt, ist mir schleierhaft», erklärt Hochwert weitschweifig.

Der Portier schaut ihn lange an. Das sind ihm etwas zu viele und zu wirre Begründungen. Er blickt auf eine jahrzehntelange

Erfahrung zurück, und der Umgang mit den Hotelgästen hat ihn gelehrt, auf Zwischentöne zu achten. Deshalb ist er sich sicher, dass Hochwert von der Wahrheit recht weit entfernt ist. Aber das oberste Gebot eines Portiers in solch einem Haus lautet, sich zurückzuhalten. Folglich verabschiedet er sich von Hochwert mit einer angedeuteten Verbeugung: «Ach so, dann entschuldigen Sie bitte, dass ich nicht rechtzeitig bemerkt habe, dass Sie belästigt worden sind. Einen schönen Tag noch.»

Hochwert schaut etwas verdutzt. Was hat das denn zu bedeuten? Hat der ihm womöglich nicht geglaubt? Doch die unverbindliche Freundlichkeit und das Pokerface des Portiers lassen keine Schlüsse darüber zu, was dieser von Hochwerts Erklärungen hält.

Über Hochwert macht sich nicht nur der Portier Gedanken, sondern etwa zur gleichen Zeit auch Kommissar Lorenz an seinem Freiburger Schreibtisch. Man hat ihm inzwischen den großen Plastiksack mit den Dingen gebracht, die beim toten Fotografen gefunden wurden. Darunter befindet sich ein Notizbuch, dem Lorenz höchste Aufmerksamkeit schenkt. Eine Eintragung vom Mittwoch letzter Woche macht ihn stutzig: Hochwert, Römerbad.

Wo ist ihm dieser Name bloß schon mal begegnet? Lorenz geht nach nebenan, wo Thiele so gebannt auf den Monitor starrt, als ob er von dort die Quadratur des Kreises erfahren könnte.

«Was machen Sie denn da, Thiele», will Lorenz wissen.

«Es gibt interessante Neuigkeiten, Chef», entgegnet ihm sein Assistent.

«Na, dann sagen Sie schon, was Sie entdeckt haben.»

Doch Thiele will die Spannung, die er mit seiner Bemerkung geweckt hat, noch ein bisschen auskosten. Das ist nämlich der einzige Bereich, in dem er Lorenz gegenüber eindeutig im

Vorteil ist: Bei der Handhabung des Rechners kann ihm keiner das Wasser reichen. Schon gar nicht Lorenz.

Der kennt seine Schwäche sehr wohl. Mit diesem Ding ist er nie wirklich zurechtgekommen, vor allem deshalb, weil er nicht das mindeste Interesse dafür aufbringen kann. Die Faszination, die viele Leute angesichts dieses Gerätes packt, so wie auch Thiele, geht ihm gänzlich ab. Er ist froh, dass sein Assistent ihm diese Arbeit komplett abnimmt. Das ist der Grund, weshalb er alle anderen Macken Thieles in Kauf nimmt und nicht längst für eine Versetzung in eine andere Abteilung plädiert hat.

«Jetzt sagen Sie halt», drängt Lorenz.

«Also, Chef.»

Wenn ich nur dieses ‹also› nicht dauernd hören müsste, denkt Lorenz. Warum reichern die meisten Leute ihren Wortschatz permanent mit solchen Floskeln an?

«Wird's bald!»

«Ja, doch. Seien Sie nicht so ungeduldig. Gut Ding braucht Weile.»

Nicht nur der Wortschatz ist begrenzt, sondern gleich auch die Geduld des Staatsbeamten. Thiele kann das sehr deutlich an dessen Blick ermessen und beeilt sich, seine Erkenntnisse mitzuteilen.

«Der Gerstenbach ist nicht ohne. Der hat schon mal kurz gesessen. Und zwar wegen Betrugs. Er hat einer Werbefirma eine umfassende Kampagne, mit allem, was dazugehört, versprochen, einen Riesenvorschuss kassiert und sich dann aus dem Staub gemacht. Das Blöde für ihn war nur, dass die ihn durch einen Detektiv haben suchen lassen, der ihn auch gefunden hat. Es ist zu einer Anklage gekommen, und er hat sechs Monate wegen vorsätzlichen Betrugs gekriegt, von denen er drei abgesessen hat. Der Rest wurde ihm wegen guter Führung auf Bewährung erlassen. Die ist aber noch nicht abgelaufen. Und Schulden hat er laut den staatsanwaltlichen Ermittlungen ohne Ende. Deshalb hat er niemandem von dem Geld erzählt und überall den armen Mann gespielt, der von der Hand in den Mund lebt.»

«Schau an. So einer ist das. Sehen Sie mal nach, ob Sie auch was finden über einen gewissen Hochwert. Der Name kommt mir bekannt vor. Ich kann mich nur nicht erinnern, woher.»

«Ich schon, Chef. Ein gewisser Manfred Hochwert hat eine ziemlich undurchsichtige Rolle gespielt, als in Freiburg die Privatbank Ammerling hochgegangen ist, weil sie guten Kunden ganz offizielle Transaktionen in die Schweiz, nach Luxemburg und Liechtenstein vermittelt hat. Der Hochwert war dabei eine wichtige Figur, dem man aber nichts hat nachweisen können. Ging vor etwa einem Vierteljahr groß durch die Presse, sogar die FAZ hat darüber berichtet.»

Lorenz hätte viel vermutet, aber dass Thiele FAZ-Leser ist, gewiss nicht.

Vage erinnert er sich an den Skandal, den die Sache in Freiburg ausgelöst hatte, weil auch mehrere sehr bekannte und vermögende Bürger darin verwickelt waren. Ihn hatte das Ganze nicht sehr berührt, weil die Vorgänge beruflich nicht in seine Sparte fielen, und als Privatmann kommt er bei seiner Gehaltsklasse kaum in die Verlegenheit, größere Beträge ins Ausland zu transferieren. Er ist immer froh gewesen, die Familie einigermaßen über die Runden gebracht zu haben. Seit die Kinder erwachsen waren und die Belastungen für das Haus auf ein erträgliches Maß gesunken sind, war ihm das Leben ein wenig leichter erschienen.

Und jetzt das mit Brigitte.

Er hatte sich wirklich bemüht. Sicher, sie hatte immer mitgearbeitet, sonst hätten sie sich das Haus in Littenweiler nicht leisten können. Aber den Löwenanteil der finanziellen Belastungen hatte er getragen und zusätzlich viele Überstunden gemacht. Sie hatte nur eine Dreiviertel-Stelle gehabt, nicht so gut bezahlt wie seine. Der Haushalt war in der heutigen Zeit doch auch keine große Belastung mehr, ihm war es außerdem egal, ob immer pünktlich Staub gewischt wurde und die Teppiche gesaugt waren. Sie müsste doch die Entlastung nach dem Auszug der Kinder gespürt haben. Weshalb nur ist sie gegangen, gerade jetzt?

Thiele merkt, dass sein Chef nicht bei der Sache ist, weil der ihn schon eine ganze Weile wortlos anstarrt, genau gesagt, durch ihn hindurchschaut. Vorsichtig spricht er ihn zum zweiten Mal an.

«Chef?»

«Hä, ja, nein, ja, da haben wir zwei interessante Früchtchen beisammen. Jetzt suchen Sie bitte noch nach einem gewissen Michael Schüren. Der Name steht auf einem Zettel, der im Notizbuch lag.»

Diese Suche im Fahndungscomputer verläuft ergebnislos. Daher vertraut Thiele den Namen der Google-Suchmaschine an und hat innerhalb kürzester Zeit brauchbare Informationen parat, so zum Beispiel, dass Michael Schüren, zehn Jahre jünger als Gerstenbach, ebenfalls Fotograf ist und sich wie dieser auf Naturfotografie spezialisiert hat. Er kann sogar bereits einige beachtenswerte Erfolge im In- und Ausland vorweisen und scheint ganz gut im Geschäft zu sein.

Thiele stutzt plötzlich. Unter Schürens aufgeführten Referenzen befindet sich die Darstellung jener detailliert ausgearbeiteten Werbeaktion für die Firma, die von Gerstenbach gelinkt worden ist. War da in irgendeiner Form Rache im Spiel? Aber dann müsste eigentlich der andere tot sein. Thiele fehlt der Durchblick, ihm ist nur klar, dass es eine Verbindung zwischen den beiden gibt.

Wo wohnt denn dieser Schüren? Hm, Recklinghausen. Naturfotograf in Recklinghausen? Ob es dort überhaupt Bäume gibt? Für Thiele sind alle Regionen nördlich von Karlsruhe als

Wohnort undenkbar und schlicht indiskutabel, insbesondere das seiner festen Überzeugung nach düstere und dreckige Ruhrgebiet. Wie kann man als Naturfotograf dort leben? Mit seinen Vorurteilen geht Thiele sehr pfleglich um; er verfiele auch nie auf den Gedanken, freiwillig in solche Gegenden zu reisen.

Alles, was er gefunden hat, druckt er aus und übergibt den ganzen Packen seinem Chef mit den ihm eigenen langatmigen Erläuterungen.

Lorenz hört nur mit halbem Ohr zu, weil er sich sofort in die Unterlagen vertieft und froh ist über das Gefühl, zumindest ein Stückchen weitergekommen zu sein. Nun fehlt noch das Ergebnis der Obduktion, von dem er sich weitere Erkenntnisse erhofft. Eines aber ist jetzt schon klar: Er wird morgen und wohl auch übermorgen und wer weiß, wie oft noch, nach Badenweiler fahren müssen, um weitere Vernehmungen durchzuführen. Gerade dorthin, wo er mit seiner Brigitte hin und wieder – wenn sie sich gar zu sehr über die Eintönigkeit ihres Lebens beschwert hat – ins Thermalbad und anschließend zum Kaffeetrinken gefahren ist. Ein tiefer Seufzer schließt seine Überlegungen vorläufig ab. Heute scheint wahrlich ein Tag des Seufzens zu sein.

7.

Der nächste Morgen beginnt im dritten Stock des Polizeipräsidiums mit der Lektüre des Berichts aus der Gerichtsmedizin. Die Untersuchung hat ergeben, dass Gerstenbachs Leiche auf Rücken und Hinterkopf Spuren heftiger Schläge aufweist, die jedoch nicht ursächlich für seinen Tod waren, weil sie durch das Tarnzelt abgemildert worden sind. Irgendjemand muss mit einem schweren Gegenstand, vermutlich einem Ast, auf den im Zelt Liegenden eingeschlagen haben, das dann über ihm zusammengebrochen ist. Die Annahme des Gerichtsmediziners richtet sich darauf, dass sich dieser Jemand in der Folge mit voller Wucht über das Zelt und damit auch auf Gerstenbach geworfen hat. Dieser hat sich aus dem engen Behältnis nicht mehr befreien können und ist erstickt.

Thiele steht in der Tür und schließt haarscharf: «Das muss so ein Muskelprotz gewesen sein, wie sie in den Fitness-Studios rumhängen. Muskeln bis zum Platzen, und das Hirn klein wie eine Erbse.»

Lorenz schaut ihn, auch des Erbsenvergleichs wegen, irritiert an. «Kein Mensch hat gesagt, dass es Faustschläge waren. Mit dem besagten starken Ast könnte sogar ein Schwächling den Fotografen erledigt haben.»

«Vielleicht ist der Schüren so einer. Oder dieser andere, dieser Hochwert. Obwohl, auf dem Foto hat der nicht den Eindruck gemacht. Aber es wäre möglich, dass er sich inzwischen Muskeln antrainiert hat.»

Nach dem Blick, den ihm sein Chef zuwirft, hält es Thiele für geraten, weitere Mutmaßungen und Überlegungen sowie mögliche Schlussfolgerungen und humorige Theorien für sich zu behalten. Ein Vorgesetzter in der Midlife-Crisis, noch dazu mit Eheproblemen, ist wahrlich kein Zuckerschlecken, brütet Thiele dumpf vor sich hin. Ein Glück nur, dass nicht einmal langgediente Kriminalbeamte Gedanken lesen können.

Im Gegensatz zu seinem Assistenten ist sich Lorenz sicher, dass der Angreifer, der den Fotografen ins Jenseits befördert hat, nicht mit außergewöhnlichen Kräften ausgestattet war, zumal der Täter – sofern es nicht mehrere waren – sich auf das Überraschungsmoment hatte verlassen können, wenn er leise und vorsichtig genug gewesen war. Und das hieße wiederum, dass es sich um einen vorsätzlichen Mord handelt.

Sicherheitshalber fragt Lorenz nochmals beim Gerichtsmediziner nach, der die Obduktion geleitet hat.

«Ja – ach so – ja. Hm ... Ja, klar, danke ... Der Meinung bin ich eigentlich auch. Nochmals danke.»

Derart inhaltsschwere Telefongespräche liebt Thiele. Er hat keine Ahnung, worum es geht, Lorenz schweigt sich aus, und er soll dann trotzdem alles wissen. Diesmal aber ist es nicht so:

«Wie ich vermutet habe. Der Fotograf muss völlig überrascht worden sein von dem Angriff, sodass er gar keine Chance hatte, sich zu wehren. Und ein großer Kraftaufwand war auch nicht nötig. Könnte sogar eine Frau gewesen sein, sagen die unten im Institut. Also fahren wir eben wieder nach Badenweiler und machen mit den Vernehmungen weiter.»

Dieser Feststellung folgt diesmal von der Tür her ein Seufzer von Thiele.

«Ich fahre», erklärt Lorenz kurz und bündig. Der Thiele-Seufzer war demnach unnötig gewesen.

In Bernis kleiner Wohnung hockt derweil Tanja und heult. Nachdem ihr Bruder gestern am Telefon berichtet hat, was passiert ist, hat sie ohne jede Erklärung ihren Schreibtisch in der Bank samt Herrn Bührli stehen lassen, ist kurz in ihre

Wohnung gefahren, um ein paar Sachen zu holen, und dann Hals über Kopf direkt nach Badenweiler gekommen. Sie will wissen, was jetzt geschieht.

«Ja, nachher wird der Freiburger Polizist nochmal kommen und uns löchern, wo wir alle zur Tatzeit gewesen sind, denke ich», befürchtet Berni. Auch er ist ein durch Fernsehkrimis gebildeter Fachmann. Außerdem ist er, was polizeiliche Maßnahmen anbelangt, aus eigener leidvoller Vergangenheit nicht ganz unerfahren. Die außergewöhnlichen Ereignisse haben in ihm den Entschluss reifen lassen, sich selbst einen Tag Urlaub zu genehmigen, damit er zur Verfügung stehen kann, wie er dies voller Inbrunst bezeichnet. So dringend wird im Zeitalter von Handy und E-Mail keine Nachricht sein, dass die Adressaten nicht einen Tag warten könnten. Die Ansichtskarten, die die Kurgäste von ihren weiter gereisten Bekannten aus Gran Canaria oder der Karibik bekommen, liegen gut bis morgen. Und alles andere auch.

Andererseits – das ist der Nachteil an diesem Sonderurlaub – erwartet Tanja von ihm, dass er bei ihr bleibt, das heißt, er ist von neuen Informationen, die es entweder im ‹Waldhorn› oder in der Pension geben könnte, ausgeschlossen, und das nun wieder beunruhigt Berni sehr. Deshalb unternimmt er einen weiteren Versuch, sich wenigstens kurz in eine der beiden Richtungen begeben zu können.

«Du, Tanja, du bleibst jetzt hier, und ich hör mich um, ob es etwas Neues gibt.»

Aber damit hat er kein Glück. «Du kannst mich nicht einfach hängen lassen, wenn der Polizeifuzzi kommt. Lass mich bloß nicht allein. Was soll ich dem denn sagen», jammert Tanja.

«Was wohl? Wo du am Sonntag warst. Und wie lange du mit diesem verdammten Gerstenbach zusammen warst. Stell dich nicht so an. Du hast doch mit ihm bei Oberles übernachtet seit Freitag. Sag das halt dem Kommissar. Hättest du dich nur nie mit dem eingelassen! Ich hab's dir gleich gesagt. Aber nein, du wolltest ja nicht auf mich hören. Jetzt hast du den Salat. Hör endlich auf zu heulen. Ich möchte bloß wissen, was an dem Kerl dran war, dass du dich jetzt als trauernde Witwe aufspielst. Dir hat's doch auch schon gelangt mit der dauernden Anpumperei um Geld. Hast du mir neulich am Telefon selbst gesagt. Und dass er ein Chauvi ist. Gib's zu.»

Das ist wirklich nicht das, was Tanja hören will.

«Und dann erzähl dem Polizisten ruhig, was der Gerstenbach für ein Typ war. Dass du alles für ihn zahlen musstest, dass er dich ausgenutzt hat. Überhaupt – du hast schließlich auch gewusst, wo der sein blödes Tarnzelt stehen hatte, oder?»

«Ja, natürlich. Das heißt, nein. So genau halt nicht. Was weiß ich, vielleicht hat er es ja noch woanders aufgebaut, nachdem ich weg war. Von mir hat er verlangt, dass ich stundenlang drin still sitzen soll, damit ich die Viecher oder was immer er fotografieren wollte, nicht störe. Es war alles andere als romantisch. – Sag mal, das fällt mir jetzt erst auf. Was hast du damit eigentlich andeuten wollen? Verdächtigst du womöglich mich, dass ich ihn umgebracht hätte? Das ist ja wohl das Letzte. Das hat mir gerade noch gefehlt.»

Berni und Tanja starren sich wütend an. Mit der beiderseitigen Geschwisterliebe hatte es bei ihnen von jeher gehapert.

«Du hast übrigens genauso gewusst, an welcher Stelle er sich im Kurpark verkrochen hat. Er hat's dir schließlich erzählt», kontert Tanja, «und im Draufhauen warst du noch nie schlecht. Wäre nicht das erste Mal, dass du wen zusammengeschlagen hättest – wenn ich dich daran erinnern dürfte.»

«So, und welchen Grund sollte ich gehabt haben, den umzubringen?»

«Welchen Grund hast du für deine vielen Schlägereien gehabt? Bei dir reicht es doch schon, wenn einer anderer Meinung ist als du.»

Diese unmissverständlichen Hinweise tragen nicht gerade zu Bernis Beruhigung bei, er beherrscht sich sichtlich nur mühsam.

«Schon im Kindergarten warst du immer derjenige, der andere verprügelt hat. Und mich dazu», stichelt Tanja weiter.

Langsam hat Berni von den Vorhaltungen seiner zwischendurch hysterisch schluchzenden Schwester die Nase voll, und die Wut kocht in ihm hoch. Weshalb ist die so außer sich, fragt er sich. Hat sie womöglich doch etwas damit zu tun? Gelegenheit hätte sie gehabt, und genügend Wut auf den Fotografen auch.

«Ach, und weil ich dir im Kindergarten mal eine gelangt habe, soll ich den Kerl umgebracht haben?»

«Wo warst du denn am Sonntag? Bevor ich gefahren bin, wollte ich nochmal kurz bei dir vorbeikommen, aber es war keiner da.»

«Wann soll das gewesen sein?»

«Um vier Uhr herum habe ich bei dir geklingelt.»

«Und weshalb wolltest du schon so früh zurück? Mir hast du gesagt, du willst erst in der Nacht fahren.»

«Was geht dich das an?»

«Das geht mich sehr wohl was an. Mich verdächtigst du, dass ich deinen Lover abgemurkst haben soll, dabei hättest du selber wunderbar Gelegenheit dazu gehabt und jede Menge Zorn.»

Die beiden stehen sich mit hochroten Gesichtern hasserfüllt gegenüber. Jeder möchte dem anderen am liebsten die Augen auskratzen.

«Damals in der Schule, in der dritten Klasse ...», brüllt Tanja ihn an.

«Jetzt halt die Schnauze mit deinen albernen Geschichten von früher. Kapierst du eigentlich nicht, was hier läuft?»

«Was?»

«Du hast kein Alibi für die Zeit, als Gerstenbach ins Gras gebissen hat.»

Diese Formulierung trifft den Tatbestand recht präzise, doch Tanja lässt die Unterstellung nicht auf sich sitzen.

«Wieso? Ich bin zurückgegangen und hab dich hier gesucht.»

«Und wer hat dich gesehen?»

«Irgendwer wird mich schon gesehen haben. Und wo warst du?»

«Das geht dich überhaupt nichts an. Vor dir muss ich mich nicht rechtfertigen.»

«Aber vor der Polizei vielleicht schon.»

«Quatsch, weshalb sollte ich am Sonntagnachmittag in den Kurpark gelatscht sein, um den Kerl umzubringen. Nur um dir einen Gefallen zu tun? Für so blöd kannst nicht mal du die Polizei halten. Da müssten die dreimal verquer denken. Mir langt's jetzt mit dir. Mach, was du willst. Hau ab oder bleib hier. Ich gehe jedenfalls, ich brauche frische Luft.»

Damit marschiert Berni mit großen Schritten aus dem Zimmer und knallt wütend und so laut es geht die Tür zu, um seine Schwester keinesfalls im Unklaren darüber zu lassen, wie sehr er sich geärgert hat.

Kommissar Lorenz und sein Assistent sind als Erstes zum Hotel ‹Römerbad› gefahren, um sich nach Manfred Hochwert zu erkundigen. Das scheint ihnen momentan die wichtigste Spur zu sein.

Über ein großes Areal unmittelbar neben Kurpark und Kurhaus zieht sich das weiße Hotel mit den dunklen Dächern hin und erinnert von außen mit seinen Türmchen, Erkern und den hohen Sprossenfenstern an die Architektur einer längst vergangenen glanzvollen Epoche. Die Bauweise aus dem ersten Drittel des 19. Jahrhunderts hebt sich wohltuend ab von jenen seelenlosen Betonkästen, die in so manchem Kurort, der erst später zu einem solchen geworden ist, in aller Eile errichtet worden sind. Bereits der Eingangsbereich ist äußerst elegant gestaltet, und ein Blick in den achteckigen Hofsaal mit der imposanten Kuppel vermittelt den beiden Freiburger Beamten einen Eindruck von beachtlichem Luxus, den jeder hier genießen kann, der ein gutgefülltes Konto sein Eigen nennt.

Vom Portier erfahren sie auf ihre Frage nach Hochwert, dass der ‹junge Herr› wohl beim Frühstück sitzen müsse, denn am Zimmertelefon meldet er sich nicht, und an der Rezeption ist er nicht vorbeigekommen.

Um halb elf noch beim Frühstück! Nicht nur Thiele wird von einem gewissen Neid erfasst.

Der Empfangschef begleitet sie und weist mit einer gewandten und geübten Handbewegung diskret auf einen der letzten Gäste, der in unmittelbarer Nähe einer lebhaft auf Spanisch sich unterhaltenden Familie in aller Ruhe seine Zeitung liest. Die Tischnachbarn scheinen ihn trotz der lautstark geführten Gespräche keineswegs zu stören: eine sehr junge Mutter mit Baby im Kinderwagen, in Begleitung offensichtlich stolzer Großeltern, allesamt äußerst elegant und teuer in Rosa gekleidet, selbst der Großvater hat sich mit rosa Hemd und dunkelrosa Krawatte angeglichen. Das Baby allerdings plärrt trotz der schicken rosa Spitzenwäsche lauthals, obwohl oder vielleicht gerade weil sich alle aufgeregt bemühen, es zu beruhigen. Hochwert und die rosa Familie lassen sich, in der Nähe des imposanten Frühstücksbuffets sitzend, von der säuerlich lächelnden Hotelangestellten, die ihrem Zeitplan gemäß schon längst mit dem Abräumen beschäftigt sein sollte, nicht beeindrucken. Ganz im Gegenteil: Hochwert bekommt eben ein weiteres Kännchen Kaffee serviert.

«Herr Hochwert, Herr Manfred Hochwert?»

«Ja?»

«Ich bin Kommissar Lorenz.» Thiele wird zu seinem Verdruss bei der Vorstellung ignoriert.

«Von der Mordkommission Freiburg. Ich untersuche den gewaltsamen Tod des Fotografen Silvio Gerstenbach.»

Lorenz hat sich entschlossen, gleich in die Vollen zu gehen und den Verdächtigen, der Hochwert für ihn ist, mit dieser Nachricht ohne Vorwarnung zu konfrontieren.

Tatsächlich wird Hochwert blass.

«Was? Was ist los?»

«Jetzt tun Sie nicht so. Sie kannten den Gerstenbach gut», feuert Lorenz auf gut Glück einen Schuss ins Blaue ab.

«Ich kannte den überhaupt nicht gut. Er ist mir nur mal in der Hotelhalle begegnet und wollte irgendwas von mir. Und dann hat er seine Visitenkarte beim Portier hinterlassen. Wahrscheinlich sollte ich eines seiner Foto-Projekte sponsern.»

Hochwert merkt, dass er sich verheddert. Nebenan steigert sich die Lautstärke des rosa Babys, was Thiele zu einem Stirnrunzeln veranlasst. Er kann mit kleinen Kindern nichts anfangen.

«Woher wussten Sie denn, dass er Fotograf ist und sich von Ihnen sponsern lassen wollte?», fragt Lorenz derweil ungerührt, aber durchaus folgerichtig, weiter.

«Das habe ich nicht gewusst, das vermute ich nur.»

«Aber in seinem Notizbuch steht Ihr Name und auch ein Termin, an dem Sie beide sich getroffen haben. Am Mittwoch letzter Woche. Hier im ‹Römerbad›.»

«Aber ich sage Ihnen doch, dass der nur versucht hat, mich zu irgendwas zu überreden. Ich kann schließlich nichts dafür, wenn der meinen Namen in sein Notizbuch einträgt. Das beweist überhaupt nichts.»

Langsam gewinnt Hochwert seine Sicherheit und Überheblichkeit zurück. Die überfallartige Begrüßung war nicht ganz so erfolgreich, wie Lorenz sich das erhofft hat.

«Was soll es denn beweisen?» Lorenz gibt nicht auf.

«Na, wenn doch der Gerstenbach ermordet worden ist!»

«Woher wissen Sie das?»

«Mann, das hat sich mittlerweile herumgesprochen, und dann kommen Sie hier herein, stellen sich als Kommissar von der Mordkommission vor und reden von gewaltsamem Tod. An einem Zeckenbiss wird der nicht gestorben sein.»

Innerlich beginnt Lorenz allmählich vor Wut über diesen arroganten Schnösel zu kochen. Es läuft nicht so, wie er will.

«Wissen Sie was, Hochwert. Jetzt sagen Sie mir einfach zur Abwechslung die Wahrheit. Ich glaube Ihnen nämlich kein Wort. Mir ist klar, dass Sie im Lügen geübt sind, sonst wären Sie damals aus dieser Freiburger Banksache nicht mit heiler Haut herausgekommen, obwohl Sie einiges auf dem Kerbholz hatten.»

«Das muss ich mir von Ihnen nicht sagen lassen. Mir konnte nichts, aber auch rein gar nichts nachgewiesen werden», braust Hochwert auf.

Wenn die, die damals ermittelt haben, alle vom Schlage eines Thiele waren, wundert mich das nicht, denkt Lorenz – wenig solidarisch mit seinem Assistenten und den Kollegen des Betrugsdezernates.

«Wovon leben Sie, Herr Hochwert? Der Schuppen hier dürfte nicht billig sein.»

«Ich muss Ihnen gegenüber keine Rechenschaft ablegen, und wenn Sie sich mit Ihrem Gehalt kein solches Hotel leisten können, dann brauchen Sie es noch lange nicht mit solch einer überheblichen Geringschätzigkeit abzuqualifizieren.»

Diese gewählte Ausdrucksweise hätte dem Portier sicherlich wieder zu einem stillen Amüsement verholfen, nicht jedoch einem Staatsbeamten mit Eheproblemen und der Belastung eines – seiner Meinung nach – nur hin und wieder fähigen Mitarbeiters.

«Glauben Sie nicht, dass Sie damit auf mich Eindruck machen. Sie sind dringend der Tat verdächtig und haben Ihren derzeitigen Aufenthaltsort nicht zu verlassen, ohne mich darüber zu informieren.»

«Beruhigen Sie sich, Herr Kommissar. Ich habe noch für eine Woche gebucht, und die habe ich auch vor zu bleiben. In der Zeit müsste es selbst Ihnen gelingen, mit Ihren Ermittlungen so weit vorwärtszukommen, dass Sie begreifen, dass ich nichts mit der Sache zu tun habe. Einen schönen Tag noch.»

Hochwert erhebt sich aufreizend langsam von seinem Stuhl, greift sich die Zeitung und verlässt hocherhobenen Hauptes und mit beschwingtem Schritt den Frühstücksraum.

Dich kriege ich noch, du Arsch, denkt sich Lorenz wütend. Mit sich selbst rechnet er auch gleich ab: Mein Lieber, das war keine Meisterleistung, wie du das angefangen hast. Nur gut, dass der Thiele so etwas nicht merkt. Diese Annahme erweist sich aber sogleich als Irrtum.

«Gell, das haben Sie sich anders gedacht», klingt es mitleidsvoll hinter ihm. «Machen Sie sich nix draus. Wir schaffen den schon. Schade, jetzt hat er noch nicht mal seinen Kaffee getrunken», stellt Thiele außerdem bedauernd fest. Man kann ihm ansehen, dass er sich am liebsten selbst am Tisch niederlassen würde, um dieses Versäumnis nachzuholen.

Diese Gemütsruhe ist Lorenz nicht eigen, ganz im Gegenteil. Bevor er aber explodiert, haut er lieber mit der Faust auf den abgegessenen Frühstückstisch, sodass die Eierschalen sich auf der Tischdecke mit den Krümeln mischen, das noch fast volle Milchkännchen überschwappt und der Inhalt eine niedlich kleine fettig-weiße Bescherung auf dem ehemals durchgängig zartrosa Tischtuch hinterlässt.

Das tiefrosa Baby nebenan ignoriert das vornehme Ambiente auf seine Weise: Es kotzt. Folglich sind zwei Schadensfälle zu beklagen, der eine in den rosa Spitzen ist etwas üppiger, der andere nur ein spärliches Rinnsal auf dem Tisch.

Mit Riesenschritten stiefelt Lorenz auf die Glastür zu, und

wäre der Raum nicht mit solch dicken Teppichen ausgestattet, die jeden Tritt verschlucken, hätte man sicherlich die Wut des Kommissars an seinem Schritt ermessen können. So muss er sich damit begnügen, die Tür hinter sich zuzuwerfen. Doch nicht einmal das klappt, denn es steht ein beflissener Kellner, gewandet in vornehmes Schwarz mit langer weißer Schürze, parat, der sie rechtzeitig auffängt und leise schließt.

«Was machen wir jetzt, Chef?», fragt Thiele, der seinem Vorgesetzten eilig hinterhergelaufen kommt.

«Was wohl? Wir gehen ins Thermalbad und warten, bis sich der Mörder im Nichtschwimmerbecken ertränkt.»

Selbst Thiele merkt, dass von nun an wieder einmal Vorsicht geboten ist bei dem, was er sagt.

«Ich wollte ja nur wissen, ob wir zu den Oberles gehen, oder was wir sonst machen.»

«Pension», klingt es kurz und bündig, und beide schlagen wortlos den Weg in Richtung Pension Oberle ein. Zwar kann sich Thiele nicht recht vorstellen, was und wen man dort noch befragen könnte, wo schon gestern alle zu Wort gekommen sind, aber er hält es völlig zu Recht für klüger, auf eine weitergehende Unterhaltung mit seinem Vorgesetzten derzeit zu verzichten.

8.

Auf dem kurzen Weg überfällt Kommissar Lorenz siedend heiß ein Gedanke: Er hat sich nur auf diesen blasierten Hochwert konzentriert, weil neben dessen Namen das ‹Römerbad› als möglicher Treffpunkt notiert war. Das Adressenverzeichnis im Gerstenbach'schen Notizbuch hat er völlig außer Acht gelassen. Und das liegt gut verwahrt in der mittleren Schublade seines Freiburger Schreibtisches im dritten Obergeschoss. Wie hatte ihm dieser grandiose Fehler unterlaufen können? Dermaßen blöd verhält sich nicht einmal ein Anfänger am Anfang. Hoffentlich kriegt der Thiele diese Panne nicht auch noch mit.

So geht es einfach nicht weiter. Er ist mit seinen Gedanken eben nicht mehr richtig bei der Arbeit. Die ganzen Jahre über ist dergleichen nie vorgekommen. Und an alldem hat allein Brigitte Schuld. Was muss die sich auf einmal selbst verwirklichen und ihn hängenlassen! Sie wird sich doch denken können, dass ihm die Sache zu schaffen macht. Wenigstens aus diesem Grund hätte sie bei ihm bleiben können. Die Zeiten werden selbst im Präsidium immer härter. Man denkt auf den oberen Etagen schon laut über den Begriff Evaluation nach. Was immer man darunter verstehen mag. Das hat er Brigitte auch erzählt – und trotzdem … Lorenz hadert mit sich. Wie soll er dieses Versäumnis Thiele gegenüber vertuschen!

Doch die Befürchtung, dass der diese Unterlassungssünde seines Chefs bemerken könnte, ist völlig unbegründet. Thiele schwebt gefühlsmäßig einen halben Meter über dem Boden, weil er sich freut, Sonja wieder zu treffen, die auf ihn gewaltigen Eindruck gemacht hat. Das ist eine junge Frau nach seinem Geschmack: nicht gerade zierlich, eher bodenständig, aber dennoch hübsch, voller Bewunderung für die Arbeit der Polizei und – nicht zu verachten – mit einem Gasthof im Hintergrund, den sie sicher erben wird. Das wäre eine Zukunft, wie er sie sich vorstellen könnte: Besitzer einer Pension. Oder hat sie etwa Geschwister? Andererseits, sie schmeißt ja jetzt schon den ganzen Laden, das würde sie sicherlich nicht tun, wenn sie ihn nicht eines Tages auch erben würde.

Diese zukunftsorientierten Gedanken nehmen Thiele vollständig gefangen, sodass er ganz gegen seine sonstige Gewohnheit neben Lorenz herläuft, ohne ein einziges Wort zu verlieren. Der schielt ihn von der Seite an. Was ist denn mit dem los? Hat ihm das ‹Römerbad› einen solchen Schock versetzt? Oder überlegt er sich gar, wer ein ausreichendes Motiv gehabt haben könnte, den Fotografen aus dem Weg zu räumen?

Kurz vor der Pension Oberle kommt ihnen Fehringer entgegen, der unterwegs ist, um sich im ‹Waldhorn› umzuhören, ob man dort, wo alle Nachrichten zusammenlaufen, etwas Neues in Erfahrung gebracht hat. Aber es ist ihm natürlich viel lieber, wenn er den Kommissar direkt zu fassen kriegt.

«Ah, der Herr Kommissar», ruft er strahlend schon von weitem. «Wissen Sie schon was Konkretes?»

Das ist genau die Bemerkung, die Lorenz in seiner gegenwärtigen Verfassung noch fehlt, erst recht an einem solchen Tag. Und wenn ich was wüsste, würde ich es dir sicher nicht auf die Nase binden, erwidert er in Gedanken. Zähneknirschend – wieder einmal – begnügt er sich damit, ein undeutliches «Tag» zu knurren. Aber Würschtle-Herbert lässt sich so schnell nicht entmutigen.

«Hat die Spurensicherung was ergeben? Irgendwas müssen die doch gefunden haben. Im Kurpark oder im Zimmer vom Gerstenbach. Die haben da alles von unten nach oben gekehrt.»

Würschtle-Herbert weiß das genau, denn er hat sich verpflichtet gefühlt, an der Tür stehen zu bleiben, um jedes Mal, wenn sie geöffnet wurde, einen Blick in das Zimmer und damit auf die Arbeit der Kriminaltechniker zu erhaschen. Schließlich war er der wichtigste Zeuge, wo er den Toten doch als Erster entdeckt hat. Ohne ihn läge der heute noch oben im Kurpark!

«Unter den ganzen Fotos, die Ihre Leute mitgenommen haben – war da gar nichts Interessantes dabei?»

Lorenz reißt sich mit äußerster Anstrengung zusammen, um eine mittelmäßig freundliche Antwort zustande zu bringen: «Sie müssen verstehen, dass wir in diesem Stadium der Emittlungen nichts sagen können und dürfen.» Schon wieder so ein Fernsehsatz! In letzter Zeit, seit Brigitte nicht mehr da ist, schaut er sich wirklich jeden Mist an und zappt so lange, bis ihm die Augen zufallen. Wahrscheinlich brennen sich derart phantasievolle Wendungen ins Unterbewusstsein ein.

«Ja, ist klar, aber ein bisschen was müssen Sie doch wissen», insistiert Herbert Fehringer.

«Und wenn, dann geht es Sie bestimmt nichts an.» Die mühsam zusammengesuchte polizeiliche Freundlichkeit von eben lässt nun deutlich zu wünschen übrig.

Würschtle-Herbert denkt sich seinen Teil. Er wird schauen, dass er Thiele allein zu fassen kriegt, der scheint ihm etwas auskunftsfreudiger. Die vierzigjährige Münstermarkterfahrung hat ihm – ähnlich wie dem Portier im ‹Römerbad› – eine umfassende Menschenkenntnis beschert, und deshalb schätzt er Thiele ganz richtig als einen gutmütigen und, wenn man ihn nur richtig anfasst, auch redseligen Typen ein, der von seinem Chef unterdrückt wird und froh ist, wenn er selber mal was sagen darf und ernst genommen wird.

Mit dem ‹Waldhorn› ist es augenblicklich noch nichts. Würschtle-Herbert macht kehrt und begleitet die beiden, sehr zum Verdruss von Lorenz, zur Pension Oberle.

Die Familie ist vollzählig in der Küche mit den Vorbereitungen für das Mittagessen beschäftigt, auch Maria hilft mit. Es sind nur wenige Hausgäste da, sodass sie mit dem Aufräumen der Zimmer schnell fertig war.

Auf Bitten von Lorenz setzen sich alle an einen der Tische in der Gaststube, und der Kommissar beginnt, seine Fragen zu stellen: nach den Gewohnheiten von Gerstenbach, nach Besuchen, die er bekommen hat, nach allem, was in irgendeiner Weise aufgefallen, was überhaupt vorgefallen ist.

Das hat der schon gestern alles gefragt, denkt sich Würschtle-Herbert, hält sich aber wohlweislich zurück, denn er will nicht riskieren, Lorenz in Rage zu bringen.

Der fragt eben nach Manfred Hochwert. «Kennt jemand von Ihnen diesen Namen? Hat Gerstenbach ihn einmal einem von Ihnen gegenüber erwähnt?»

Würschtle-Herbert spitzt die Ohren. Aha, eine heiße Spur. Hochwert – den Namen muss er sich merken. Wenn der in Badenweiler irgendwo aufgetaucht ist, müsste man das im ‹Waldhorn› wissen. Thomas Maria Löffler, der Wirt, kommt überall herum, auch in den Hotels und den anderen Gasthäusern, und Martin Pfefferle im Thermalbad und bei seinen Privatpatienten sowieso.

Am Tisch gibt es nur bedauerndes Kopfschütteln, auch als der mitgebrachte Ausdruck des Fotos aus der digitalen Datei des Polizeicomputers herumgereicht wird. Niemand kennt ihn. Aber Würschtle-Herbert hat eine Idee.

«Wissen Sie was, Herr Kommissar? Sie geben mir das Foto, und ich zeige es überall dort, wo ich hinkomme, im ‹Waldhorn› oder im Thermalbad. Irgendeiner wird ihn schon kennen.»

Lorenz lehnt das hilfsbereite Angebot entsetzt ab. «Herr Fehringer, ich wollte wissen, ob dieser Mann hier in der Pension aufgetaucht ist. Dass er im ‹Römerbad› wohnt, wissen wir. Ganz so dumm dürfen Sie uns nicht einschätzen.»

Im gleichen Augenblick, als er dies sagt und die Augen Fehringers unternehmungslustig zu funkeln beginnen, beißt sich Lorenz auf die Lippen. Verdammt, schon wieder ein Patzer. Was muss er diesem aufdringlichen Menschen erzählen, wo Hochwert wohnt. Das kann ja heiter werden. Der läuft bestimmt anschließend überall herum und erzählt weiß der Teufel was.

«Herr Fehringer, wir befinden uns – wie gesagt – noch ganz am Anfang. Ich darf Sie sehr bitten, über dieses Gespräch Stillschweigen zu bewahren.» Ob diese Ermahnung etwas nützt? Wohl kaum, wie sich Lorenz ehrlicherweise eingestehen muss. Er setzt seine Befragung fort.

«Gerstenbach hat übers Wochenende Besuch gehabt von seiner Freundin. Weiß zufällig jemand, wo diese sich aufhält?»

«Ja freilich», meldet sich Sonja zu Wort und fängt sich einen verzückten Blick von Thiele ein. «Die ist vorhin mit dem Auto gekommen und zu ihrem Bruder in die Wohnung gegangen. Ich war gerade beim Einkaufen, da habe ich sie gesehen.»

Bleibt denn in diesem Kaff überhaupt nichts verborgen, fragt sich Lorenz.

«Gut, dann werden wir nachher gleich hingehen. Mit Ihren anderen Gästen müsste ich auch noch sprechen, Herr Oberle. Haben Sie die Anmeldungen?»

Hubert Oberle ist ein ordentlicher Mensch und handelt stets korrekt. Selbstverständlich kann er die Gästeliste vollständig ausgefüllt vorlegen, was auch nicht weiter kompliziert ist, denn derzeit sind außer dem Doppelzimmer des Ehepaars Fehringer nur noch zwei weitere belegt.

«In der Vorsaison läuft fast gar nichts, deshalb waren wir froh, dass der Gerstenbach für eine längere Zeit gemietet hat», erklärt er die magere Übernachtungsbilanz.

«Und was sind das für Leute?», will Lorenz wissen.

«Also» – o nein, nicht schon wieder ‹also› – «ja, die Düringers sind ein älteres Ehepaar, Pensionisten, die schon jahrelang immer wieder kommen, aus der Pfalz. Ganz ruhige Leute, die machen jedes Jahr um diese Zeit ihre Kur.» Das gibt es noch, denkt sich Lorenz, dass sich ältere Leute Jahr für Jahr eine Kur leisten können?

«Und dann noch die Frau Jürgens und der Herr Gritzinger. Die sind, glaube ich, nicht verheiratet, sind zum ersten Mal da. Warten Sie mal, aus Hamburg oder so ähnlich, ja. Eine Kur machen die – glaube ich – nicht. Die wollten nur in der Umgebung wandern. Sind für eine Woche eingetragen. Also, er ist schon ziemlich alt. Sie ist mindestens zwanzig Jahre jünger. Geld scheinen sie zu haben, oder zumindest er. Da draußen, der Mercedes mit dem Hamburger Kennzeichen, das ist ihrer, also mit dem sind sie gekommen. Also, von der Postleitzahl her dürften sie irgendwo aus der Nähe von Hamburg sein. Ob die zusammenwohnen oder nicht, weiß man heutzutage ja nicht mehr, wo es genügt, wenn einer die Adresse angibt.»

«Ich glaube, sie ist seine Sekretärin oder so», meldet sich Sonja zu Wort. «Denn die gehen nicht wie ein Ehepaar miteinander um. Er hofiert sie richtiggehend.»

Von der gegenüberliegenden Seite fängt sich Sonja dieser respektlosen Bemerkung wegen gleich zwei böse Blicke ein, vom Vater und der Mutter.

«Ja, also, aber ich hofier dich auch noch, oder, Gundi? Da kannst du dich nicht beschweren.» Gundi läuft ein bisschen rot an und schüttelt verlegen den Kopf. «Nein, nein, Herbert. Ist schon gut.»

Wie geht ein Ehepaar miteinander um, fragt sich Lorenz. Na ja, hofieren muss man seine Frau nach soundso viel Jahren wirklich nicht mehr. Da hat sich alles eingespielt. Und viel sagen muss man auch kaum, man kennt sich eh. Hat sie recht, die Sonja, denkt er weiter, das braucht es bei einem alten Ehepaar nicht mehr.

«Wissen Sie Näheres über dieses Paar? Erzählen die, was sie den Tag über machen, wo sie wandern oder hinfahren?»

«Nein, die sind nicht sehr gesprächig. Hanseatisch. Denen sagt man nach, dass sie nicht viel reden.»

«Ich hab auch probiert, mich mit denen zu unterhalten», meldet sich Würschtle-Herbert zu Wort, «gell, Gundi, aber die sind ziemlich arrogant. Wahrscheinlich meinen sie, dass sie was Besseres sind.»

«Ist Ihnen aufgefallen, ob sie Kontakt mit Gerstenbach gehabt haben?», will Lorenz weiter wissen.

«Also, beim Frühstück haben sie ihn sicher nicht getroffen. Die kommen immer ganz spät. Ich muss jedes Mal ewig lang warten, bis die endlich runterkommen», erwidert Sonja.

Auch sonst hat keiner im Haus je eine Begegnung mit Gerstenbach bemerkt.

Nun fällt Lorenz noch etwas ein. «Thiele, wie hieß gleich der Kollege von Gerstenbach? Wir haben in den Unterlagen etwas gefunden über ein gemeinsam geplantes Projekt. Thiele!»

«Was, wie bitte? Entschuldigung, ich habe Sie gerade nicht verstanden.» Thiele kehrt kurzfristig aus dem siebten Himmel, in dem er mit verzücktem Blick auf Sonja geweilt hatte, zurück.

«Thiele, der Fotograf, der Kollege, wie hieß der?»

Die Geduld von Reinhold Lorenz wird heute arg strapaziert.

«Ja, Schüren. Michael Schüren. Der wollte die Sache mit den Naturfotografien hier eventuell zusammen mit dem Gerstenbach machen», beeilt sich Thiele mit der Antwort.

«Ist der vielleicht hier gewesen?», bemüht sich Lorenz, wenigstens ein Stückchen vorwärtszukommen.

«Also ja, jetzt, wo Sie's sagen. Da war ein junger Mann, hat sich mit dem Namen vorgestellt, ganz sympathisch, letzte

Woche ungefähr war das. Oder vorletzte Woche», erinnert sich Mutter Oberle.

«Die haben ganz schön Krach miteinander gehabt», mischt sich Maria ins Gespräch. «Ich habe nebenan bei den Düringers sauber gemacht und es durch die Wand gehört. Und bei uns ist es wirklich nicht hellhörig.»

«Konnten Sie verstehen, worum es ging?», forscht Lorenz nach.

«Nein, ich habe nur einzelne Worte gehört. ‹Betrug› hat der eine geschrien und ‹Schulden›, aber wer das war von den beiden, kann ich nicht sagen.»

Das klingt allerdings interessant, konstatiert Lorenz und fügt seinen Notizen beim Namen Schüren ein dickes Ausrufezeichen hinzu. Da scheint etwas im Argen zu liegen. Vielleicht ist das ein Aufhänger.

«Wie lange war dieser Schüren hier, hat er übernachtet, oder ist er gleich wieder abgefahren?»

«Nein, übernachtet hat er nicht. Jedenfalls nicht bei uns. Wie lange er geblieben ist, weiß ich nicht. Ich kontrolliere meine Gäste nicht, schließlich habe ich genug mit dem Haus zu tun.» Ein bisschen beleidigt schaut Frau Oberle schon drein. Glaubt der, dass man als Pensionswirtin dauernd auf der Lauer liegt und Gäste beobachtet?

«Also, ich habe ihn schon rausgehen sehen», ergänzt Sonja. «Ich glaube, er war ziemlich wütend. Er hat zwar ‹Auf Wiedersehen› gesagt, aber gute Laune hatte der nicht.»

Das war immerhin ein konkreter Hinweis. Wenn auch erkauft mit einigen ‹Alsos›. Den Schüren muss ich unbedingt als Nächsten vernehmen. Vielleicht weiß der noch gar nichts vom Tod seines Kollegen, oder er weiß es sehr wohl. Sobald wir in Freiburg sind, werde ich das in Angriff nehmen, beschließt Lorenz.

«Dann danke ich Ihnen allen für heute. Kann gut sein, dass wir nochmal kommen müssen.»

«Ja, gern, uns liegt natürlich viel daran, dass alles aufgeklärt wird», beeilt sich Fehringer zu betonen. «Das hätte ich mir auch nicht träumen lassen, dass so etwas im kleinen Badenweiler passiert. Da steht man vierzig Jahre auf dem Münsterplatz, und es gibt höchstens mal eine Schlägerei. Und kaum geht man auf Kur, hat man es schon mit einem Mord zu tun. Aber verlassen Sie sich drauf, Herr Kommissar, wir tun alles, um Ihnen zu helfen.»

Und das ist ganz ernst und durchaus freundlich und hilfsbereit gemeint. Nur fehlt Lorenz augenblicklich jedes weiterreichende Verständnis für derartige Angebote, deshalb beschließt er, nach diesem aussichtsreichen Versprechen, das Würschtle-Herbert zweifellos halten wird, dass ihm im Moment nur noch eines helfen kann: eine rasche Flucht, die sich jedoch durch Thieles betont langsame und umständliche Verabschiedung nach allen Seiten hin – sogar mit Handschlag – erheblich verzögert.

9.

Als Nächstes ist Gerstenbachs Freundin dran. Lorenz und Thiele haben die Haustür der Oberles gerade hinter sich zugezogen, als dem Kommissar einfällt, dass sie vergessen haben, nach der Adresse des Briefträgers zu fragen. Himmeldonner. Ein Fehler nach dem anderen, ärgert er sich insgeheim und schickt Thiele zurück, damit der sich erkundigt. Er muss das wirklich nicht auch noch selbst machen.

Eigentlich schön hier, denkt Lorenz, während sein Blick vom Vorgarten aus auf den etwas entfernt liegenden weitläufigen Kurpark fällt, wo die riesigen alten Mammutbäume zaghaft zwischen den anderen noch unbelaubten Stämmen und Zweigen ihr sattes Grün präsentieren. Ich könnte mir schon vorstellen, ein paar Wochen zu kuren und mich verwöhnen zu lassen, überlegt er weiter, aber welche Krankenkasse zahlt das heute noch. Und für das Haus fallen ständig neue unvorhergesehene Ausgaben an. Neulich erst war eine Riesenrechnung vom Installateur fällig. Überhaupt, was wird mit dem Haus, jetzt, da Brigitte ihn verlassen hat? Bleibt er drin wohnen, oder will sie wieder einziehen, und er muss sich eine Wohnung suchen? Muss er eigentlich Unterhalt an sie zahlen, wenn sie sich scheiden lässt? Was kommt da auf ihn zu? Wie konnte sie ihm das nur antun! Alles war in schönster Ordnung gewesen. Was sie brauchte, hatte sie. Na ja, das Gemecker, dass sie nichts mehr unternehmen, nirgendwo hingehen. Aber wozu auch? Das Haus hat eine schöne Terrasse und einen großen Garten, und abends und am Wochenende ist er froh, wenn er es sich dort oder vor dem Fernseher gemütlich machen kann. Sie hat das manchmal auch ganz gern gehabt und wollte auf ihre Sendungen nicht verzichten. Deshalb haben sie den zweiten Fernseher angeschafft, damit jeder ungestört das sehen konnte, was er wollte.

Wo bleibt bloß dieser Thiele? Es kann schließlich nicht so schwer sein, nach einer Adresse zu fragen. Lorenz wird ungeduldig. Er kommt sich etwas dämlich vor, hier herumzustehen und auf seinen Assistenten zu warten.

Endlich lässt der sich blicken.

«Sagen Sie mal, Thiele, wo waren Sie denn die ganze Zeit?»

«Ich habe die Sonja gesucht, weil die weiß, wo der Briefträger wohnt.»

«Und Sie meinen allen Ernstes, von den Oberles weiß das nur die Sonja!»

Der verzückte Blick Thieles entgeht Lorenz. Für solche Feinheiten hat er derzeit keinen Nerv. «Also, wo?»

Thiele nennt die Adresse und Sonjas Beschreibung, wie man dorthin kommt.

«Das ist nur zweimal um die Ecke. Hat sie Ihnen jeden Pflasterstein einzeln beschrieben?» Lorenz erwartet auf diese rhetorische Frage keine Antwort, und Thiele ignoriert die Ironie. So gehen sie schweigend die wenigen Schritte zu Fuß.

Auf ihr Klingeln bei Berni Sommers Wohnung ertönt der Summer fast sofort, und die Haustür öffnet sich. Oben auf der Treppe steht Tanja am Geländer und wartet bereits. Sie hat mit diesem Besuch gerechnet.

«Mein Name ist Lorenz, und das ist Herr Thiele. Mordkommission Freiburg. Guten Tag», erklärt Lorenz kurz und bündig.

«Ja, ja, ich weiß, ich hab mir schon gedacht, dass Sie kommen.»

«Darf ich fragen, wer Sie sind?»

«Ich? Ja, ich bin die Tanja. Die Tanja Sommer, die Schwester vom Berni. Ich bin die … oder vielmehr ich war die Freundin vom Silvio. Gerstenbach. Silvio Gerstenbach.»

Tanja gerät vor Verlegenheit etwas ins Stottern.

«Und Sie wohnen hier?»

«Ja, nein, eigentlich nicht.»

«Was jetzt, ja oder nein?»

«Also, ich wohne in Zürich. Weil, da arbeite ich auch. Bei einer Bank, wissen Sie. Und deshalb wohne ich auch dort.»

So schwer von Begriff ist nicht mal Thiele, denkt Lorenz, dass sie das so oft wiederholen müsste.

«Was machen Sie dann hier?»

«Ja, also» – Lorenz stöhnt in sich hinein – «ja, der Berni hat mich angerufen, in der Bank. Und mir gesagt, dass der Gerstenbach», an dieser Stelle wird Lorenz hellhörig: der Ermordete ist also nur noch ‹der Gerstenbach› für sie, «tot ist, dass er in seinem Zelt ermordet worden ist. Erschlagen. Stimmt doch, oder?»

«So ungefähr. Wann haben Sie Ihren Freund zuletzt gesehen?»

«Ja, also, ich war am letzten Wochenende hier. Am Sonntag am späten Nachmittag bin ich nach Hause gefahren.»

«Kennen Sie die Stelle im Kurpark, wo das Tarnzelt stand?»

«Ja, klar. Auch die vorherige Stelle, im Wald. Da musste ich immer mit. Es war wahnsinnig öde und todlangweilig.» Hier stockt Tanja erneut, denn es kommt ihr augenblicklich zum Bewusstsein, dass diese Wortwahl vielleicht nicht ganz angemessen ist.

«Ich meine, ich habe mich halt immer wahnsinnig gelangweilt. Man muss ganz still in dem engen Ding sitzen, darf sich nicht bewegen und auch nicht reden, weil sonst die Tiere, die er fotografieren wollte, Angst kriegen und abhauen.»

Obwohl ihm Tanjas viele Einfügungen mit ‹eigentlich› und ‹wahnsinnig› neben den sowieso vorhandenen ‹Alsos› ziemlich auf die Nerven gehen, schafft es Lorenz, einigermaßen geduldig weiterzufragen.

«Weshalb sind Sie denn mitgegangen, wenn Sie das nicht interessiert hat?»

«Ja, also, ich weiß eigentlich auch nicht. Der Silvio hat halt immer gesagt, dass wir das machen sollen. Er muss jeden Tag dahin, damit er die Fotos schießen kann. Vorher hatte er das Zelt im Wald stehen gehabt, wegen der Füchse. Für die Reportage und das Buch, das er und der Schüren eigentlich machen wollten. Die haben sich deshalb wahnsinnig gestritten.»

Das klingt etwas verworren und interessiert Lorenz zwar sehr, aber vorerst will er noch ein bisschen mehr von Tanjas Aufenthalt im Kurpark am Sonntag und ihrem Zusammenleben mit Gerstenbach wissen.

Was sie erzählt, ist nicht gerade dazu angetan, Lorenz an die große Liebe zwischen den beiden glauben zu lassen. Gerstenbach rückt durch Tanjas negative Äußerungen in ein noch übleres Licht, als dies ohnehin schon durch die Schilderungen der anderen geschehen ist. Muss wohl wirklich ein unerträgliches Ekelpaket gewesen sein, dieser Gerstenbach. Bisher haben sie nirgendwo etwas Nettes über den Typen gehört.

«Warum haben Sie sich denn mit ihm eingelassen, wenn Sie ihn nicht leiden konnten?», will Lorenz jetzt wissen.

«Am Anfang war er eigentlich wahnsinnig faszinierend. Und voller Ideen und Begeisterung für seinen Job, aber dann hat er bald wahnsinnig den Macho raushängen lassen. Und wie! Eigentlich hab ich alles für ihn erledigen müssen, einkaufen, und wenn was zu kopieren oder zu schreiben war. Er hat dann ganz selbstverständlich erwartet, dass ich das mache. Erst habe ich gedacht, dass er einfach keine Zeit dafür hat oder dass er es halt nicht so gut kann. Es ist aber mit der Zeit wahnsinnig viel geworden, und er war stocksauer, wenn ich mal was nicht geschafft habe. Einen Job habe ich schließlich auch noch. Mit Freunden treffen war sowieso nicht mehr drin. Er wollte eigentlich immer genau wissen, wann ich wo bin, und außerdem war das für ihn sowieso vergeudete Zeit. Irgendwann hatte ich eigentlich wahnsinnig die Nase voll.»

Verständlich. Lorenz schaut Tanja etwas mitleidig an. Dass sich selbst junge Frauen trotz aller Emanzipation in einer lockeren Beziehung so sehr ausnutzen lassen! In einer Ehe, wo einer für den anderen da zu sein hat, war das schließlich etwas anderes. Auch Brigitte hatte das meiste, was an täglichem Kram anfiel, in die Hand genommen. Aber das war etwas ganz anderes, denn er hatte seinen Beruf und die Überstunden.

Schon wieder sind seine Gedanken ihre eigenen Wege gegangen. Das muss ein Ende haben, nimmt er sich fest vor. Thiele schaut auch schon ganz merkwürdig, weil er eine so lange Pause zwischen den Fragen hat entstehen lassen. Hätte er geahnt, dass Thiele in diesem Moment ausnahmsweise einmal voller Bewunderung für seinen Chef ist, weil er diese lange Unterbrechung für ein kalkuliertes Manöver hält, wäre es ihm wohl kaum peinlich gewesen.

«Wo ist eigentlich Ihr Bruder?», setzt Kommissar Lorenz von neuem an.

«Na ja, wir haben uns halt wahnsinnig gestritten, und dann ist er wahnsinnig wütend abgehauen.»

«Und weshalb haben Sie sich gestritten?»

«Er hat so eine Andeutung gemacht, dass ich aus Wut den Gerstenbach umgebracht hätte. Stellen Sie sich das mal vor. Der eigene Bruder! Wahnsinn! Der spinnt ja. Dabei haut der doch immer gleich drauf, wenn ihm was nicht passt.» Erschrocken hält sich Tanja die Hand vor den Mund. Was sagt sie denn da? Jetzt serviert sie diesen Polizisten gleich zwei Verdächtige auf dem Silbertablett.

«Also, nicht dass Sie meinen. Ich war's nicht. Und der Berni, ja, der ist mein Bruder.» Dieses Argument enthält allerdings keinerlei entlastende Aussage.

«Was meinen Sie mit ‹draufhauen›?», hakt Lorenz nach.

«Ach, früher, da hat er hin und wieder eine Schlägerei gehabt. Er ist halt wahnsinnig cholerisch veranlagt. Lässt sich nichts bieten. Geht eigentlich auch wegen Kleinigkeiten hoch.»

«Wann früher? Wann passierte das zum letzten Mal?»

«Ich glaube, es gab mit seinen Kumpels ein paar Meinungsverschiedenheiten, hier.»

«Wann?»

«Soviel ich weiß vor zwei Monaten.» Tanja ist diese Fragerei sichtlich peinlich.

«Meinen Sie wirklich, dass er einfach so um sich haut?» Dem sanftmütigen Thiele sind solche Spontanreaktionen unbegreiflich.

«Ha ja, nicht einfach so, aber eigentlich halt schon, oder ein bisschen.» Derart klare und präzise Aussagen haben Lorenz schon häufiger am Denkvermögen seiner Mitmenschen zweifeln lassen. Er beschließt daher, es für den Moment gut sein zu lassen und die Vernehmung von Berni abzuwarten.

«Wir müssen morgen sowieso wieder herkommen. Sagen Sie Ihrem Bruder, dass wir gegen elf Uhr hier sein werden, und er hat dann gefälligst zu Hause zu sein.»

«Aber er ist Briefträger. Um die Zeit ist er eigentlich unterwegs.»

Der Geduldsfaden von Lorenz ist sehr brüchig geworden.

«Dann ist er eben zu dieser Zeit nicht unterwegs. Ist doch wohl egal, ob die Leute ihre Ansichtskarten eine halbe Stunde früher oder später kriegen, oder? Ansonsten kann er sich darauf gefasst machen, dass er nach Freiburg ins Präsidium einbestellt wird. Wenn wir zu ihm hierherkommen, ist das bereits ein nicht selbstverständliches Entgegenkommen. Klar?»

«Ja, ich sag's ihm.»

Grußlos verlässt Lorenz die kleine Wohnung, nur Thiele sagt noch ganz schnell «Auf Wiedersehen» und rennt seinem Chef hinterher.

«Was machen wir jetzt, Chef», will er unten auf der Straße wissen.

«Wir machen es uns ganz wahnsinnig gemütlich, fahren ins Büro, schauen unsere Post durch, kontrollieren, ob vielleicht Geständnisse darunter sind, und werden bei der Spurensicherung vorstellig. Es könnte ja sein, dass dort jemand die Sachen von Gerstenbach sortiert hat.»

Wie schon am Morgen hält es Thiele nach diesen grantigen Bemerkungen auch auf der Rückfahrt für angemessen, sich zurückzuhalten, was ihm nicht ungelegen kommt, denn auf dem Beifahrersitz träumt er von Sonja und einer gemütlichen Zweisamkeit in einer zukünftigen Pension Thiele, vormals Oberle.

In seinem Büro findet Lorenz einige Briefe und allgemeine Informationen vor und eine ganze Reihe von E-Mails. Er hasst diesen Computer, dessen Funktionen er nicht beherrscht. Mit größter Mühe und erst auf strikte Anordnung seines Vorgesetzten hat er gelernt, seine Mails zu öffnen, nachdem er dies monatelang konsequent verweigert hatte. Sein Postfach war übergequollen, er hatte aber keine Antworten geliefert. Insgeheim bewundert er Thiele dafür, dass er mit diesen neuen technischen Errungenschaften derart souverän umgeht. An seine eigenen ersten kläglichen Versuche in dieser Richtung hat er nur üble Erinnerungen. Bis er begriffen hatte, was er mit der sogenannten Maus machen sollte, hatte er sich schon unsterblich blamiert. Dass ein Zusammenhang bestand zwischen diesem Utensil und den Vorgängen auf dem Monitor war ihm klar, aber was, wenn er mit dem Ding am Ende des Tisches angelangt war und sich fast die Schulter ausrenkte? Erst als Thiele ihm geduldig erklärt hatte, dass es weder Sinn macht, die Maus als Schreckgespenst vor den Bildschirm zu halten, noch mit ihr über dem Tischrand in der Luft zu wedeln, war ihm langsam klar geworden, wozu sie diente.

Heute befindet sich in seinem elektronischen Postfach unter vielen anderen Nachrichten ein Rundschreiben des Leiters der Polizeidirektion an alle Abteilungen, dass die Kriminalstatistik für das letzte Jahr fällig sei. Die diversen Delikte und Straftaten seien aufzuführen, einschließlich der Vergleichszahlen für das vorletzte Jahr. Das Ganze, bitteschön, termingerecht und als Excel-Datei. Damit hat sich der Fall für Lorenz erledigt.

«Thiele, das machen Sie. Das können Sie bestimmt ganz prima.»

Thiele freut sich zwar darüber, dass ihm sein Chef diese Arbeit vorbehaltlos zutraut, muss ihm aber entgegenhalten, dass er die Angaben zwar eintragen könne, aber keine Ahnung habe, woher er sie nehmen solle. Er ist schließlich noch neu in dieser Abteilung.

«Also gut, ich bereite alles für Sie vor.» Auch dieser Tag wird wohl mit einem Seufzer abgeschlossen werden.

«Liegt noch was an, Chef? Sonst gehe ich jetzt heim. Wir sehen uns morgen früh wieder», tröstet Thiele.

«Ja, ja, bis dann», mault Lorenz vor sich hin, sucht die entsprechenden Akten zusammen und ein DIN-A3-Blatt, auf das er sorgsam mit Bleistift und Lineal zunächst die Rubriken zeichnet, in die er die geforderten Zahlen dann nach und nach eintragen kann. Vor zehn Uhr komme ich heute Abend sicher nicht hier raus, denkt er. Aber was soll's. Es wartet eh keiner auf ihn. Und nun folgen noch viele Seufzer – ob dies daran liegt, dass Lorenz die rechte Begeisterung und Einsicht in die Notwendigkeit der geforderten Statistik fehlt, oder ob er momentan überhaupt Schwierigkeiten hat, sich länger auf eine Sache zu konzentrieren, lässt sich schwer entscheiden. Jedenfalls kann er nicht verhindern, dass seine Gedanken ständig eigene Wege gehen. Sie wandern hin und her zwischen Brigittes Auszug und dem Mordfall in Badenweiler, der ihm erhebliches Kopfzerbrechen bereitet.

Er findet einfach keinen rechten Ansatzpunkt. Ein ermordeter Fotograf inmitten eines mehr als bürgerlichen, im Grunde spießigen Milieus. Wer hat ein Motiv, das für einen Mord ausreichend wäre? Was heißt das überhaupt? Wann reicht ein Motiv aus, um einen Menschen umzubringen? Schwer zu begreifen, dass einer nur deshalb erschlagen wird, weil er arrogant und berechnend ist. In Gedanken geht Lorenz die Reihe derer durch, die mit Gerstenbach in engerer Verbindung gestanden haben.

Da ist zunächst Tanja, die Freundin, die bald gemerkt hat, woher der Wind weht, und sich von ihm extrem, oder wie sie sagen würde ‹wahnsinnig›, ausgenutzt gefühlt hat. Ist das Grund genug für einen Mord? Immerhin hat sie sich am Tatort aufgehalten und für die Tatzeit kein sicheres Alibi.

Ihr rabiater Bruder Berni, der – wie es scheint – ein Schlägertyp ist, hat sich ihr gegenüber geweigert zu sagen, wo er am Sonntagnachmittag zur fraglichen Zeit war. Weshalb? Wenn er nichts zu verbergen hat, kann er schließlich angeben, wo er war. Aus seiner ablehnenden Haltung gegenüber Gerstenbach hat er offenbar keinen Hehl gemacht. Hatten die beiden Streit, und hat er, wie Tanja es formuliert hat, einfach draufgehauen? Mord im Affekt? Wohl kaum, denn er wird nicht extra in den Kurpark gelaufen sein, um sich mit Gerstenbach zu streiten. Andererseits: Es könnte zwischen den beiden etwas vorgefallen sein, was bisher niemand ahnt, und Berni hat in voller Absicht und mit Vorsatz gehandelt. Was hat es mit dem vielen Geld auf sich?

Wäre es mit Brigitte besser gelaufen, wenn sie beide die ganzen Jahre über nicht so sehr hätten sparen müssen? Das Haus, die Ausbildung der Kinder. Das waren alles Kosten gewesen, und auf großem Fuß haben sie nie leben können. Erst vor einigen Jahren konnten sie sich zwei Wochen Ferien in einem Hotel leisten. Als die Kinder klein waren, sind sie mit dem Zelt auf dem Gepäckträger des Autos losgefahren. Er kann sich gut erinnern, wie sehr Brigitte das gehasst hat: den Lärm auf dem Campingplatz rechts und links, die Gemeinschaftsduschen, vor denen sie sich immer geekelt hat. Ihm war das egal gewesen, im Urlaub musste man eben ein bisschen großzügiger und lässiger denken. Nachdem Julia und Ulli sich, als sie älter wurden, geweigert haben, gemeinsam mit den Eltern die Ferien zu verbringen, sind sie eine ganze Weile überhaupt nicht mehr verreist. Das war für Brigitte auch wieder nicht in Ordnung gewesen, aber wozu besaßen sie schließlich den schönen Garten. Da hat er sich durchgesetzt. Zugegeben, als sie später einige Male Urlaub an der Ostsee gemacht hatten, war es ganz nett gewesen. Immer am selben Ort, im selben kleinen Hotel, da wusste man, wohin man kam. Sich immer neu irgendwo einzugewöhnen war nicht seine Sache. Freizeit war Freizeit, und in ihrem Alter brauchten sie kein Abenteuer mehr, hatte er Brigitte immer dann vorgehalten, wenn sie Reiseprospekte von Kreta, Mallorca oder gar den Kanaren auf dem Tisch ausgebreitet hatte. Da verstand er ja nicht einmal die Sprache. Das Ostseehotel war ganz in Ordnung gewesen, ein bisschen vergleichbar mit der Oberle-Pension.

Ach ja, die Oberles.

Von denen war es bestimmt keiner. Die Eltern sind alteingesessene Bewohner in Badenweiler und sehr auf ihren guten Ruf bedacht. Er hat die Fotos im Flur hängen sehen. Seit mindestens zwei Generationen scheint die Pension im Familienbesitz zu sein. Sonja flippt vielleicht hie und da gern mal ein bisschen aus, und für den Schläger Berni hat sie möglicherweise eine kleine Schwäche. Obwohl – der hat doch eine Freundin oder Verlobte. Wo war die überhaupt?

Lorenz macht sich eine entsprechende Notiz: um Berni-Freundin kümmern.

Wen gibt es noch? Dieser aufdringliche Mensch mit dem

ehemaligen Münstermarktbratwurststand, der sich in alles einmischt und glaubt, den Fall mit seiner Fernsehkrimi-Erfahrung lösen zu können. Als Täter kommt auch der kaum in Frage, oder? Als versierter Kriminalbeamter weiß Lorenz, dass man niemanden vorschnell aus dem Kreis der Verdächtigen ausschließen darf, bevor nicht auch die letzten Zweifel beseitigt sind. Aber der Fehringer? Er rangiert bei Lorenz in der Riege der Verdächtigen zunächst unter ‹ferner liefen›.

Wen sie sehr gründlich unter die Lupe nehmen müssen, ist dieser windige Hochwert. Der hat etwas auf dem Kerbholz, das riecht Lorenz drei Kilometer gegen den Wind. Ach so, und der Fotografen-Kollege. Den wollte er heute Abend ursprünglich noch anrufen. Mist, das hat er vergessen wegen dieser blöden Kriminalstatistik. Im tiefen Innern weiß Lorenz natürlich, dass nicht die Statistik, sondern vielmehr seine persönlichen Schwierigkeiten daran schuld sind, dass er sich nicht uneingeschränkt auf den Mordfall konzentrieren kann. Aber schon wieder will er das vor sich selbst nicht zugeben.

Ach du meine Güte, bei der Spurensicherung wollte er auch noch nachfragen, ob die inzwischen von den Fotoaufnahmen, die Gerstenbach gemacht hat, Papierabzüge hergestellt haben. CDs waren darunter gewesen, vielleicht gab es etwas Interessantes: das viele Geld und dann die Fähigkeiten eines professionellen Fotografen. Könnte da vielleicht Erpressung im Spiel sein? Hat das Hanseatenpärchen etwas zu verbergen? Werde ich auch morgen klären, beschließt Lorenz. Ein recht umfangreiches Programm. Jetzt kann ich sowieso nichts mehr machen. Also zurück zur Kriminalstatistik, ist auch erst halb zehn, was soll ich um diese Zeit schon zu Hause.

Sehr viel lustvoller geht in Badenweiler zur selben Zeit Würschtle-Herbert zu Werke. Er sitzt nämlich im ‹Waldhorn› und diskutiert die neuesten Entwicklungen und Theorien.

Das fällt ihm auch nicht weiter schwer, denn neben dem, was er konkret mitbekommen hat, hat er – davon ist er felsenfest überzeugt – die Gabe, das Gras wachsen zu hören. Das kann er den anderen nicht oft genug versichern.

Ein wenig mitleidig hat er der Stammtischrunde von den bislang erfolglosen Versuchen des Kommissars Lorenz berichtet, die «Mordsache Gerstenbach», wie er sich ganz professionell ausdrückt, zu klären. Und mit großem Vergnügen auch von dessen in Oberles Sonja verschossenen Assistenten. Im Gegensatz zu Lorenz hat Würschtle-Herbert von Anfang an hellwach registriert, dass der sich in die Sonja verguckt hat. Themen gibt es also genug für die ‹Waldhorn›-Runde.

Seit gestern haben sich die Standpunkte der Diskussionspartner ein wenig gewandelt. Statt einfach nur alle möglichen Mord- und Motivtheorien abzuwägen, werden heute alle, die auf irgendeine Weise in den Fall verstrickt sind, und sei es noch so unrealistisch und weit hergeholt, genauestens analysiert. Nicht einmal die Oberles sind von dieser grundsätzlichen Analyse ausgenommen. Hat nicht die Sonja mit dem Berni ein Verhältnis gehabt? Oder hat es noch immer?

Aber der Berni ist mit der Barbara verlobt.

Egal, der war immer schon ein windiger Hund.

Die Tanja und er haben sich, so lange man denken kann, in den Haaren gelegen. Von Geschwisterliebe war da nie etwas zu spüren gewesen.

Weshalb hat die sich eigentlich in der Schweiz Arbeit gesucht? Die hätte genauso gut hier in der Gegend oder in Freiburg in einer Bank eine Stelle kriegen können.

Da muss man sich nicht wundern, wenn die eine ominöse Verbindung zu einem Fotografen hat.

«Bestimmt geht es um krumme Geldgeschäfte», mutmaßt einer der Stammtischbrüder.

«Das ist doch Quatsch», entrüstet sich Lehrer Lempel. «Nur

weil jemand in einer Bank arbeitet, kann man ihn nicht automatisch verdächtigen, dass er Geld unterschlägt.»

«Hab ich auch nicht behauptet. Obwohl – dieser Gerstenbach soll nicht gerade im Geld geschwommen sein.»

Schon ist ein neues Misstrauensmoment aufgetaucht.

«Ich tät mich lieber auf diesen Hochwert konzentrieren», trägt Herbert Fehringer seinen Teil an Verdächtigungen bei. «Wie der Lorenz nach dem gefragt hat, bin ich gleich im Anschluss kurz im ‹Römerbad› vorbei, mit meiner Gundi, zum Kaffeetrinken. Preise haben die da! Ich sag's euch. Für eine ganz normale Tasse Kaffee, und die war nicht mal groß, zahle ich dort mehr, als wenn ich hier den ganzen Abend Bier trinke.»

Das war nun wieder übertrieben, aber da keiner der ‹Waldhorn›-Gäste je einen Fuß ins vornehme ‹Römerbad› gesetzt hat, erntet Fehringer mit seiner Kritik zustimmendes Kopfnicken.

«Mit uns kann man's ja machen. Seit es den Euro gibt, ist eh alles teurer geworden. So viel wie's früher in D-Mark gekostet hat, kostet's jetzt in Euro. Der Euro ist ein Teuro. Wo das noch hinführt. Muss man sich nicht wundern, dass es bald keine Arbeitsplätze mehr gibt und wir immer mehr Arbeitslose kriegen.»

Dieses ansonsten überaus beliebte Thema wird heute nicht weiter verfolgt, denn die anderen sind viel zu sehr gespannt darauf, was Fehringer über den Hochwert herausbekommen hat. Deshalb steht der auswärtige Stammtischbruder nach wie vor im Mittelpunkt des Interesses.

«Jetzt sag halt, was mit dem ist.»

«Ja, so ganz direkt gesehen habe ich ihn nicht.»

Diese Aussage trifft die Sache insofern, als Fehringer trotz eines längeren Aufenthaltes Hochwert überhaupt nicht zu Gesicht bekommen hat. Besagter Aufenthalt hat ihn ein Bier für sich und drei Tassen Kaffee plus ein Stück Schwarzwälder Kirschtorte für seine Gundi gekostet. Allerdings hat er sich im

Anschluss ausgiebig mit dem Portier unterhalten, was nicht einfach gewesen war. Den aus seiner zurückhaltenden Diskretionsposition zu locken, hatte eine ganze Zeit gedauert.

«Was hat er denn gesagt? Jetzt lass dir nicht alles einzeln aus der Nase ziehen.»

Im ‹Waldhorn› ist die Spannung förmlich zu greifen.

«Also. Er hat mir's natürlich nur im Vertrauen gesagt. Und wenn ich es jetzt euch erzähle, dann dürft ihr nix, absolut gar nix weitersagen. Kapiert?»

«Ja, klar.»

«Kennst uns doch.»

«Würden wir nie machen.»

«Was denkst du denn von uns?»

Alle Augen sind voller Erwartung auf Würschtle-Herbert gerichtet. Der lehnt sich gemütlich zurück und genießt es, der momentan wichtigste Mensch im ‹Waldhorn› zu sein. Die hier wissen seine Bemühungen wenigstens zu schätzen, im Gegensatz zu diesem Lorenz.

«Also, der Portier hat mir erzählt, dass der Hochwert schon eine ganze Weile in einem der teuersten Zimmer wohnt. Und einen dicken Porsche fährt er auch. Geld scheint er wie Heu zu haben.»

«Ja, und weiter? Solche Großkopfeten wohnen jede Menge im ‹Römerbad›. Das ist nichts Besonderes.»

Enttäuschung macht sich breit. Aber Fehringer gibt seine Nachrichten bewusst nur in kleinen Dosen preis.

«Schon. Aber der Hochwert hat den Fotografen getroffen und wollte es beim Lorenz nicht zugeben. Der Portier hat es zufällig mitgekriegt. Da ist was oberfaul.»

Jetzt sind die anderen sofort bereit, Hochwert als Ersten in den Kreis der Verdächtigen einzureihen. Aufgeregt überlegt man hin und her, was er mit dem toten Fotografen zu tun gehabt haben könnte.

«Bestimmt hat dieser Hochwert was angestellt, und der Fotograf hat es gemerkt. Diebstahl, Erpressung, Raub oder so.»

Der regelmäßige ‹Tatort›-Konsum schlägt als Lernprogramm jedes Funkkolleg um Längen.

«Aber aus Eifersucht oder Rache wird genauso oft gemordet!»

Diese Feststellung wird ebenfalls mit allgemeiner Zustimmung quittiert.

«Es könnte sein, dass der Berni und der Hochwert gemeinsame Sache gemacht haben.»

Obwohl für diesen Verdacht jede Grundlage fehlt, wird er am Stammtisch dennoch hin und her gewendet. Nach etlichen Vierteln Gutedel und vielen Tulpen Pils, an denen Löffler genauso viel Anteil hat wie an der Unterhaltung, beendet dessen Frau gegen Mitternacht die angeregte Runde. Sie will endlich ins Bett, und putzen muss sie vorher auch noch. Wenigstens das Gröbste. Auf ihren Thomas Maria ist in dieser Hinsicht nach einem langen Tag und des Abends Mühen kein Verlass. Er ist meist nicht einmal mehr in der Lage, die Anzahl der jeweiligen Biere und Gutedel so zu addieren, dass mindestens ein Annäherungswert zustande käme. Auch das bleibt folglich an seiner Frau hängen, und da die weiß, dass selbst die zuverlässigsten Stammgäste gern hin und wieder das eine oder andere Glas vergessen, das sie in sich hineingeschüttet haben, rechnet sie in schöner Regelmäßigkeit das eine oder andere Glas sicherheitshalber dazu, was sie jedoch wohlweislich für sich behält.

10.

Der folgende Arbeitstag bringt allerlei Überraschungen, zuerst für Reinhold Lorenz, als er das Büro betritt: Thiele ist schon da. Das ist ein mittleres Wunder, denn wenn es gutgeht, kommt er auf den allerletzten Drücker und völlig abgehetzt. Meist aber verspätet er sich um ein paar Minuten – sehr zum Ärger seines Chefs, der sich aber stets zusammenreißt und nur hin und wieder eine bissige Bemerkung fallenlässt. Denn abends nimmt es sein Assistent mit dem Dienstschluss ebenso wenig genau. Dies wiederum ist keineswegs in übermäßigem Arbeitseifer begründet, sondern darin, dass Thiele einfach kein Zeitgefühl hat. Erst wenn sein Blick zufällig auf die Angabe im Monitor unten rechts fällt und er feststellt, dass die vorgeschriebene Stundenzahl längst abgeleistet ist, räumt er in aller Gemütsruhe und sehr gründlich seinen Schreibtisch auf und begibt sich in seinem Uralt-Golf – mit Vier-Gang-Schaltung – auf den Heimweg und in seine Zweizimmerwohnung, in der alles seinen festen Platz hat. Eine größere Umräumaktion innerhalb seiner Räumlichkeiten ist für Thiele undenkbar.

Heute begrüßt er seinen Chef mit einem fröhlichen «Guten Morgen, Herr Lorenz».

Auch das ist ungewöhnlich, denn bei Dienstantritt ist er selten gedanklich schon im Büro, sondern eher noch zu Hause oder allenfalls unterwegs. Und noch etwas ist anders als sonst. Thiele ist äußerst sorgfältig gekleidet. Er trägt ein leuchtend blaues Hemd, das ganz offensichtlich erst am Morgen aus der Verpackung befreit worden ist, denn die akkurat gefalteten Kniffe sind unübersehbar. Eine schicke graue Leinenhose und ein passendes Sakko vervollständigen sein Outfit. Lorenz ist sprachlos. Er kennt seinen Mitarbeiter bisher nur in schlabbrigen T-Shirts oder alternativ in schlabbrigen Nicki-Oberteilen, und dass er etwas anderes als Jeans in seinem Kleiderschrank haben könnte, hätte Lorenz nie vermutet. Vorübergehend bleibt ihm bei so viel Eleganz die Luft weg.

«Was ist denn mit Ihnen los, Thiele», will er prompt wissen.

«Nichts, warum?», entgegnet der lakonisch und rutscht unruhig auf seinem Bürostuhl hin und her.

«Weshalb sind Sie heute so vornehm?»

«Man kann auch einmal ordentlich angezogen sein, oder? Es war mir eben danach», entgegnet Thiele ein wenig unsicher und auch verlegen. Aber sein Chef nimmt es kommentarlos hin, weil er immer noch weit davon entfernt ist zu ahnen, welch neuer Schwarm hinter Thieles topmodischer Eleganz steckt. Vielmehr schaut er verstohlen an sich selbst hinunter: alte Hose, Hemd von gestern, Jacke auch schon reichlich formlos, Schuhe ziemlich ausgelatscht. Ob er mal was ändern sollte? Brigitte hat ihn immer kritisiert, weil er so wenig Wert auf sein Äußeres gelegt hat. Oft hat sie ihm zugeredet, sich etwas moderner und nicht dermaßen altväterlich anzuziehen. So kannst du noch gehen, wenn du achtzig bist, hat sie ihm vorgehalten. Warum, hatte er ihr geantwortet, die Sachen sind heil und in Ordnung, und teure Klamotten kann man sich sparen. Na ja. Vielleicht hätte er hin und wieder ...

«Fahren wir jetzt, Chef?» Thieles ungeduldige Frage reißt ihn aus seinen Gedankengängen.

«Wieso? Nein, natürlich nicht. Erst ist der Anruf bei diesem Schüren fällig. Und danach schauen wir nochmal ganz genau die Sachen von Gerstenbach durch. Gibt es eigentlich schon die Fotoabzüge?»

«Weiß ich nicht», klingt es enttäuscht zurück. Aber Thiele versucht es noch einmal: «Haben Sie vergessen, dass wir diesem Briefträger unseren Besuch angekündigt haben? Der sollte extra daheim bleiben. Der wartet auf uns.»

Was ist bloß mit seinem Assistenten los? Lorenz versteht die Welt nicht mehr. Weshalb ist der plötzlich so wild darauf, nach Badenweiler zu kommen? Da es mit Kombinationsvermögen und Phantasie des Kommissars derzeit nicht allzu gut bestellt ist, kann er sich keinen Reim auf die neu erwachte Unternehmungslust Thieles machen.

«Wo sind die Gerstenbach-Sachen? Und hätten Sie vielleicht die Güte, wegen der Fotos nachzufragen.»

Lorenz ist schon wieder angesäuert wegen des bisschen Widerstands, den er von seinem Assistenten nicht gewöhnt ist und den er im Augenblick auch schlecht vertragen kann. Er ärgert sich selbst darüber. Wenn das so weitergeht mit ihm, wird er ein genauso unangenehmer Zeitgenosse wie dieser Gerstenbach. Fehlt nicht mehr viel. Der Polizeipsychologe würde ihm vermutlich ein weiteres Mal die hinlänglich bekannte verminderte Frustrationstoleranz bescheinigen, wenn überhaupt. Sei's drum.

«Ich gehe fragen», mault Thiele.

Während er sich gemächlich in Richtung Tür bewegt, wählt Lorenz die Telefonnummer, die er bei Schürens Namen in Gerstenbachs Notizbuch gefunden hat. Schüren meldet sich schon nach dem ersten Freizeichen, sodass man glauben könnte, er hätte auf den Anruf gewartet. Merkwürdig, denkt sich Lorenz, Künstler sind doch immer Langschläfer, und jetzt ist es acht Uhr morgens. Oder zählen Fotografen nicht zu den Künstlern?

«Herr Schüren, Herr Michael Schüren?», fragt Lorenz sicherheitshalber noch einmal nach.

«Ja, am Apparat.»

«Mein Name ist Kommissar Reinhold Lorenz von der Mordkommission Freiburg.»

«Wie bitte? Wer sind Sie? Habe ich richtig verstanden, Mordkommission? Erlauben Sie sich einen Scherz mit mir, oder sind Sie falsch verbunden? Hier ist Michael Schüren.»

«Genau. Es ist schon richtig. Ich möchte mit Ihnen sprechen. Und ich bin wirklich von der Mordkommission Freiburg. Kennen Sie einen Silvio Gerstenbach?»

«Ja natürlich, das ist mein Partner bei einem Fotoprojekt. Warum?»

«Gerstenbach ist tot aufgefunden worden. In seinem Tarnzelt. Im Kurpark in Badenweiler.»

«Was? Sagen Sie das nochmal! Wann? Warum?»

Die letzte Frage entbehrt nun wirklich jeglicher Logik.

«Sie haben sich nicht verhört. Gerstenbach ist tot.»

«Und wer hat ihn ermordet?», klingt es interessiert zurück.

Na, die Erschütterung hält sich wohl sehr in Grenzen, denkt Lorenz.

«Das versuchen wir herauszufinden. Wie kommen Sie darauf, dass er ermordet worden ist?»

«Sie sind gut. Sie haben doch selber gesagt, dass Sie von der Mordkommission sind.»

Wo er recht hat, hat er recht, muss Lorenz zugeben.

«Wo waren Sie am letzten Sonntag?»

«Am Sonntag? Da war ich in der Schweiz und bin dann hierher zurück nach Recklinghausen.»

«Wenn Sie in der Schweiz waren, haben Sie dann nicht vielleicht in Badenweiler Station gemacht, um Ihren Partner zu treffen? Das liegt quasi am Weg und würde sich anbieten, wenn man schon mal in der Gegend ist und ein gemeinsames Projekt hat.»

Schüren druckst an seinem Recklinghauser Telefon herum.

«Also nein, also ja. Wissen Sie, schon.»

Jetzt ist auch bei dem die Also-Manie ausgebrochen. Lorenz atmet tief durch.

«Ja oder nein?»

«Ja, schon, ganz kurz am Vormittag, aber wirklich nur ganz kurz.»

Seltsam, denkt sich Lorenz. Diesen Besuch hat bisher keiner erwähnt. Zumindest Tanja hätte das mitbekommen müssen. Da stimmt etwas nicht.

«Wann genau haben Sie ihn getroffen?»

«So gegen zehn wird es gewesen sein.»

«Und wo?»

«Im Café.»

«In welchem Café?»

«Weiß ich nicht mehr. In Badenweiler halt.»

Mit der Aussage von Tanja, dass sie mit Gerstenbach vor Tau und Tag ins Tarnzelt in den Kurpark gezogen sei, stimmt das nicht überein. Wer lügt hier?

«Wann sind Sie wieder abgefahren?»

«Eine halbe Stunde später. Wir hatten einen kleinen Disput. Gerstenbach ist einfach aufgesprungen und aus dem Café gerast. Das opulente Frühstück, das er in sich hineingestopft hat, durfte ich zahlen.»

Dies wiederum klingt plausibel und würde zum Schmarotzer Gerstenbach passen.

«Weswegen hatten Sie Streit?»

«Es ging halt um Geld.»

«Mann, jetzt reden Sie mal am Stück und lassen sich nicht jede Kleinigkeit einzeln rauslocken.»

«Also gut. Das ist aber eine längere Geschichte. Ich weiß nicht, ob Sie da durchblicken. Es geht nämlich immer noch um einen Riesenauftrag, den mir der Gerstenbach versaut hat, früher. Und jetzt versucht er das Gleiche wieder. Ich habe den Auftrag von *Time Life* an Land gezogen und war so blöd, den Gerstenbach nochmal mit ins Boot zu holen, weil ich gedacht hab, ich müsste ihm helfen, bei seinem ganzen Schuldenberg. So, wie er geredet hat, war ich mir sicher, dass er im Knast was dazugelernt hat.

Sie haben sicher schon herausbekommen, was für ein krummes Ding er gedreht hat. Dass er wegen Betrug gesessen hat. Vor einiger Zeit hat er mich eben angerufen und mich angefleht, ihm zu helfen. Es täte ihm alles ganz furchtbar leid, er wisse, wie schoflig er sich mir gegenüber benommen habe, hat sich tausendmal entschuldigt und so weiter. Die ganze Mitleidsmasche eben. Und ich Idiot bin voll darauf abgefahren. Als Fotograf ist er ja wirklich nicht schlecht, und als Partner konnte ich ihn insofern brauchen, weil er einen anderen Schwerpunkt hat beim Fotografieren als ich. Rein von der Sache her konnten wir uns ganz gut ergänzen. Ich habe ihm also erzählt, um was es geht, und er hat sich furchtbar bedankt und mir das Blaue vom Himmel versprochen.

Einige Zeit später habe ich dann erfahren, dass alles gelogen war. Er muss sofort nach unserem Gespräch in der Redaktion angerufen haben, um mich dort auf ganz perfide Weise anzuschwärzen. Alles was in der Vergangenheit passiert ist, hat er mir in die Schuhe geschoben. Außerdem hat er meine Arbeit schlechtgemacht. Ich tät mich bemühen, aber mit meinen technischen Fähigkeiten sei es nicht sehr weit her. Er hätte mir immer helfen müssen. Am besten sei es, wenn er den Auftrag allein übernähme. Mir läge sowieso nicht so viel daran, und er würde mir das schon entsprechend klarmachen. Er ist dann wohl auch mehrmals zu denen in die Redaktion gefahren. Von diesem Anruf und seinen anschließenden persönlichen Auftritten habe ich ganz lange nichts gewusst und mich nur gewundert, dass der Kontakt mit den Leuten dort plötzlich wie abgeschnitten war. Jedes Mal, wenn ich angerufen habe, hat man mich mit den fadenscheinigsten Begründungen abgewimmelt. Schließlich bin ich direkt hingefahren, denn das ist ein Riesenauftrag. Erst wollten sie nicht mit mir reden, aber ich war hartnäckig, bis die mir erzählt haben, was Sache ist. Können Sie sich vorstellen, wie sauer ich war?»

Das kann ich allerdings, denkt Lorenz. Das wäre schon das

zweite Mal gewesen, dass Gerstenbach ihm ein einträgliches Geschäft versaut. Als Mordmotiv nicht zu verachten.

«Und wie haben Sie reagiert, ihm gegenüber?»

«Erst mal habe ich dafür gesorgt, dass der Vertrag mit ihm rückgängig gemacht worden ist. Nachdem ich beweisen konnte, was sich Gerstenbach in der Vergangenheit geleistet hat, war das kein Problem. Dann habe ich ihn angerufen.»

«Das hat wohl mächtigen Ärger gegeben.»

«Das können Sie mir glauben. Der ist total ausgerastet. Er hat mich fürchterlich beschimpft, und als ich in Badenweiler war, um mir meine Sachen zurückzuholen, die ich ihm leihweise überlassen habe, ist er sogar auf mich losgegangen.»

Aha, das muss der Krach gewesen sein, den Maria mitbekommen hat. Aber wo ist hier der Zusammenhang? Obwohl man Gerstenbach den Auftrag entzogen hat, ist er nach wie vor in der Gegend herummarschiert, um zu fotografieren? Nicht einmal Tanja wusste davon, dass er das Projekt los war. Sagt sie wenigstens. In dieser Richtung muss ich genauer sondieren, überlegt Lorenz. Sollte er bei Schüren jetzt noch wegen des vielen Geldes, das sie bei Gerstenbach gefunden haben, auf den Busch klopfen? Konnte das schaden? Sehr vorsichtig schneidet Lorenz das Thema an.

«Wovon hat Gerstenbach eigentlich gelebt? Sie sagen, dass er eine Menge Schulden hatte. Die Ausrüstung und das ganze Drumherum sind nicht billig. Auch die Übernachtung in Badenweiler kostet.»

«Das kann ich Ihnen nicht sagen.» Schüren klingt etwas ratlos. «Bei mir hat er noch ganz schön viel Schulden. Das Geld kann ich jetzt wohl abschreiben. Mist. Ich war so blöd, ihm am Anfang fünftausend Euro zu leihen. Eben weil er mir leidgetan hat. Er kam aus dem Knast und bei mir angekrochen. Ich muss nach der ganzen Geschichte wohl froh sein, dass an mir nichts hängengeblieben ist – hoffentlich.»

Bringt man für fünftausend Euro jemanden um, fragt sich Lorenz. Vielleicht, vielleicht auch nicht. Schließlich ist dann die Hoffnung, die Mäuse zurückzubekommen, gleich null. Es sei denn, man weiß, dass irgendwo eine weit größere Menge Geld sicher gehortet ist. Das könnte hinkommen. Der Schüren befördert seinen Kompagnon ins Jenseits, versucht bei ihm das Geld zu finden und haut dann einfach ab, als er merkt, dass nichts da ist.

«Sagen Sie mal, Herr Schüren, könnten Sie vielleicht nach Freiburg kommen?»

«Hm. Im Grunde passt mir das nicht sehr in meinen Zeitplan.»

«Ich kann Sie auch etwas weniger höflich herbeizitieren», startet Lorenz einen Versuchsballon in energischem Polizeiton. Wie sollte er das begründen?

«Also gut, ich komme. Dann kann ich gleich sichten, was der Gerstenbach schon fotografiert hat. Vielleicht ist ja was Brauchbares dabei. Man darf seine Fotos doch postum veröffentlichen, kennen Sie sich da aus? Mit ihm gibt es ja keinen Ärger mehr. Kriegt im Vorspann einen ehrenden Nachruf, und damit hat sich's. Wann kriege ich die Fotos?»

Alle Achtung, der ist abgebrüht. Oder hat er es drauf angelegt? Lorenz weiß nicht, was er von der Sache halten soll. Tiefe Trauer ist jedenfalls nicht angesagt. Bei niemandem aus dem ganzen Gerstenbach'schen Umfeld, nicht einmal bei Tanja.

Ob Brigitte um ihn trauern würde, wenn er plötzlich das Zeitliche segnete? So viele Jahre müssten doch Spuren hinterlassen haben. Vielleicht wäre sie aber auch einfach froh, wenn sie ihn auf diese Weise los würde. Keine Probleme mit der Scheidung, das Haus würde ihr gehören, und sie könnte an seinem Grab die trauernde Witwe spielen. Aber hatten sie sich nicht einmal geliebt? Oder nicht? Oder doch? Was ist Liebe? Zweckgemeinschaft? Gewöhnung? Die Überzeugung, ohne den anderen nicht auskommen zu können? Als junge Frau hatte sie sehr gut ausgesehen, eigentlich tut sie das immer noch – ganz beachtlich für ihr Alter. Klar, er war kein Traumprinz, ist es auch nie gewesen. Trotzdem hat sie es so lange mit ihm ausgehalten. Alles hatte sich so prima eingespielt. Schluss! Aus! Lorenz verbietet sich seinen erneuten Gedankenausflug. Soll Brigitte schauen, wie sie ohne ihn zurechtkommt. Oder gelingt ihr das womöglich ganz gut?

«Gibt es Probleme mit den Fotos? Sind Sie noch dran?» Schüren fragt schon zum dritten Mal.

«Wir werden das alles sehen, jetzt kommen Sie erst einmal her», beeilt sich Lorenz mit der Antwort und gibt Schüren seine Telefonnummer, damit der sich melden kann, sobald er in Freiburg angekommen ist.

«Zahlt mir eigentlich jemand die Fahrt und die Übernachtung?»

«Aber Sie haben doch gerade gesagt, dass Sie selbst ein gesteigertes Interesse an der Sache haben», versucht Lorenz die Frage zu umgehen.

«Na schön, also bis dann.»

Thiele betritt das Zimmer mit einem Packen Fotos: Blumen, Tiere, Berge, Täler, Badenweiler Umgebung, Badenweiler Kurpark, Badenweiler Burg, Badenweiler Markgrafen-Thermalbad. Gemeinsam schauen sie sich die Aufnahmen an. Alles ganz hübsch, aber nichts Spektakuläres. Noch ein Schlag ins Wasser. Was hatten sie sich denn erhofft? Das hanseatische Pärchen in verfänglicher Situation? Und gleich dazu die Adresse des Ehemanns bzw. der Ehefrau, die man als Druckmittel benutzen konnte, wenn nicht genügend Geld fließt? Aber wen regt so etwas heute noch auf? Scheidungen und Trennungen sind längst an der Tagesordnung.

Derweil drängelt Thiele immer entschlossener, endlich in Richtung Badenweiler aufzubrechen.

«Herr Lorenz, wir sollten wirklich keine Zeit mehr vergeuden. Wer weiß, was diesem Berni alles einfällt, womit er uns hinters Licht führen kann. Wir müssen da rechtzeitig einen Riegel vorschieben.»

«Was meinen Sie damit, Thiele?»

«Dass wir losollten, so schnell wie möglich.»

Hat den der wilde Affe gebissen? «Denken Sie mal nach, Thiele, wenn der etwas zu verbergen oder zu verstecken hätte, dann hat er es bestimmt gestern getan. Der wartet nicht erst darauf, dass wir vielleicht ein bisschen später kommen, damit er in letzter Minute noch schnell irgendwas drehen kann.»

«Und wenn es ihm erst heute eingefallen ist?»

Lorenz wird aus seinem Assistenten nicht mehr klug. Dessen logisches Denkvermögen war noch nie sonderlich ausgeprägt, aber dass es so viele Kurven und Windungen vollführt, ist neu, dennoch gibt Lorenz nach. Es ist ihm egal, ob sie jetzt oder nachher in diesen idyllischen Kurort fahren.

«Meinetwegen, wir fahren, Thiele, das heißt, ich fahre, klar?»

Thiele strahlt. Auf dem viel zu großen Parkplatz hinter dem Präsidium begegnen ihnen zwei Kollegen aus dem Dezernat für Raub, Erpressung und organisierte Bandenkriminalität, die ebenfalls einem Dienst-Passat zustreben.

«Wo wollt ihr denn hin?», will Lorenz wissen. Er kennt die beiden gut, sie sind schon fast so lang dabei wie er.

«Nach Badenweiler.»

«Was? Wieso? Was wollt ihr denn in Badenweiler?»

«Noch nicht gehört? Da ist in einem Café eine Handtasche geklaut worden, in der sich massig viel Geld befunden hat und außerdem mehrere teure Schmuckstücke. Keine Ahnung, weshalb die Leute ihr ganzes Vermögen mit sich rumschleppen und dann nicht mal richtig darauf aufpassen.»

«Wo ist die Tasche gestohlen worden?», will Lorenz wissen.

«Warte mal. Wie hieß das Café? Langer oder Lager oder so ähnlich. Mitten im Ort. Da saßen zwei Freundinnen zusammen, haben getratscht, sind dann ans Kuchenbuffet, und als sie an den Tisch zurückgekommen sind, war die Handtasche von der einen weg.»

«Badenweiler scheint sich zu einem Zentrum der Kriminalität zu entwickeln. Wir müssen dort einen Mord aufklären. Aber was habt ihr dort zu suchen, für solch einen ordinären Diebstahl ist doch der dortige Polizeiposten zuständig – oder?»

«Vom Mord haben wir schon gehört. Einen Zusammenhang gibt's wohl kaum. Aber die Landpolizisten kommen nicht so ganz klar mit der Sache. Ist eine Nummer zu groß für die. Steckt schließlich eine Menge Geld dahinter. Die haben Angst, dass sich eine organisierte Bande im Dörfchen etablieren könnte und Raub, Mord und Totschlag um sich greifen. Haben mal was von der Gefährlichkeit der Russen-Mafia gehört und stellen sich jetzt vor, dass die auch in Badenweiler Fuß fasst. Dabei ist der Kurort auch nicht mehr das, was er früher war. Baden-Baden ja, aber Badenweiler? Ist inzwischen wohl eher was für Kassenpatienten. Na, mal sehen, ob wir Hinweise finden oder ob es sich nur um einen ganz normalen Zufallsklau handelt.»

Man sollte nicht meinen, wie leichtsinnig die Leute mit ihren Sachen umgehen, denkt sich Lorenz.

«Da hat tatsächlich eine dieser lustigen Kur-Witwen hunderttausend Euro mit sich herumgeschleppt und dazu ihren ganzen wertvollen Schmuck. Jetzt heult sie denen natürlich die Ohren voll. Versichert war der Kram scheint's auch nicht. Jedenfalls haben die Kollegen dort um Amtshilfe gebeten. Vielleicht wollen sie auch nur das greinende Diebstahlsopfer an uns abtreten. Aber wir hatten in Freiburg in der letzten Zeit ebenfalls größere Diebstahlsfälle, vielleicht finden wir Parallelen. Wenn es zu eurem Mord eine Verbindung geben sollte, oder falls wir auf eine heiße Spur stoßen, sagen wir Bescheid.»

«Ist gut. Vielleicht sieht man sich. Bis dann.»

Lorenz schaut den beiden Männern nachdenklich hinterher. Müssten ungefähr in seinem Alter sein. Ob bei denen die Ehe noch in Ordnung ist? Etwas Gegenteiliges hatte er nicht gehört, und so etwas spricht sich im Präsidium recht schnell herum. Gibt er auch ein Gesprächsthema ab? Ob jemand weiß, dass Brigitte ihn verlassen hat? Die beiden sehen jedenfalls ganz gepflegt aus. Wahrscheinlich können die morgens gebügelte Hemden aus dem Schrank nehmen.

«Chef, was ist denn jetzt», klingt es ungeduldig neben ihm. Ach, den Thiele hat er ganz vergessen, und den Mordfall auch.

«Ich komme schon. Also los.»

Nachdem Lorenz in dürren Worten seine Unterhaltung mit Schüren zusammengefasst hat, damit auch sein Assistent informiert ist, verläuft die Fahrt ähnlich wortkarg wie am Vortag. Kurz vor Badenweiler durchbricht Thiele das Schweigen.

«Vielleicht sollten wir zuerst zu den Oberles fahren.»

«Wieso das denn? Sie reden doch unentwegt davon, dass der Briefträger auf uns wartet.»

«Schon, aber es wäre bestimmt nicht schlecht, vorher in der Pension nachzufragen, ob jemand den Schüren am Sonntag gesehen hat, wäre möglich, dass der versucht hat, sich heimlich reinzuschleichen und Gerstenbachs Zimmer zu durchsuchen. Außerdem müssen wir dem Hanseatenpärchen unseren Besuch ankündigen.»

Hm, so dumm war das nicht. Fragen sollte man auf jeden Fall, ob jemandem etwas aufgefallen ist. Könnte sein, dass es etwas Ungewöhnliches gegeben hat, dem aber niemand größere Bedeutung beigemessen hat.

«Also gut. Machen Sie das, Thiele, Sie wissen ungefähr, was zu fragen ist?»

«Na klar, kein Problem.» Thiele strahlt wie eine aufgehende

Sonne und entschwebt gedanklich auf Wolke sieben in Richtung Pension Oberle.

«Ich gehe derweil zu unserem schlagkräftigen Briefträger.»

Wolke sieben erweist sich wenig später als nicht sonderlich tragfähig. Sonja ist nirgendwo zu sehen. Thiele renkt sich fast den Hals aus.

«Ich muss alle derzeitigen Bewohner des Hauses fragen, ob sie etwas Ungewöhnliches bemerkt haben», versucht er sein Glück.

Würschtle-Herbert steht mit seiner Gundi schon zu Auskünften bereit, auch die Eltern Oberle und Maria. Von den anderen Gästen ist keiner da, und Sonja bleibt verschwunden.

Alle schütteln auf Thieles Fragen den Kopf. Was sollen sie denn bemerkt haben? Ob man hier tagsüber unbemerkt ins Haus gelangen kann? Eigentlich nicht, aber wenn einer bedacht zu Werke geht, vielleicht schon. Dass ein Fremder ungesehen und, ohne Lärm zu machen, in eines der Gästezimmer eindringen könnte, ist nicht vorstellbar, denn die Türschlösser entsprechen den neuesten Sicherheitsstandards. Man will den Gästen schließlich das Gefühl geben, dass sie und ihr Eigentum gut behütet werden.

«Und was ist mit Ihrer Tochter? Könnte sie etwas gesehen haben? Wo ist sie eigentlich?»

Es stellt sich heraus, dass Sonja ihren freien Tag hat und nach Freiburg gefahren ist, um mit einer Freundin gemütlich shoppen zu gehen.

«Wenn sie etwas bemerkt hätte, hätte sie es uns bestimmt erzählt», meint Mutter Oberle.

«Ich würde sie ganz gern selbst fragen. Kann sein, dass sie irgendeiner Kleinigkeit nicht die genügende Beachtung geschenkt hat.» Thiele verfällt in eine etwas gewähltere Ausdrucksweise.

«Sie kommt erst heute Abend wieder. Möglich, dass es spät

wird. Wenn die beiden Mädchen noch in die Disco gehen, sind sie frühestens um Mitternacht zurück. Sie hat das Auto dabei, dann muss sie sich nicht nach Bus- oder Zugfahrplänen richten.»

Nun ist Thiele endgültig und sehr unsanft von Wolke sieben auf dem Erdboden gelandet. Die Auskünfte, die er einholen wollte, sind ihm auf einmal überhaupt nicht mehr wichtig. Das unterscheidet ihn ganz wesentlich von Würschtle-Herbert. Der ist nämlich sehr wohl der Meinung, dass man gründlichst nachforschen sollte. Bei den Düringers und vor allem bei dem merkwürdigen Pärchen aus dem hohen Norden. Sind das etwa gar Komplizen, das Pärchen und der Fotograf? Kommen schließlich alle drei aus Norddeutschland.

Zumindest in ihren geographischen Vorstellungen und Vorurteilen sind sich Thiele und Würschtle-Herbert einig: Bei Norddeutschen, das heißt bei allen, die aus Gegenden nördlich der badischen Landesgrenze kommen, gilt es, vorsichtig zu sein. Wer weiß schon, welche Abgründe sich hinter den verschlossenen Mienen auftun.

Von Anfang an hat Würschtle-Herbert denen nicht über den Weg getraut. Er nimmt sich fest vor, diese Verbindung näher in Augenschein zu nehmen. Der Mann ist hässlich wie die Nacht, findet Würschtle-Herbert, und sie passt überhaupt nicht zu ihm: attraktiv, elegant. So wie die aussieht, könnte die lässig einen anderen kriegen. Wahrscheinlich ist es das Geld. Draußen auf dem Parkplatz steht das neueste Mercedes-Modell. Aber was sagt das schon aus. Auch Würschtle-Herbert hat zeit seines Führerschein-Lebens dieser Automarke den Vorzug gegeben, nicht ständig dem Dernier Cri, aber immerhin. Sein Mörder-Such-Instinkt hat neue Nahrung erhalten. Er wird dem armen verliebten Kerl, diesem unterdrückten Kriminalassistenten aus Freiburg, ein wenig unter die Arme greifen.

In der Zwischenzeit hat sich Lorenz den, wie er ihn bei sich nennt, Schläger-Briefträger vorgenommen. Beide gleichen sich heute insofern, als jeder eine ausgesprochen miese Laune vor sich her trägt. Der eine fast schon aus Gewohnheit, der andere, weil er mit seiner Rundtour viel zu spät dran und außerdem sauer ist, dass Sonja sich den ganzen Tag in Freiburg ein schönes Leben macht.

«Pünktlichkeit ist wohl keine Spezialität der Freiburger Polizei», motzt Berni, ohne den Gruß des Kommissars zu erwidern. Damit ist er an den Richtigen geraten.

«Wenn es Ihnen nicht passt, kommen Sie morgen nach Freiburg in mein Büro. Nichts einfacher als das. Das ist eine außergewöhnliche Gefälligkeit von mir, dass ich zu Ihnen komme. Verstanden?»

«Ja, ja. Also, was wollen Sie? Ich habe wenig Zeit.»

«Sie werden sich die Zeit nehmen müssen. Je klarer Ihre Antworten auf meine Fragen, desto schneller sind wir fertig. Glauben Sie, ich hätte meine Zeit gestohlen?»

Die Stimmung zwischen den beiden ist weit unter dem Gefrierpunkt anzusiedeln.

Ich muss mich ein bisschen zusammennehmen, denkt sich Lorenz. So geht's nicht. Das sind keine idealen Voraussetzungen für eine Befragung.

«Herr Sommer, wo waren Sie zur Tatzeit?»

«Woher soll ich wissen, wann die war?» Berni stellt sich blöd.

«Mann, dann wären Sie in Badenweiler der Einzige, der das nicht wüsste. Am Sonntag zwischen 16 und 18 Uhr.»

«Ach so, da war ich nicht hier.»

«Geht's genauer?»

«Ja, eben nicht hier. Weg.»

«Kann jemand bezeugen, wo Sie waren? Ihre Freundin vielleicht?»

Lorenz weiß, dass solche Burschen mit Aggressivität nicht zu knacken sind, deshalb versucht er es mit aller Geduld, die ihm zur Verfügung steht.

«Waren Sie mit Ihrer Freundin weg?», fragt er noch einmal nach.

«Nein. Sie hatte keine Zeit.»

«Jetzt sagen Sie endlich, wo Sie waren, oder Sie denken in einer Zelle des Freiburger Untersuchungsgefängnisses darüber nach», droht Lorenz, obwohl ihm klar ist, dass es für eine vorläufige Verhaftung nicht den mindesten Grund gibt. Aber mit seiner Geduld ist es heute eben nicht weit her. Und es hilft, Berni knickt ein.

«Kann ich mich denn darauf verlassen, dass Sie Ihren Mund halten?», will er wissen.

«Wenn es mit dem Mord nichts zu tun hat, habe ich kein Interesse daran herumzuposaunen, dass Sie Ihrer Freundin untreu waren.» Eigentlich wollte Lorenz die Situation mit dieser ironischen Bemerkung nur etwas auflockern, aber er hat zufällig ins Schwarze getroffen.

«Woher wissen Sie das? Es darf aber bestimmt keiner erfahren. Ich war wirklich mit der Sonja.»

«Wie – was heißt, ‹ich war wirklich mit der Sonja›?»

«Na, oben im Kurpark eben. Bei mir in der Wohnung geht's ja nicht, und bei der Sonja auch nicht. Die Eltern passen auf sie auf, als ob sie noch ein kleines Kind wäre.»

«Sie waren beide im Kurpark?»

«Sag ich doch. Brauchen Sie's noch deutlicher? Wir haben miteinander …» Der Rest geht in Bernis Gemurmel unter, doch selbst die Phantasie eines bereits älteren Kommissars reicht noch aus, um sich vorstellen zu können, was Berni meint.

Diese Art von Vergnügen war zwischen ihm und Brigitte in den letzten Jahren stark aus der Mode gekommen. Irgendwie war es immer dasselbe, und wenn Brigitte mal auf verrückte

Ideen gekommen ist, wie er es genannt hatte, um der Gewöhnung etwas Prickeln abzugewinnen, hatte er sie nie ernst genommen. Wann hatten sie eigentlich das letzte Mal …? Er konnte sich nicht erinnern. Musste schon eine ganze Weile her sein.

«Was wollen Sie jetzt noch wissen», unterbricht Berni die Gedankengänge seines Gegenübers, die ehelichen Pflichten betreffend.

«An welcher Stelle im Kurpark?»

«Wir haben da so eine kleine Lichtung entdeckt, wo man nur hinkommt, wenn man durch die Tannen kriecht. Weiß kein Mensch, sieht man von außen nicht, absolut blickdicht.»

«Und wo ist diese Lichtung?»

Berni versucht, die Lage zu beschreiben. Nach seiner Darstellung dürfte sie ziemlich weit vom Tatort entfernt sein.

«Sie werden mich zu dieser Lichtung hinführen, damit wir Ihr Liebesnest auf mögliche Spuren untersuchen können.» Noch ein Versuchsballon, um dem Knaben etwas Angst einzujagen. Diesmal aber kann er damit bei Berni nicht landen.

«Und was wollen Sie finden? Vielleicht ein Haar vom Fotografen? Oder sonst was Pikantes? Ich schwör's Ihnen: Er war nicht dabei. Die Sonja steht nicht auf einen flotten Dreier.»

Lorenz hält es für geraten, die letzte Bemerkung zu übergehen.

«Es könnte aber sein, dass Sie vorher oder nachher beim Tarnzelt waren und etwas von Gerstenbachs Sachen mitgenommen haben, nachdem Sie ihn ins Jenseits befördert haben.»

«Jetzt machen Sie aber mal einen Punkt. Erstens hatte ich mit der Sonja Besseres zu tun und gar keine Zeit, Fotografen umzubringen, zweitens ist das Zelt irre weit weg. Ich hab mir den Tatort schließlich angesehen.» Berni verkörpert pure Empörung.

«Schön. Aber Sie sehen ein, dass ich auch Sonja Oberle befragen muss.»

«Aber bloß nicht, wenn ihre Eltern dabei sind. Die haben keine Ahnung.»

Lorenz beschließt, die notwendige Auskunft von Sonja sofort per Handy einzuholen, bevor Berni sich möglicherweise mit ihr abspricht.

«Geben Sie mir mal die Handynummer von Sonja Oberle», fordert er Berni auf. Die kennt der natürlich auswendig, was augenblicklich jedoch wenig nützt, denn Sonja genießt den Einkaufsbummel und scheint das Telefon nicht zu hören. Das passt Lorenz gar nicht.

«Wo ist eigentlich Ihre Freundin?», will er jetzt wissen. «Ich meine, die Verlobte, also nicht die Sonja.»

«Bei der Arbeit. Sie bedient im Café Lager.» Den Namen hatte er heute schon mal gehört. Richtig, dort hatte sich der Diebstahl ereignet.

«Hier in Badenweiler?»

«Ja, oben, in der Nähe vom Kurhaus. Wollen Sie auch noch zu der? Die kann Ihnen überhaupt nichts sagen.»

Lorenz wundert sich schon nicht mehr darüber, wie gleichgültig, fast abfällig Berni von seiner Verlobten spricht.

«Wären Sie so freundlich, mir diese Entscheidung zu überlassen?»

Weil Lorenz das Gespräch für heute sowieso beenden will, leistet er sich diesen überheblichen Ton. Er wendet sich der Flurtür zu. Berni hatte ihn während des ganzen Gesprächs nicht ins Wohnzimmer gelassen, geschweige denn, dass er ihm einen Stuhl angeboten hätte. Als er eben die Türklinke herunterdrücken will, fällt Lorenz noch etwas ein, was er vergessen hat. Er dreht sich um und beginnt erneut zu fragen: «Was ich noch sagen wollte.» Ich benehme mich schon wie dieser Columbo im Trenchcoat, fehlt nur noch die Zigarre, schießt es ihm leicht amüsiert durch den Kopf. «Sie haben sich doch öfter mit Gerstenbach getroffen und sich mit ihm unterhalten. Um was ging es denn da?»

«Öfter ist stark übertrieben. Ich hab ihn ein-, zweimal in der Pension gesehen, und dann war er gleich am ersten Abend hier. Das war vielleicht öde, kann ich Ihnen sagen. Die ganze Zeit hat er nur in den höchsten Tönen von seiner eigenen Arbeit geschwärmt. So viel Eigenlob habe ich noch nie gehört.»

«Hat er über Geld gesprochen?»

«Und wie. Gejammert hat er, dass er viel zu wenig hat, und was das alles kostet und dass man seine Arbeit nicht ordentlich honoriert. Solche tollen künstlerischen Leistungen. Niemand würde sie richtig zu schätzen wissen.»

«Hat er davon gesprochen, dass sich seine finanzielle Situation bald verändern könnte?»

«Nö. Das heißt, er hat vor sich hin geschwafelt, dass er bald in die Karibik will, um fotografieren zu können. Totale Spinnerei. Zumindest mit dem Sparen dafür hat er aber schon angefangen. Er hat alles mitgehen lassen, was ging. Fragen Sie mal die Sonja. Bei uns auch. Im Klo die Gästeseife und ein Handtuch. Verbrecher.»

Noch etwas fällt Kommissar Lorenz ein: «Kennen Sie einen Herrn Hochwert?»

Berni zögert einen Moment, und Lorenz meint zu sehen, dass die Gesichtsfarbe seines Gegenübers einen Hauch von Röte annimmt, aber das kann im schlechtbeleuchteten Flur auch täuschen.

«Nie gehört. Wer soll'n das sein? Hier in Badenweiler?»

Die Reaktion, Hochwert hier im Ort zu vermuten, irritiert Lorenz. Am Ball bleiben, sagt er sich. Das darf ich nicht vergessen. Vorerst aber verlässt er endgültig die Sommer'sche Wohnung. Er hat noch anderes vor. Gerstenbachs Adressenverzeichnis steckt in seiner Jackentasche und muss schleunigst durchforstet werden. Dazu ist er immer noch nicht gekommen. Die blöde Kriminalstatistik. Er wird sich gleich mit Thiele in eine Kneipe setzen und das Verzeichnis Name für Name durchgehen. Vielleicht bringt das was.

Wo geht dieser Fehringer immer hin? Richtig, ins ‹Waldhorn›. Selbst auf die Gefahr hin, dort auf seinen Lieblingszeugen zu treffen, beschließt Lorenz, notfalls seine Mittagspause nur eingeschränkt wahrzunehmen, weil er sie in den Dienst der Sache stellt.

Vielleicht hat Thiele in der Pension auch Interessantes herausgefunden. Hatten sie eigentlich einen Treffpunkt verabredet oder eine bestimmte Zeit ausgemacht? Wie war das noch? Lorenz erinnert sich vage, dass Thiele etwas in dieser Richtung gesagt hat, er aber mit den Gedanken wieder einmal woanders gewesen ist. Soll er ihm entgegengehen, oder muss er ihn suchen?

Aber nicht immer ist das Schicksal gegen ihn. Als er das Haus, in dem Berni wohnt, verlässt, biegt Thiele eben um die Ecke – mit einem Gesicht wie sieben Tage Regenwetter.

«Welche Laus ist Ihnen denn über die Leber gelaufen?», erkundigt sich Lorenz.

«Nichts. Ich bin nur nicht weitergekommen», klingt es enttäuscht.

Dir binde ich nicht auf die Nase, dass ich die Sonja gut finde und die nicht daheim war, denkt sich Thiele, wohingegen sein Chef die Antwort positiv vermerkt. Schau einer an, staunt er, hätte ich nicht gedacht, dass dem ein kleiner beruflicher Misserfolg so viel ausmacht. Vielleicht wird eines Tages doch noch ein brauchbarer Kriminalbeamter aus ihm.

11.

Das Erscheinen der beiden Kriminalbeamten im ‹Waldhorn› ruft einen ähnlichen Effekt hervor wie der Auftritt zweier Stars in der Manege. Alle am Stammtisch, die sich schon zu dieser Mittagsstunde eingefunden haben – und das sind die meisten –, drehen wie auf Verabredung die Köpfe zur Tür und starren die Freiburger an. Das hätte man sich nicht träumen lassen, dass man einmal so direkt in Kontakt kommt mit Kriminalern. Nur für Herbert Fehringer ist das weniger aufregend, er begegnet den beiden schließlich dauernd, als Hauptzeuge sowieso.

Lorenz und Thiele setzen sich an einen kleinen Vierertisch in der hintersten Ecke, und Thomas Maria Löffler, der Wirt, präsentiert ihnen umgehend die Speisekarte, sogar schon aufgeschlagen. Groß ist die Auswahl nicht. Und vor allem ziemlich antiquiert. Die bieten tatsächlich noch Hawaiitoast an, denkt Lorenz amüsiert. Das findet man in Freiburg kaum noch in einem Wirtshaus. Ansonsten gibt es die bekannten Ripple mit Brot, Ripple mit Brägele, Bratwürste mit Brot, Bratwürste mit Brägele, Wurstsalat mit Brot, Wurstsalat mit Brägele, Leberle sauer oder geröstet mit Brot oder Brägele, besagten Hawaiitoast und als Highlight Wiener Schnitzel mit Brot oder Brägele und Salat.

Lorenz erinnert sich angesichts dieser badischen Auswahl plötzlich belustigt an seine Übersetzerdienste, die er während einer Fortbildungsveranstaltung in Freiburg einem Bremer Kollegen leisten musste. Der hatte hilflos vor der Speisekarte gesessen, weil er keinen Schimmer hatte, was ihm angeboten wurde. Woher hätte er auch wissen sollen, dass man hier im äußersten Südwesten Bratkartoffeln als Brägele bezeichnet, dass Kratzete in der Pfanne gebratene und zerrissene Eierkuchen sind und ein Schäufele keineswegs ein Kinderspielzeug, sondern ein wohlschmeckendes geräuchertes Schulterstück vom Schwein ist.

Lorenz entscheidet sich für Leberle sauer. Die hat er schon ewig nicht mehr gegessen. Brigitte hat sie früher öfter gemacht. Thiele tendiert eher zum Schnitzel mit Brägele und Salat.

«Herr Wirt, ich hätte gern Leberle sauer mit Brägele», bestellt Lorenz.

«Mittags gibt's das noch nicht», bedauert Thomas Maria Löffler aufrichtig.

«Wie? Mittags gibt's das noch nicht?»

«Ja, halt erst am Abend. Aber heute Abend auch nicht. Wir haben keine gekriegt vom Metzger.»

Na wunderbar, da hat er sich schon mal auf etwas gefreut, und dann gibt es das nicht.

«Warum haben Sie es dann auf der Karte?» Lorenz ist ungehalten.

«Ja, halt, weil es das sonst gibt», lautet die überaus aufschlussreiche Antwort.

«Was haben Sie dann?»

«Ja, halt, was auf der Karte steht.»

Wenn der Kerl jetzt noch ‹also› sagt, flippe ich aus, denkt Lorenz.

«Haben Sie Schnitzel?»

«Ja sicher, steht doch auf der Karte.»

Lorenz gibt auf. «Bringen Sie mir ein Schnitzel mit Brägele und Salat. Und Sie Thiele?»

«Für mich auch, bitte.»

«Also, Herr Wirt, zweimal Schnitzel mit Brägele und Salat. Geht das?»

«Ja klar. Es dauert aber. Weil meine Frau vom Einkaufen noch nicht wieder da ist, und mittags haben wir nicht so oft Gäste zum Essen.»

Doch Lorenz scheint an diesem Tag das Glück hold, denn Frau Löffler, die Angetraute des Wirts, kommt eben zur Tür herein.

«Zweimal Schnitzel mit Brägele und Salat», brüllt er ihr durch das Lokal entgegen.

«Und zwei Bier dazu?»

Beide nicken, und nach den vorschriftsmäßigen sieben Minuten, die solch ein Pils braucht, haben sie es vor sich und könnten in aller Ruhe damit beginnen, das Adressenverzeichnis durchzusehen. Zunächst jedoch müssen sie Herbert Fehringer versuchen klarzumachen, dass sie auch ohne seine Unterstützung ganz gut zurechtkommen werden. Der hat sich nämlich bereits hilfsbereit neben ihrem Tisch aufgebaut, um im Notfall sofort zur Stelle zu sein.

«Danke, Herr Fehringer, im Augenblick brauchen wir Sie wirklich nicht», lehnt Thiele das Hilfsangebot schnell, aber freundlich ab, denn er sieht bereits wieder die dunklen Wolken um die Stirn seines Chefs ziehen.

«Dann setze ich mich an den Nebentisch, damit ich greifbar bin», entscheidet Würschtle-Herbert fürsorglich. Lorenz stöhnt in sich hinein. So leise können sie sich gar nicht unterhalten, damit der nichts mitkriegt, zumal es im Raum mucksmäuschenstill ist, weil alle hoffen, von der Unterhaltung der beiden Freiburger etwas aufzuschnappen.

Dennoch legt Lorenz das Verzeichnis auf den Tisch. Name für Name wird genauestens unter die Lupe genommen. Aber außer denen, die ihnen ohnehin schon bekannt sind, sagt ihnen keiner der von Gerstenbach notierten Adressen etwas. Doch plötzlich greift Thiele nach dem Notizbuch.

«Darf ich mal?»

«Was ist denn los? Sie sind ja ganz aufgeregt?»

«Sehen Sie nicht? Hier neben dem Namen Obermaier steht eine Telefonnummer.»

«Ja und? Neben den anderen auch.»

«Schon, aber schauen Sie sich die Nummer mal genauer an. Das ist die gleiche Vorwahl wie beim Hochwert. Und der wohnt im ‹Römerbad›. Lassen Sie mal sehen. Wir vergleichen die beiden Nummern.»

Thiele ist ganz kribbelig vor lauter Eifer, und seine Stimme erklingt im Crescendo. Nicht nur am Nebentisch kann man wunderbar verstehen, was er sagt.

«Da. Die gleiche Nummer. Dieser Obermaier wohnt auch im ‹Römerbad›.»

Jetzt weiß das hier jeder, denkt Lorenz. Er ist deshalb zwar wütend auf seinen Assistenten, kann ihm aber kaum einen Vorwurf machen, denn ihm wäre das nicht aufgefallen. Jedenfalls nicht gleich.

«Nach dem Mittagessen – falls es je kommt – gehen wir gleich hinüber», ordnet er knapp an.

Würschtle-Herbert am Nebentisch hat es auf einmal sehr eilig. «He, Thomas», ruft er dem Wirt zu, «ich zahl heut Abend. Bei uns gibt es bald Mittagessen. Bis dann.»

Damit stürmt er aus seinem Stammlokal, denn er will auf jeden Fall sofort im ‹Römerbad› bei seinem neuen Bekannten, dem Portier, fragen, ob der diesen Obermaier kennt, und was es mit dem auf sich hat.

Lorenz fürchtet angesichts des hastigen Aufbruchs genau das, sieht aber ein, dass er gegenwärtig machtlos ist. Was kann dieser Fehringer auch schon ausrichten? Für so blöd, dass er dem Obermaier, wer immer das auch sein mag, brühwarm erzählt, dass er gleich Besuch von der Polizei kriegt, hält ihn Lorenz dann doch wieder nicht. Ist vielleicht gar nicht so schlecht, dass die alle fleißig ihre Krimis gucken, da wissen sie wenigstens, dass man nicht gleich sämtliche Katzen aus dem Sack lässt.

Die Schnitzel erweisen sich als riesig, wenn auch die Panade nicht richtig hält, sondern beim ersten Hineinschneiden abblättert. Die Brägele sind annehmbar, das heißt so fett, dass sie eine Koalition mit dem Salat eingehen könnten, der zwar nicht ganz frisch, aber noch recht gut erhalten ist und durch seinen Ölgehalt mit den Kartoffeln um die Wette glänzt. Lorenz schielt verstohlen auf seine etwas ausladende Körpermitte. Der Thiele kann sich so was erlauben, denkt er nicht ganz neidlos, so schlank wie der ist. Allerdings zollt auch der dem fettigen Mittagessen seinen Tribut: Auf dem neuen strahlend blauen Hemd prangt plötzlich ein ziemlich großer Fettfleck, der von einem Salatblatt stammt, das von des Kommissars Gabel zurückgeplatscht ist in die Schüssel und dabei reizende kleine Spitzer über den ganzen Tisch verteilt hat und einen größeren auf Thieles Hemd.

Der schaut entsetzt. «Das kriege ich nie wieder raus. Das ist Fett. Das Hemd habe ich heute zum ersten Mal an!»

«Kaufen Sie sich auf meine Kosten ein neues.»

«Es ist von Armani.»

«Was?»

«Na, Armani. Es war nicht billig. 140 Euro.»

Jetzt schaut Lorenz entsetzt. Gibt der so viel Geld für ein Hemd aus? Das kann nicht wahr sein. Schön, er hat es versaut, da hilft nichts, er muss es zahlen, aber eine blöde Bemerkung kann er sich nicht verkneifen: «Können Sie sich das von Ihrem Gehalt leisten? Ist das so üppig?»

Der weiß doch, was ich verdiene, meutert Thiele trotzig in Gedanken, und es geht ihn nichts, aber auch gar nichts an, was ich mir leiste und was nicht.

Nach diesem insgesamt wenig genussvollen Mahl versucht Lorenz zu zahlen, doch Thomas Maria lehnt über dem Schanktisch, tief in die Lektüre seiner Lieblingszeitung versunken, die es ohne Schwierigkeiten erlaubt, sich die darin geäußerten Standpunkte anhand der übergroßen Lettern zu eigen zu machen. Er schaut überhaupt nicht mehr auf.

Schließlich hilft nur noch ein lautes: «Herr Wirt, zahlen bitte!»

Langsam begibt sich Thomas Maria an den Tisch: «Zusammen?»

«Ja.» Muss ich wohl, wenn ich schon sein Hemd ruiniert habe, knirscht Lorenz lautlos.

Thomas Maria schlägt die Augen gen Himmel und rechnet, dann zieht er seinen Block heraus und notiert, was er sich überlegt hat.

«32 Euro.»

Na, billig war das nicht. Was kostete gleich nochmal das Schnitzel laut Speisekarte, versucht sich Lorenz zu erinnern.

«Kann ich die Rechnung haben?»

Entgeistert starrt Thomas Maria ihn an. Keiner hat sich je erlaubt, in seinem Lokal eine Rechnung zu verlangen.

«Ich brauche sie für die Steuer. Mit Stempel, bitte.»

Dieser Wunsch kostet die beiden eine weitere Viertelstunde, denn der Stempel lässt sich nicht gleich auftreiben, dafür aber wird es billiger.

«'tschuldigung. Ich habe mich da verrechnet, es sind nur 26 Euro.»

Dieses Schlitzohr, denkt Lorenz, hätte ich nicht eine Rechnung verlangt, hätte der mich glatt über den Tisch gezogen. Dass der sich das bei einem Polizisten traut! So viel Kaltblütigkeit – oder ist es schlicht Dummheit? – nötigt ihm fast schon Bewunderung ab.

Während die beiden notgedrungen eine etwas längere Mittagspause haben einlegen müssen, hat sich Würschtle-Herbert stehenden Fußes zum ‹Römerbad› begeben. Und er hat Glück. Sein neuer Bekannter ist heute für den Dienst an der Rezeption eingeteilt.

«Ja, grüß Sie.» Fehringer winkt ihm so herzlich zu wie einem Uraltfreund. «Wie geht's denn? Sie haben aber auch einen aufreibenden Job. Immer sind Sie da. Ohne Sie liefe hier nichts, gell.»

Nach dieser so überaus verständnis- und mitleidsvollen Begrüßung kommt Fehringer zur Sache.

«Sagen Sie mal, bei Ihnen wohnt doch ein gewisser Obermaier. Wo kommt denn der her, und was ist das für einer?»

«Woher wissen Sie das?» So ohne weiteres ist der diskrete ‹Römerbad›-Portier nicht bereit, Informationen auszuplaudern. Er weiß, was er seinem Berufsstand und dem Hotel schuldig ist.

«Mich hat der Kommissar, der aus Freiburg, wissen lassen, dass ein Obermaier hier wohnt.»

Das ist nicht gelogen, höchstens die Wahrheit ein bisschen manipuliert. Würschtle-Herbert spielt schließlich nicht mit gezinkten Karten, sondern dreht sie nur ein wenig so, dass sie ihm entgegenkommen. Der Portier merkt das zwar, aber weil der andere immer so nett ist, kann er ihm wohl ruhig sagen, dass der Obermaier schon das zweite Mal hier wohnt und im Übrigen ein höchst honoriger Mensch ist: zweiter Bürgermeister oder so. Was genau und wo sei ihm aber entfallen. Nicht ganz oben, nein, aber trotzdem ein wichtiger Mann in einer Stadtverwaltung. Ist schließlich kein Geheimnis. Ja, Ende fünfzig. Nein, allein, ohne Begleitung. Geht immer sehr pünktlich zu seinen Behandlungen ins Thermalbad. Wahrscheinlich hat er es auch mit der Bandscheibe. Vier Wochen bleibt er alles in allem. Sehr solide. Kein Damenbesuch, nie betrunken, nicht mal angesäuselt. Höchst angenehmer Gast.

Das sind wahrlich keine Sensationen.

«Können Sie sich vorstellen, weshalb der im Notizbuch vom Gerstenbach auftaucht?» Diese Frage wirkt auf den Portier elektrisierend. Dennoch legt er eine gewisse Gleichgültigkeit an den Tag, um der Neugier seines Gegenüber nicht neue Nahrung zu geben.

«Na ja, wenn der Obermaier was in der Stadt zu sagen hat, wollte ihn der Gerstenbach vielleicht auch zu irgendeinem Projekt überreden. Der hat es sicher bei jedem probiert, der ihm über den Weg gelaufen ist und von dem er sich etwas versprochen hat.»

Mit dieser müden und nicht im mindesten seinen Ermittlungsdrang befriedigenden Erklärung muss sich Herbert Fehringer zunächst zufriedengeben, für ihn wird es nämlich allerhöchste Zeit zu gehen. Er und Gundi haben bei den Oberles Vollpension gebucht, und Gundi wäre sehr ungehalten, wenn er nicht pünktlich zum Essen käme.

Auf seinem eiligen Rückzug begegnet er Lorenz und Thiele, die gerade das ‹Waldhorn› verlassen, beide mit recht mürrischem Blick – aus unterschiedlichen, aber verständlichen Gründen. Sie nicken sich lediglich flüchtig zu, dann bewegen sie sich in entgegengesetzte Richtungen.

Der ‹Römerbad›-Portier beherrscht seine Unlust mit einiger Mühe. Zweimal innerhalb einer Stunde wird er mit genau denselben Fragen bombardiert. Nur dass die nun vor ihm Stehenden nicht so freundlich und herzlich sind wie Fehringer. Aber es gehört ebenfalls zu seinen Verpflichtungen, sich Derartiges nicht anmerken zu lassen. Obwohl er gerade jetzt sehr ungern gestört wird, denn es ist ruhig. Es gibt kaum etwas zu tun, sodass sich der Portier seiner Lieblingsbeschäftigung widmen könnte, und das ist das Lesen. Am meisten schätzt er die Werke des russischen Dichters Anton Tschechow, der in Badenweiler vergeblich auf Heilung seiner kranken Lunge gehofft hat. Eben noch war der Empfangschef wieder einmal in die Erzählung von der «Dame mit dem Hündchen» vertieft, die auf der Liste seiner bevorzugten Lektüre ganz oben rangiert.

Dem Meldeformular entnimmt Lorenz, dass Obermaier in Bamberg zu Hause ist. Auch das Geburtsdatum ist vermerkt, mehr Informationen gibt das Blatt nicht her.

«Bekommt Herr Obermaier häufiger Post?», will Lorenz wissen.

«Hin und wieder. Die lege ich ihm dann in sein Fach. Aber bevor Sie fragen, ich habe keine Zeit nachzusehen, woher die kommt.»

Das glaube ich dir nie und nimmer, zieht Lorenz diese Aussage still in Zweifel.

«Hat es irgendetwas gegeben, was Ihnen an Herrn Obermaier aufgefallen ist?»

«Nein. Wirklich nicht. Ein ruhiger Gast, geht pünktlich zu seinen Anwendungen und offenbar viel spazieren. Wenn er Zeit hat, ist er manchmal halbe Tage weg. Der muss ziemlich ausgedehnte Wanderungen unternehmen, denn wenn er zurückkommt, macht er manchmal den Eindruck, als sei er fix und fertig.»

«Hat er ein Auto?»

«Ja, sicher. Aber das ist nichts Ungewöhnliches. Fast alle Gäste kommen mit dem Auto zu uns. Es ist fürchterlich umständlich, mit Zug und Bus nach Badenweiler zu reisen.»

«Macht er auch größere Ausflüge mit dem Auto?»

«Woher soll ich das wissen? Das Auto steht in der Garage, und ich laufe nicht jedem Gast hinterher, um zu sehen, ob er sein Auto benutzt oder nicht und wie sich der Kilometerstand verändert.»

Hat er wohl recht, muss Lorenz zugeben.

«Haben Sie Herrn Obermaier jemals gemeinsam mit Gerstenbach gesehen?»

«Nie.»

«Ist Herr Obermaier jetzt da?»

«Nein, tut mir leid. Soll ich ihm eine Nachricht ins Fach geben, dass Sie ihn sprechen möchten?», bietet der Portier hilfsbereit an.

In diesem Augenblick kommt der Restaurantchef vorbei und schnappt die letzten Worte auf.

«Ich habe eben gehört, dass Sie auf Herrn Obermaier warten. Da werden Sie Pech haben. Mir hat er heute Morgen erzählt, dass er sich einen schönen Tag machen will, eine Frankreich-Tour. Wir sind hier ja ganz nahe an der Grenze. Ich nehme nicht an, dass er früh zurück sein wird.»

«Danke.» Also auch am nächsten Tag ein Ausflug nach Badenweiler, denkt sich Lorenz und seufzt.

«Dann seien Sie bitte so nett und sagen Sie dem Herrn, dass wir ihn morgen Vormittag sprechen wollen», bittet er nun doch den Portier.

«Aber gern. Ich richte es aus.» Eine angedeutete Verbeugung unterstreicht dieses überaus höfliche Versprechen.

«Und jetzt», will Thiele wieder einmal wissen.

«Wo wir schon da sind, nehmen wir uns die Freundin oder Verlobte oder was auch immer von diesem Berni vor. Was hat er gesagt? Sie bedient im Café Lager. Muss auch in der Nähe sein. Hier ist alles in der Nähe», knurrt Reinhold Lorenz.

«Was hat die mit unserem Fall zu tun?» Thiele ist der Sinn dieser neuen Vernehmung nicht ganz klar.

«Wenn wir sie nicht fragen, werden wir es nie erfahren», raunzt Lorenz seinen Assistenten an. Ich muss mich ab sofort mäßigen und darf mich nicht so gehenlassen, ermahnt er sich gleich darauf. Der arme Thiele kann wirklich nichts dafür. Er ist halt ein bisschen doof, aber wenn ich ihn dauernd anmeckere, wird es auch nicht besser. Hat er selbst sich am Anfang genauso dumm angestellt? Er ist schließlich auch nicht immer im gehobenen Polizeidienst gewesen. Also Lorenz, nimm dich zusammen, mehr Geduld. Kapiert?

Das Café Lager befindet sich mitten im Ort. An der Kuchentheke am Eingang, bei deren Anblick sowohl Lorenz als auch Thiele das Wasser im Mund zusammenläuft, erkundigen sie sich nach Barbara, von der sie noch nicht einmal den Nachnamen kennen, aber das ist nicht weiter tragisch. Der Besitzer des Cafés ist ihr Vater, was er aber nicht für nötig befindet zu erzählen.

«Ja, die Barbara, die ist verlobt mit dem Berni. Moment, ich hole sie.»

Es dauert nur Sekunden, bis Barbara auftaucht. Lorenz und Thiele sind bei ihrem Anblick gleichermaßen sprachlos und das ausnahmsweise aus demselben Grund. Beide haben sich Bernis Verlobte ganz selbstverständlich als eine junge Frau gedacht, die einigermaßen attraktiv, vielleicht sogar hübsch ist. Denn Bernis Aussehen steht ganz im Gegensatz zu seinem eher minderen Ruf: groß, dunkelgelocktes Haar, athletische Figur, man kann ihn sich gut als Schwarm vieler Badenweiler Mädchen vorstellen. Was ihnen hier als Bernis Verlobte entgegenkommt, entspricht kaum dem Typ Frau, den man sich spontan an seiner Seite vorstellen würde. Wollte man sagen, sie sei eine graue Maus, wäre das noch sehr geschmeichelt. Sie ist klein – dafür kann sie nichts –, aber die farblosen Haare stehen ihr wirr und ungekämmt um den Kopf, das Gesicht ist aschfahl und mit Make-up sicherlich nicht – zumindest nicht heute – in Berührung gekommen, obwohl das der vielen Pickel wegen, die sich in unregelmäßigen Abständen und diversen Entwicklungsstadien über die Stirn verteilen, bitter notwendig gewesen wäre. Das stark fliehende Kinn geht darauf zurück, dass man ihr als Kind eine Zahnspange erspart oder nicht gegönnt hat. Unwillkürlich muss Lorenz an einen alten Spielfilm mit Liselotte Pulver denken, in der sie in einer Doppelrolle Kohlhiesls Töchter verkörpert hatte. Diese hier gleicht eindeutig der im Film gewollt unvorteilhaft hergerichteten Schwester. Als sie den Mund aufmacht, um sich zu einem knappen «Ja und?» herabzulassen, begünstigt das den ersten Eindruck keinesfalls.

«Sie sind die Verlobte von Bernhard Sommer?»
«Ja.»
«Und haben Sie mitbekommen, dass ein Bekannter von Ihnen, der Fotograf Silvio Gerstenbach, am Sonntag im Kurpark ermordet worden ist?»
«Ja.»

Unbewusst stellt Lorenz seine Fragen so, als ob er es mit jemandem zu tun hätte, dessen Auffassungsgabe im Einklang mit dem Aussehen stünde.

«Wissen Sie, dass wir uns mit Ihrem Verlobten unterhalten haben?»
«Ja.»
«War Ihr Verlobter heute hier?»
«Ja.»
«Wo waren Sie am Sonntag gegen Abend?»
«Hier.»
«Haben Sie denn immer Dienst?»
«Ja.»

Thiele und Lorenz tun sich in diesem Augenblick gegenseitig leid.

«Wo war Ihr Verlobter in dieser Zeit?»
«Hier.»
«Wie bitte? Er hat mir gesagt, äh, ja, also, dass er anderweitig beschäftigt war.»
«Ja.»
«Bitte. Bitte, was jetzt?», fleht Lorenz.

«Ja, erst hat er nach Freiburg müssen, und dann war er kurz da.»

«Wann? Am Sonntag gegen Abend?»

«Ja.»

«Wissen Sie etwas über den Fotografen Gerstenbach? Sie haben ihn doch bei sich zum Abendessen eingeladen.»

Lorenz und Thiele wissen im Voraus, wie die Antwort lautet.

«Ja.»

«Ist Ihnen etwas Besonderes aufgefallen an diesem Abend?»

Langsam gehen Lorenz die Fragen aus, vor allem deshalb, weil ihn ihre Einsilbigkeit sichtlich konfus macht.

«Nein.»

«Können Sie uns Ihre Personalien geben?» Der letzte Rettungsanker.

«Ja.»

«Also bitte.» Einmal mehr klingt es fast flehentlich.

«Barbara Lager. Und ich wohne beim Berni. Ich bin Jungfrau.»

Beide starren sie an: «Was?»

«Ja, halt im September geboren.» Erst jetzt kriegen Lorenz und Thiele mit, dass sich ihr Mäusemund zu einem Lächeln verzogen hat und sie mit der letzten Bemerkung einen Witz gemacht hat.

«Danke.»

Lorenz ist am Ende seiner Kraft.

«Wir melden uns vielleicht noch einmal.»

«Ja.»

Sie verlassen das Café fluchtartig und retten sich um die nächste Hausecke, bevor sie wie auf Kommando losprusten. Das erste Mal sind sich Lorenz und Thiele in ihrem einmütigen Zweifel an den Möglichkeiten zwischenmenschlicher Kommunikation ein wenig nähergekommen.

«Haben Sie gehört, wie die mit Nachnamen heißt?»

«Klar, Chef, Lager. Das ist die Tochter des Besitzers. Der Berni hat schon seinen Grund, weshalb er sich mit der verlobt hat. Da steckt Geld dahinter. Ein richtiger Chauvi.»

Dass es noch gar nicht so lange her ist, seit er sich selbst in die Rolle des Pensionsbesitzers Thiele, vormals Oberle, geträumt hat, kommt Thiele nicht in den Sinn. Denn das kann man schließlich nicht vergleichen.

Der Rückweg nach Freiburg gestaltet sich diesmal ein wenig anders als sonst. Zwischen Lorenz und Thiele hat sich eine winzige Annäherung ergeben, weit entfernt davon, sie als freundschaftliche Übereinkunft bezeichnen zu können, aber immerhin: Die aufgeheizte Stimmung und die gegenseitigen Aggressionen sind etwas abgemildert. Dazu hat nicht unwesentlich das gemeinsame Befremden über Verhalten und Aussehen der Caféhaus-Tochter beigetragen.

«Im Fahndungscomputer wird dieser Obermaier nicht auftauchen», überlegt Lorenz.

«Das nicht, aber wenn der so ein hohes Tier in der Bamberger Stadtverwaltung ist, müsste man im Internet Infos finden können», tröstet Thiele.

«Meinen Sie, Sie könnten sich heute noch dranmachen?»

«Klar, Chef, wenn's länger dauert, ist es auch egal. Auf mich wartet daheim keiner.» Thiele beißt sich auf die Lippen. Das war wohl nicht die richtige Bemerkung zu diesem Zeitpunkt, aber Lorenz hat sie entweder überhört oder denkt nicht weiter darüber nach.

«Merkwürdig, dass der in Gerstenbachs Notizbuch steht und dieser Hochwert auch. Ich werde das Gefühl nicht los, dass es da eine Verbindung gibt. Beide wohnen im ‹Römerbad›, beide sind sicher nicht arm, sonst könnten sie sich diese vornehme Bleibe nicht leisten, und beide legen Wert auf einen guten Ruf. Der Hochwert, weil er sowieso schon ins Zwielicht geraten ist, und der Bamberger Obermaier, weil er im Licht der Öffentlichkeit steht.»

«Woher wissen Sie eigentlich, dass der aus Bamberg kommt», will Thiele wissen.

«Erstens hat es der Portier kurz erwähnt, und zweitens stand das im Anmeldeformular im Hotel. Haben Sie das nicht gesehen?»

«Ist mir entgangen.»

Oje, mein Junge, musst noch viel lernen, denkt Lorenz etwas mitleidig und wundert sich über sich selbst, weil er auf einmal nicht mehr wütend wird, sondern eher ein Verantwortungsgefühl in sich aufkeimen spürt, aus diesem jungen, im Grunde sehr sympathischen Kerl einen ordentlichen Kriminalbeamten zu machen. Und nur mit Rüffeln und giftigen Bemerkungen ist das nun einmal kaum zu bewerkstelligen. Lorenz, wo ist bloß dein Ehrgeiz geblieben, aus einem unerfahrenen Anfänger etwas Ordentliches zu machen. Das war früher nicht so. Mit den Kindern ist er ganz gut ausgekommen. Wie oft haben sie gemeinsam gelacht, die Kinder, Brigitte und er. Sie rufen ihn manchmal an, aber lassen ihn schon spüren, dass sie ihn für den Schuldigen halten an Brigittes Entschluss. Er muss unbedingt mit ihnen reden. Und nicht am Telefon.

Wenig später sitzen Thiele und Lorenz in erwartungsvoller Eintracht vor dem Computer im Büro des dritten Obergeschosses und klappern den wenig ergiebigen Internet-Auftritt der Stadtverwaltung Bamberg ab. Sie stoßen lediglich auf die dürre Information, dass Karl Obermaier, geboren 1945, das Amt des Stadtkämmerers – also keineswegs das eines Bürgermeisters! – bekleidet. Noch während sie versuchen, mehr herauszufinden, bekommen sie Besuch von einem Kollegen aus dem Diebstahls- und Einbruchsdezernat.

«Wollte nur hören, ob ihr was Neues erfahren habt», erkundigt er sich.

«Nichts, was uns einen Zentimeter weiterbringen könnte, und ihr, seid ihr erfolgreich gewesen?»

«Auch nicht. Wir treten genauso auf der Stelle. Wie kann man eine Handtasche, in der so viele Wertsachen drin sind, unbeaufsichtigt stehen lassen! Unfassbar! Da achtet man doch drauf!»

Lorenz interessiert dieses Delikt derzeit weniger. Um aber nicht unhöflich zu wirken, erkundigt er sich nach der Uhrzeit, wann die Handtasche abhanden gekommen ist.

«So gegen sechs oder halb sieben am Abend. Die beiden älteren Damen treffen sich jeden Tag um diese Zeit. Sie wollten am Tortenbuffet gerade ein zweites Mal zuschlagen. Weil sie aber schon ziemlich abgefüttert waren, ist ihnen die Auswahl schwergefallen, und sie haben ein bisschen länger gebraucht. In der Zwischenzeit hat die Tasche Flügel bekommen.»

«Und weshalb hat die Besitzerin der Tasche ihre ganze Barschaft und den Schmuck mit sich herumgetragen?»

«Weil sie gedacht hat, dass der Kram in der Pension, in der sie wohnt, nicht sicher genug ist. Man sollte es nicht glauben. Als ob wir nicht unentwegt warnen würden vor Taschendiebstahl und Ähnlichem. Wir könnten uns die ganzen teuren Aufklärungskampagnen sparen. Die Leute werden einfach nicht klug. Und ihr? Seid ihr genauso blöd dran wie wir?»

«Nun ja, ein Mord ist ein bisschen etwas anderes als ein Handtaschendiebstahl, da braucht es eben genaueste Ermittlungsarbeit», antwortet Lorenz.

«Bei uns vielleicht nicht? Oder wie?»

«So habe ich es nicht gemeint. Entschuldige. Komm, gehen wir ein Bier trinken. Gehen Sie mit, Thiele?»

Der kriegt vor Erstaunen kugelrunde Augen und einen roten Kopf. Das ist das erste Mal, dass ihn Lorenz so unbefangen zu einem Feierabendbier einlädt.

«Gern. Wirklich richtig gern», freut er sich, und alle drei

begeben sich in Richtung Innenstadt, wo sie es sich an diesem ersten warmen Abend des Jahres an einem der Tische gemütlich machen, die die Freiburger sofort im Freien aufstellen, wenn die Temperaturen den Gefrierpunkt überschritten haben.

12.

Nach etlichen Bieren, die die drei Staatsdiener konsumieren, machen sie sich auf den Heimweg, jeder in seine Richtung. Thiele wartet auf den Bus nach Merzhausen, weil er im neuen, politisch dunkelgrün angehauchten Vauban-Viertel wohnt, der Raubdezernats-Beamte lebt seit seiner Kindheit im Stühlinger, und Lorenz steigt in die Straßenbahn nach Littenweiler, wo er von der Endstation aus nur wenige Schritte zu Fuß gehen muss, um zu seinem Häuschen mit Garten zu kommen.

Als er um die Ecke biegt, bleibt ihm fast die Luft weg, und sein Herz beginnt wie wild zu rasen: In der Küche brennt Licht. Sollte Brigitte zurückgekommen sein? So schnell es sein etwas üppig gewordenes Körpergewicht, zusätzlich beschwert durch die Biere, erlaubt, rennt er auf die Haustür zu und steckt den Schlüssel ins Schloss. Tatsächlich, es ist nicht zweimal umgedreht, wie er dies morgens, wenn er zum Dienst geht, zu tun pflegt. Brigitte!

Als er die Küchentür aufreißt, erwartet ihn jedoch ein Besuch, mit dem er nicht gerechnet hat: Sohn Ulli sitzt am Esstisch. Nicht dass Reinhold Lorenz sich darüber nicht freuen würde, aber er war in den letzten Sekunden so darauf fixiert gewesen, Brigitte vorzufinden, dass es nun recht enttäuscht klingt, als er sagt:

«Ach, du bist es, Ulli.»

«Hi! Passt es dir nicht, dass ich da bin?»

«Doch, doch. Ich habe nur nicht mit dir gerechnet», redet sich Lorenz heraus. «Was gibt es denn?»

«Kann ich für eine Weile hier wohnen?»

«Was willst du?» Lorenz meint, nicht richtig gehört zu haben. «Du konntest nach dem Abi nicht schnell genug ausziehen. Was ist denn los?»

«Willst du mir das jetzt vorhalten? Überall wird geschwafelt, dass die Kinder zu lang im Hotel Mama wohnen, und zieht man aus, ist es auch nicht recht.» Ganz kann Reinhold Lorenz der Logik seines Sohnes nicht folgen.

«Und jetzt hast du deine Meinung geändert, oder habe ich das falsch verstanden?»

«Natürlich nicht. Aber du bist schließlich allein. Ich lasse dich nicht hängen. Mein Kram ist schon oben. Hast du eigentlich nichts Essbares im Kühlschrank?»

«Nein. Ich esse selten daheim. Was ist mit deiner Freundin? Ihr habt doch zusammen eine Wohnung?»

«Gehabt, Dad, gehabt!»

«Heißt?»

«Sie hat gemeint, sie will lieber allein wohnen. Sie hätte keine Lust, sich dauernd nach mir richten zu müssen.»

Das kommt mir irgendwie bekannt vor, denkt Lorenz resigniert. Nur – die beiden hat es gleich erwischt, nicht erst weit nach der Silberhochzeit. Warum hält heute so gar nichts mehr? Früher war das anders. Woran liegt das bloß? Bevor Lorenz in tieferes Nachdenken über dieses moderne Phänomen versinken kann, holt ihn sein Sohn in die Realität zurück.

«Also, kann ich hierbleiben?»

«Ja, sicher.»

«Okay, prima. Aber morgen musst du unbedingt einkaufen. Es ist nichts da.»

«Hör mal, Sohn, ich habe einen Job mit regelmäßigen Arbeitszeiten und zusätzlichen Überstunden, und soweit ich weiß, kannst du dir deine Zeit etwas freier einteilen. Wie wär's, wenn du das übernimmst. Wohngemeinschaft ist in Ordnung, aber nicht Full-Service rund um die Uhr.»

«Mama hätte das gemacht. Na schön. Erledige ich. Lass einen Hunderter da. Ich bin pleite.»

Auch das noch. Wie kann es auch anders sein. Aber heute Abend fange ich keinen Krach mehr an. Wird sich schon alles einspielen. Eigentlich gar nicht schlecht, die Gesellschaft von Ulli. Dann ist das Haus nicht so leer, wenn ich heimkomme.

«Hunger hätte ich aber jetzt schon. Was ist? Soll ich uns eine Pizza ordern?» Ullis Denken wird derzeit vorrangig von einem knurrenden Magen bestimmt.

«Na schön. Für mich mit Salami», gibt Lorenz nach.

«Hast du was von Mama gehört?», will er dann wissen, nachdem sein Sohn die Bestellung mit der notwendigen Dringlichkeit aufgegeben hat.

«Klar, die ist bei ihrer Freundin in Köln. Geht ihr ganz gut. Sie ruft mich immer mal wieder an. Julia auch, dich nicht?»

Nein, mich nicht, erwidert Reinhold Lorenz traurig im Stillen. Mir hat sie nur einen Brief hinterlassen, dass ich mir keine Sorgen machen soll.

«Wird sich bestimmt wieder einrenken. Warte einfach ab. Und wenn nicht, dann könnt ihr immer noch gute Freunde bleiben.»

Gute Freunde! Das ist der Gipfel. Wie soll man gut befreundet bleiben, wenn man so lange gemeinsam gelebt hat? Wenn man fast nur gemeinsame Erinnerungen hat? Sich auf einen Kaffee treffen, lieb und nett und freundlich sein? Und der ganze Rest ist versunken? Der hat Nerven. Und offenbar keine Ahnung, wie weh so etwas tut.

«Wie läuft es denn bei dir», will Ulli jetzt wissen, «hat irgendjemand wen umgebracht, damit du wenigstens was zu tun hast?»

So kann man es auch sehen, aber Reinhold Lorenz ist – obwohl schon sehr lange im Polizeidienst und bei der Mordkommission – nicht derart abgebrüht, um auf den lockeren Ton seines Sohnes, von dem er genau weiß, dass er es nicht wirklich ernst meint, einzugehen.

«Es gibt tatsächlich einen Mord, in Badenweiler, wir ermitteln noch, sind noch am Anfang.»

Und dann erzählt er Ulli, was sich seit Sonntag ereignet hat. Währenddessen wundert er sich über sich selbst. Er hat kaum je mit den Kindern über seine Arbeit gesprochen, auch nicht, als sie längst erwachsen waren. Mit Brigitte hin und wieder schon, ihre gradlinigen Einschätzungen waren ihm wichtig gewesen, denn sie hatte ein sehr sicheres Empfinden und Gespür für Menschen und Situationen. Du liebe Güte, jetzt denkt er schon in der Vergangenheit von ihr? Dennoch merkt er, dass es ihm guttut, mit jemandem außerhalb der Dienststelle sprechen zu können, und Ulli ist ein geduldiger und aufmerksamer Zuhörer, insbesondere, nachdem der Pizzabote sich mit der Lieferung tatsächlich beeilt hat.

«Sag mal, wenn dieser Fotograf so viel Knete hatte, warum hat er die in seinem Zimmer gebunkert und nicht in einem Schließfach? Dass er sie nicht auf die Bank bringen wollte, ist mir klar. Da hätten ihm seine Gläubiger auf die Schliche kommen können und ihn abzocken. Der hat eindeutig nicht vorgehabt, seine Schulden zu zahlen. Weißt du, was er mit dem ganzen Geld vorhatte?»

«Dem Briefträger, bei dem er sich zum Abendessen eingeladen hat, wollte er weismachen, dass er vorhatte, in die Karibik zu fliegen, um dort zu fotografieren.»

«Mit vierzigtausend Euro? Na ja. Ist nicht gerade wenig. Aber davon kann er so lange auch wieder nicht leben. Sind im Grund kleine Fische. Ein sorgloses Leben auf ewig ist nicht drin. Da muss bald wieder was reinkommen. Habt ihr rausgekriegt, ob er sonst noch was am Laufen hatte?»

So unrecht hat Ulli nicht, überlegt sein Vater. Das Geld reicht zwar für eine Weile, aber schon allein der Flug kostet, selbst wenn er ihn billig kriegt. War der Badenweiler Aufenthalt nur als Tarnung gedacht, um sich in dieser Zeit noch mehr zu beschaffen? Aber von wem? Der Verdacht auf Erpressung kristallisiert sich immer deutlicher heraus. Wen hätte er im behäbigen Badenweiler erpressen sollen? Hochwert seiner windigen Geschäfte wegen? Möglich wäre es, dass ihm Gerstenbach hinter eine von seinen krummen Touren gekommen ist. Und Geld hat der zweifellos, sonst könnte er sich weder eine teure ‹Römerbad›-Suite noch einen Porsche, neuestes Modell, leisten.

Wir haben uns immer noch nicht dieses Paar aus dem Norden vorgenommen, fällt Lorenz ein. Das steht unbedingt morgen an. Sonja muss auch noch nach dem Zeitpunkt ihres Liebesabenteuers im Kurparkversteck befragt werden. Auch wenn es nur pro forma ist. Vermutlich ist sie inzwischen längst vom Briefträger entsprechend instruiert worden. Egal. Ein weiterer Ausflug ist sowieso fällig, denn es ist ebenfalls ungeklärt, aus welchem Grund Obermaier in Gerstenbachs Adressenverzeichnis Eingang gefunden hat. Wenigstens haben sie noch nichts versäumt, denn sowohl das Nord-Pärchen als auch der Bayer sind morgen mit Sicherheit in Badenweiler anzutreffen.

«Sag mal, Papa», ach, er ist vom ‹Dad› schon wieder zum ‹Papa› übergegangen, stellt Reinhold Lorenz vergnügt fest, «sag, hast du eine Ahnung, wer den Fotografen beerbt?» Gute Frage, auch darüber haben er und Thiele bislang nicht nachgedacht. Überhaupt haben sie keinerlei Hinweise gefunden auf Verwandte oder nahestehende Bekannte, außer Tanja. Vielleicht weiß dieser Schüren Näheres, der scheint ihn von allen, mit denen sie bisher in Berührung gekommen sind, am längsten zu kennen. Auch wird er sich die Akten kommen lassen von damals, als Gerstenbach verurteilt worden ist. Vielleicht geht das per Computer. Thiele muss das regeln.

Der ist im Grunde gar nicht so übel, geht es Lorenz durch den Kopf, wahrscheinlich ist er nur unsicher und stellt sich deshalb so tollpatschig an. Aber mit der Automatik im Passat sollte er lernen umzugehen. Das ist wirklich kein Hexenwerk.

«Sohn, ich würde vorschlagen, wir gehen jetzt ins Bett. Ich muss morgen früh raus und fit sein. Du nicht. Schlaf schön, gute Nacht.»

«Gute Nacht, Papa. Mach dir keine Gedanken, du wirst schon alles richten.»

Als im Lorenz'schen Haus heute Abend die Lichter gelöscht werden, fühlen sich zwei Männer nicht mehr ganz so heimatlos wie zuvor und schlafen nach längerer Zeit wieder einmal richtig gut in der Gewissheit, dass der andere für ihn da ist – wie auch immer.

Als Reinhold Lorenz am nächsten Morgen die Haustür hinter sich zuzieht, selbstverständlich ohne zu dieser frühen Stunde seinen Sohn zu treffen, hat er das Bedürfnis – möglicherweise sind die Biere von gestern daran schuld –, ein Stückchen zu Fuß zu gehen. Das Auto steht sowieso auf dem Parkplatz des Polizeipräsidiums, und mit der Straßenbahn zu fahren geht ihm immer auf die Nerven. Er kommt auch noch pünktlich, wenn er ein paar Stationen später einsteigt. Außerdem kann er beim Gehen in aller Ruhe über die nächsten Schritte nachdenken, die es zu machen gilt. Wann, hatte der Schüren gesagt, dass er sich auf den Weg machen wollte? Der müsste jedenfalls heute irgendwann auftauchen. Aber wie trifft er ihn? Hat er doch glatt versäumt, sich mit ihm definitiv zu verabreden. Er kann nur hoffen, dass der so schlau ist, ins Polizeipräsidium zu kommen oder zumindest anzurufen. Vielleicht sollten sie die nächste Badenweiler-Fahrt etwas aufschieben. Dass ihm dieses Missgeschick auch noch passieren musste. Lorenz, es hilft nichts, du wirst dich ab sofort besser auf die Sache konzentrieren, befiehlt er sich streng.

Gespannt ist er auch auf die Befragung des Nord-Pärchens.

Thiele soll am besten gleich in der Pension anrufen und Bescheid geben, damit die nicht wieder den ganzen Tag unerreichbar im Wald herumstapfen, und mit diesem Obermaier soll er auch gleich einen Termin ausmachen. Ist ja noch früh, da dürften sie noch in der Pension beziehungsweise im Hotel sein. Ob er mal per Handy im Büro anzurufen versucht? Vielleicht ist Thiele schon da und könnte das gleich erledigen, je früher desto besser. Die Telefonnummern von Pension und Hotel herauszufinden dürfte wohl kein Kunststück sein.

Im Büro geht noch keiner ans Telefon, aber er hat Thieles Handynummer gespeichert und erreicht ihn auf dem Weg ins Präsidium.

«Thiele, sagen Sie bitte bei den Oberles Bescheid, sie möchten ihren Gästen ausrichten, dass sie heute zu Hause bleiben sollen. Alle. Und die Sonja am besten auch.»

«Ja, aber ich habe die Telefonnummer von der Pension nicht.»

Fängt der schon wieder an rumzuzicken, meutert Lorenz im Stillen. Gestern war er doch ganz passabel.

«Telefonbuch, Thiele, im Zweifelsfall. Oder befragen Sie Ihren Computer. Der weiß das bestimmt.»

«Ach, dann gehe ich über Google.» So früh ist Thiele für Ironie noch nicht anfällig.

«Und das Gleiche im ‹Römerbad›. Wenn Sie den Obermaier nicht direkt erreichen, lassen Sie ihm eine Nachricht hinterlegen. Die sollen aber draufschreiben, dass es dringend ist», setzt er vorsichtshalber hinzu.

«Mach ich. Bis Sie dann kommen, ist alles erledigt.»

Na wunderbar. Was heißt im Übrigen ‹bis Sie dann kommen›? Er ist schließlich genauso zur Dienststelle unterwegs wie Thiele. Mal sehen, wer eher da ist.

Sein Assistent gewinnt. Er hat, als Lorenz eintrifft, sogar schon die gewünschten Telefonate erledigt, und mehr noch:

Er hat Schüren auf dessen Handy angerufen und ihn ins Präsidium zitiert. Lorenz staunt. «Wie kommen Sie an dessen Handynummer?»

«Steht auf der Homepage. War das nicht richtig?»

«Ja klar, natürlich. Was hat er gesagt?»

«Er hat versprochen, dass er in einer halben Stunde hier ist. Dann verlieren wir nicht so viel Zeit, bis wir nach Badenweiler aufbrechen können. Die Leute, die auf uns warten, werden sonst noch ungeduldig», setzt er schnell erklärend hinzu.

«Wir sollten die Vermögensverhältnisse von Schüren und Hochwert überprüfen, die von Gerstenbach sowieso. Wir brauchen entsprechende Genehmigungen von der Staatsanwaltschaft. Können Sie dafür sorgen, Thiele?»

«Ich werde es versuchen. Aber wir können doch nicht bei allen Banken in Deutschland nachfragen, ob die ein Konto haben. Wie machen wir das?»

«O Thiele, es gibt Einwohnermeldeämter, wo jeder brave Bürger der Republik gemeldet sein muss und wo man den ersten oder gegebenenfalls sogar den zweiten Wohnsitz erfragen kann. Dies wiederum ermöglicht den haarscharfen Schluss, welches Finanzamt zuständig ist, wo zumindest offizielle Konten bekannt sind.»

Mensch, Lorenz, du hast dir gestern noch vorgenommen, etwas nachsichtiger mit Thiele zu sein, aber wenn der sich auch so blöd anstellt!

Thiele verschwindet in dem kleinen Kabuff neben dem Lorenz-Büro, wo sein Schreibtisch mit dem Computer steht – alles andere als nach ergonomisch ausgetüftelten Richtlinien platziert. Lorenz hört ihn telefonieren, kann aber nicht verstehen, was er sagt.

Hat der jetzt mitgekriegt, was ich von ihm will, beginnt er zu zweifeln. Deutlich genug habe ich es schließlich gesagt. Er belässt es aber dabei, sich lieber nicht weiter darum zu kümmern, sondern vertieft sich stattdessen in Gerstenbachs Notizbuch, um nochmals Eintrag für Eintrag zu überprüfen.

Nach erstaunlich kurzer Zeit erscheint Thiele mit einer Liste in der Hand, auf der mehrere Zahlen notiert sind.

«Ich habe alles beisammen, Chef», verkündet er mit einem gewissen Stolz in der Stimme.

«Was haben Sie beisammen?»

«Na, die Konten und die Bestände, wollten Sie doch, oder?»

«Ja, schon, aber wie geht das? Wo haben Sie so schnell die Auskünfte her, und vor allem die Genehmigung?»

«Habe ich mir gespart. Ich habe einfach versucht, direkt bei den Finanzämtern und den Banken anzufragen. War überhaupt kein Problem. Ich habe meinen Namen genannt und die Dienststelle, und die haben mir bereitwilligst alles gesagt, was ich wissen wollte.»

«Wie bitte? Angaben über alle Konten?»

«Ja sicher. Ich habe das neulich mal im Fernsehen gesehen, in so einem Magazin, ich glaube, es war bei den Privaten, wo die das Gleiche versucht haben. Irgendwo angerufen, sich mit einer offiziellen Stelle gemeldet, und es hat funktioniert. Da habe ich gedacht, ich probiere das auch.»

Lorenz ist sprachlos. Einmal über die Findigkeit und Dreistigkeit seines Assistenten, zum anderen über die Bedenkenlosigkeit, mit der Behörden und Banken Auskünfte erteilen, nur weil einer am Telefon sich als Polizeibeamter ausgibt. So viel zum Datenschutz. Der gläserne Mensch ist also keine Schreckensvision der Zukunft mehr, sondern bereits Realität. Aber diese Gedanken behält er lieber für sich, weil er froh ist, dass sie ohne großen Aufwand an Informationen gelangt sind, die wichtig sein könnten.

«Erzählen Sie mal, Thiele, wer hat denn wie viel auf dem Konto? Übrigens, ich finde es gut, dass es so schnell gegangen ist, aber vielleicht wäre es besser, wenn Sie Ihre Vorgehensweise im Präsidium nicht publik machen würden. Ich könnte mir vorstellen, dass einige etwas dagegen hätten.»

«Wieso? Ging doch prima, aber wenn Sie meinen. Also. Der Schüren steht ganz gut da. Nicht überragend, aber er hat ein kleines Polster, keine Schulden und vor allem regelmäßige Einkünfte, weil er eine feste Anstellung hat bei einer Pharmafirma. Jedenfalls hat er monatliche Gehaltsüberweisungen. Beim Hochwert sieht das ein bisschen anders aus. Keine regelmäßigen Einnahmen. Er hat zwei Konten, aber auf keinem sind nennenswerte Summen. Wie der sich das ‹Römerbad› leisten kann, ist mir ein Rätsel. Wahrscheinlich hat er seine Vorräte im Ausland. Wir müssten fragen, wie der zahlt. Und ob er überhaupt schon mal gezahlt hat. Der Empfangschef hat gesagt, er sei ziemlich großzügig mit Trinkgeldern. Erinnern Sie sich?»

Nanu, Thiele läuft zu großer Form auf, wundert sich Lorenz. Mit alldem hat er durchaus recht.

«Und jetzt dieser Gerstenbach. Er hat drei Konten bei drei verschiedenen Banken, und alle sind gnadenlos überzogen, bis zum Anschlag. Ich habe gleich noch bei der Schufa angerufen und mich erkundigt. Nach deren Bewertung dürfte ihm kein Mensch auf dieser Welt auch nur mehr einen Cent geben.»

Jetzt ist Lorenz endgültig platt. Ob er darauf gekommen wäre? Unbedingt bejahen möchte er diese Frage nicht, aber er muss nicht weiter darüber nachdenken, denn in diesem Augenblick klingelt das Telefon, und der diensthabende Beamte unten an der Pforte meldet, dass ein gewisser Herr Schüren da sei und behaupte, mit Herrn Kommissar Lorenz einen Termin zu haben.

«Schicken Sie ihn rauf, bitte», antwortet Lorenz kurz, bevor er sich Thiele zuwendet und diesem das erste Mal in der gemeinsamen Arbeit ein dickes Lob ausspricht. «Thiele, das haben Sie phantastisch gemacht, danke.»

Bei so viel ungewohnter Bezeugung von Wertschätzung

bleibt diesem nichts anderes übrig, als knallrot anzulaufen und ein heiseres «Danke, Chef» zu hauchen. Das ist er nicht gewohnt.

Schüren betritt das Zimmer, nachdem er geklopft, aber nicht auf ein ‹Herein› gewartet hat. Er ist wesentlich jünger als Gerstenbach, hat ein gepflegtes Äußeres, beinahe elegant, und ein offenes, freundliches Gesicht.

«Guten Morgen», grüßt er. «Hoffentlich nehmen Sie es mir nicht übel, dass ich ein bisschen zu spät bin, aber ich habe mich total verfahren und das Gebäude nicht gleich gefunden.» Lorenz und Thiele schauen etwas verblüfft, denn über ihren Nachforschungen bzw. deren Ergebnissen ist ihnen überhaupt nicht aufgefallen, dass Schüren sich verspätet hat.

«Nein, ist schon in Ordnung. Ist auch kompliziert, uns zu finden», entgegnet Lorenz. «Bitte nehmen Sie Platz.»

Was nun folgt, ist eine Befragung, die sich im Wesentlichen noch einmal auf alle Punkte bezieht, die Lorenz bereits am Telefon mit Schüren erörtert hat. Der gibt ruhig eine ganze Weile Auskunft, bis er schließlich höflich, aber unüberhörbar mit leichter Ungeduld in der Stimme einwendet: «Herr Lorenz, das alles habe ich gestern am Telefon schon gesagt. Es hat sich nichts geändert. Ich habe mich mit Gerstenbach getroffen, wir haben uns gestritten, und er ist mir Geld schuldig. Macht mich das etwa verdächtig? Das ist wohl nicht logisch. Ich bringe doch nicht jemanden um, der mir was schuldig ist, dann kriege ich es ja erst recht nicht zurück. Apropos. Wie steht es eigentlich damit? Hat der irgendwas hinterlassen, was mir meine fünftausend vorgestreckten Euro wenigstens andeutungsweise deckt?»

Lorenz windet sich. Er wird dem Schüren vorerst nichts von dem Geldfund sagen. Mal sehen, was geschieht.

«Wir müssen die Besitzverhältnisse zuerst noch klären», antwortet er deshalb etwas kryptisch. «Sie kannten als Einziger Silvio Gerstenbach näher. Wissen Sie, ob er Verwandte hatte?

Bisher haben wir nur seine Freundin Tanja Sommer kennengelernt, die offensichtlich aber auch schon genug von ihm hatte. Haben Sie eine Ahnung, ob und welche Kontakte er sonst noch hatte?»

«Tut mir leid. Über Privates haben wir so gut wie nie gesprochen. Er hat mir nur mal beiläufig am Telefon erzählt, dass sich irgendein Landei in ihn verknallt habe und er daraufhin zu ihr gezogen sei. Er hatte zu der Zeit seit ein paar Wochen sowieso keine Bleibe, weil ihm die Wohnung gekündigt worden ist. Er hätte kein Geld für die Miete gehabt. Wahrscheinlich bleibt der Vermieter auf seinen Forderungen genauso sitzen wie ich auf dem, was ich ihm geliehen habe.»

«Und wo hat er in der Zwischenzeit gewohnt?», will Lorenz wissen.

«Nirgends, er hat im Auto gepennt. Hat er mir jedenfalls gesagt.»

Merkwürdig, denkt sich Lorenz einmal mehr. Tanja Sommer hat sich darüber beklagt, dass sein Bus bis unters Dach angefüllt war mit seinem Kram, den er in ihrer Wohnung abgeladen hat. Wo soll er dazwischen noch kampiert haben? Vielleicht hat er sich vorübergehend woanders eingemietet. Man könnte bei der Haftanstalt, wo er seine Strafe abgesessen hat, nachfragen, ob er Besuch bekommen hat. Das müsste dort verzeichnet sein. Soll Thiele nachher gleich machen.

«Sind Sie sicher, dass er finanziell wirklich total auf dem Trockenen saß?»

«Absolut. Sonst hätte er nicht versucht, mich mit allen Mitteln auszubooten und den Auftrag allein an Land zu ziehen. Und wenn wir uns mal getroffen haben, hat er nichts anderes gemacht als dauernd geklagt, wie schlecht es ihm ginge.»

«Er hat aber in Badenweiler dem Bruder seiner Freundin erzählt, dass er in die Karibik wolle. Wissen Sie von diesem Plan?»

«Was wollte der? In die Karibik? Und wovon bitte? Es sei denn, er hätte dort auch eine naive Freundin sitzen, die ihn finanziert hat. Sein Anteil aus dem Naturprojekt, das wir im Markgräflerland zusammen machen wollten, hätte nie und nimmer gereicht. Aus reiner Gutmütigkeit war ich Trottel bereit, ihn nach wie vor zu beteiligen, obwohl er mir den Auftrag fast versaut hätte.»

«Herr Schüren, das ist alles im Augenblick noch sehr rätselhaft. Wir haben hier die Fotosachen, die wir beim Toten gefunden haben. Erkennen Sie etwas davon wieder, gehört Ihnen etwas?» Lorenz breitet den Inhalt des Plastikbeutels, in der die Fotoausrüstung steckt, auf dem Tisch vor Schüren aus.

«Ja natürlich, das neue Teleobjektiv ist meins. Ich habe es ihm geliehen für seine Aufnahmen, weil ich es im Moment nicht brauchte. Kann ich es mitnehmen?»

«Derzeit noch nicht. Aber ich mache mir eine Notiz, damit es nach Abschluss der Ermittlungen an Sie zurückgegeben wird. In seinem Zimmer, das er in der Pension in Badenweiler angemietet hat, sind noch zahlreiche Gegenstände, außerdem wohl auch bei Tanja Sommer. Am einfachsten ist es, wenn Sie uns auflisten, was Ihnen gehört. Wir wollen eh gleich wieder nach Badenweiler. Es wäre nicht schlecht, wenn Sie uns begleiten könnten.»

Lorenz hat vor, Schüren mit all denen in Kontakt zu bringen, die ihn möglicherweise gesehen haben oder kennen. Vielleicht ergibt sich etwas Neues hinsichtlich dessen Badenweiler Aufenthalt am Sonntag.

«Thiele, eigentlich ist es nicht nötig, dass Sie mitfahren», überlegt Lorenz laut. «Sie könnten in der Zwischenzeit eruieren, ob Gerstenbach im Knast Besuch bekommen hat, und wenn ja, von wem.»

Thiele schaut so entsetzt, als ob Lorenz ihn selbst des Mordes bezichtigt hätte. «Aber Chef, das geht nicht. Jetzt haben wir alles bisher zusammen durchgestanden, und auf einmal wollen Sie mich nicht mehr dabeihaben? Das können Sie nicht machen. Die Erkundigungen kann ich noch heute am Abend einholen. Sie wissen, dass es mir auf eine oder zwei Überstunden nicht ankommt. Also nein, wirklich nicht. Vier Augen sehen mehr als zwei, und vier Ohren hören auch mehr.» Thiele ereifert sich richtig, gerät beinahe in Rage.

«Was ist denn los? Gefällt Ihnen Badenweiler so gut?» Lorenz kann sich nicht den geringsten Reim auf Thieles Tatendrang machen.

«Ich finde es eben nicht in Ordnung, wenn ich plötzlich ausgeschlossen werde. Die ganzen Infos vorhin habe ich Ihnen auch besorgt. Wer weiß, ob Sie nicht nochmal was Ähnliches brauchen.» Sehr logisch argumentiert Thiele zwar nicht, aber er erreicht trotzdem sein Ziel. Lorenz gibt nach.

«Also schön, dann fahren wir eben zu dritt. Ich fahre.» Letzteres kennt Thiele bereits und ist weit davon entfernt, Einwände zu erheben.

13.

Reinhold Lorenz hat auf der Fahrt in den Kurort das Empfinden, als kenne er allmählich jede Kurve. Das hätte er sich nicht träumen lassen, dass er hier einmal beruflich zu tun haben würde. Bisher war der Ort für ihn gedanklich immer mit dem Sonntagnachmittagskaffee nach einem Spaziergang oder einem Besuch des Thermalbades verbunden gewesen. Und jetzt ist in dieser von nostalgisch-altmodischem Charme erfüllten Idylle, umgeben von Wald und Rebhängen, ein Mensch ermordet worden, und er muss herausfinden, wer dieses Verbrechen begangen hat.

Alle drei Insassen des Polizeifahrzeugs sind recht schweigsam, jeder aus anderem Grund. Lorenz versucht einmal mehr, alle, die mit dem toten Fotografen in Verbindung gestanden haben, in die beiden Rubriken Verdächtige und Unverdächtige einzuordnen, Thiele fiebert Sonja entgegen, und Schüren denkt darüber nach, wie er im Alleingang das geplante Projekt durchziehen könnte.

Am meisten Glück hat an diesem Vormittag zunächst Kriminalassistent Thiele, denn Sonja kommt ihnen schon am Eingang der Pension entgegen. Ihr Lächeln bezieht Thiele ohne Zögern darauf, dass sie sich freut, ihn wiederzusehen.

«Oh, hallo. Unsere Gäste warten schon auf Sie. Die Frau Jürgens und der Herr Gritzinger sind ganz schön sauer, dass sie ihren Tag nicht ‹selbst gestalten› dürfen, wie sie das genannt haben. Sie seien schließlich auf Urlaub hier und nicht, um rund um die Uhr der Polizei zur Verfügung zu stehen.»

Das kann ja heiter werden, folgert Lorenz aus dieser Vorwarnung.

«Und die anderen beiden Gäste?»

«Die Düringers? Die sitzen ganz gemütlich im Gastraum und spielen Karten. Ich glaube, die sind froh, dass sie endlich mal eine Abwechslung haben. Ist auch todlangweilig, vier Wochen lang nur baden, massiert werden und spazieren gehen. Für mich wäre das nichts», bekennt Sonja, und weil Herbert Fehringer mit seiner Gundi eben die Treppe herunterkommt, lässt sie sich ihre Ansicht gleich von ihm bestätigen.

«Gell, Herr Fehringer, Sie finden die Kur auch fad?»

«Und wie. Aber der Orthopäde hat halt keine Ruhe gegeben. Wenn ich jetzt nichts unternehme, hat er gesagt, dann gehe ich in ein paar Jahren am Stock. Und das will ich meiner Gundi nicht antun. Da hättest du was dagegen, Gundi, gell? Wir sind fit und gehören noch lange nicht zum alten Eisen. Jetzt wollen wir erst einmal das Leben genießen.»

Gundi nickt heftig. «Allerdings. Nach vierzig Jahren auf dem Münsterplatz haben wir ein bisschen Vergnügen und Spaß verdient. Man muss halt was für sich tun. Von nichts kommt nichts. Der Meinung sind Sie sicher auch, Herr Kommissar?»

Lorenz nickt nach so viel tiefsinniger Erkenntnis nur schwach mit dem Kopf. Er hatte es befürchtet: Sein Möchtegern-Co-Aufklärer ist pünktlich zur Stelle. Dabei wollte er Sonja noch nach ihrem lauschigen Kurpark-Plätzchen fragen.

«Was haben Sie inzwischen herausgefunden, Herr Lorenz?», will Fehringer wissen. «Ach, und da ist auch der Herr Schüren», unterbricht er sich selbst.

«Sie kennen sich?», fragt Lorenz verdutzt.

«Wir sind uns hier in der Pension begegnet, nicht wahr, Herr Schüren?»

Schüren scheint diese freudige Begrüßung etwas peinlich zu sein, denn er murmelt nur einen undeutlichen Gruß.

«Wann sind Sie sich begegnet?» Bei Lorenz läuten Alarmglocken. Ist ihm schon wieder etwas entgangen? Hat Schüren ihn angelogen?

«Am Sonntagmorgen waren Sie da», hilft Herbert Fehringer dem Recklinghauser Fotografen auf die Sprünge, als der mit der Antwort allzu lange zögert.

«Ich denke, Sie haben sich mit Gerstenbach im Café getroffen? Das haben Sie mir jedenfalls gesagt. Was stimmt jetzt?», forscht Lorenz.

«Na ja, kurz war ich hier. Wo hätte ich den Gerstenbach sonst suchen sollen? Woher hätte ich wissen sollen, wo er ist?»

«Ha, hatten Sie vergessen, dass er Ihnen erzählt hat, wo er überall fotografiert und dass er auf Füchse, Vögel oder was weiß ich wartet, damit er die in seine Kamera kriegt?» Herbert Fehringer lässt nicht locker.

«Und woher wissen Sie das?» Allmählich kennt sich Lorenz in den diversen Aussagen überhaupt nicht mehr aus.

«Was? Dass der Fotograf im Wald und dann im Kurpark fotografiert hat? Das wusste jeder.»

«Nein, ich meine, dass Herr Schüren und das Mordopfer sich darüber unterhalten haben.»

«Unterhalten? Unterhalten ist gut. Angeschrien haben sich die zwei, und wie. Das hätte man noch auf dem Gipfel des Blauen oben hören können. Maria, Sie haben das auch mitgekriegt, nicht wahr?»

«Ja, das habe ich schon gesagt, dass ich in der vorletzten Woche gehört habe, wie laut es im Zimmer von Gerstenbach zugegangen ist.»

«Langsam», bremst Lorenz das Durcheinander ab. «Herr Fehringer, wann haben Sie Herrn Schüren gesehen? Vorletzte Woche oder am Sonntag?»

«Beide Male. Ganz kurz. Der Herr Schüren hat sich mir zwar nicht vorgestellt, aber hinterher habe ich es von der Sonja, also von der jungen Frau Oberle, erfahren, wer er ist. Sie sind an mir vorbeigerannt am Sonntagmorgen, Herr Schüren. Und wie wütend. Haben Sie mich vielleicht gar nicht bemerkt? Sie haben aber auch wirklich ausgesehen, als hätten Sie eine Mordswut.»

Den Eindruck macht Schüren augenblicklich auch, denkt Lorenz, der das Mienenspiel seines Gegenübers genau beobachtet.

«Mir haben Sie erzählt, dass Sie Gerstenbach am Sonntag nur im Café gesehen hätten», bleibt Lorenz unnachgiebig am Ball.

«Ja, schon. Ich habe gedacht, dass das nicht wichtig ist, wo der Silvio gar nicht zu Hause war. Ich konnte ja nicht wissen, dass der schon so früh in den Kurpark getigert ist.»

«Das soll ich Ihnen abnehmen? Sie haben mit Gerstenbach doch sicherlich die Motive abgesprochen, die jeder abzuarbeiten hatte.»

«Aber dass der mitten in der Nacht losgeht, habe ich nicht geahnt. War schließlich noch fast dunkel.»

Ach, so früh war der Schüren schon hier. Wann ist der denn in der Schweiz losgefahren, oder hat er womöglich in der Nähe übernachtet? Und wenn ja, was steckt dahinter? Lorenz misstraut dem am Leben gebliebenen Fotografen gründlich.

«Wie haben Sie sich überhaupt verabredet? Wenn Sie hier waren und Gerstenbach oben im Kurpark, und Sie angeblich die Stelle nicht kannten, wo er sich aufhielt?»

«Handy.» Schüren ist jetzt sehr kurz angebunden.

«Da wird der Gerstenbach aber sauer gewesen sein, wenn ihn das Klingeln im Zelt gestört hat. Seine Viecher haben das bestimmt auch gehört.»

So unrecht hat Fehringer mit diesem Einwurf nicht, überlegt Lorenz. Deshalb vergewissert er sich: «Wie lief die Unterhaltung denn?»

«Es stimmt, der Silvio war stocksauer. Aber schließlich ging es um eine Menge Geld. Das habe ich Ihnen aber wirklich erzählt. Schon gestern am Telefon. Kann ich jetzt im Zimmer nachschauen, was von meinen Sachen noch da ist? Nur deshalb bin ich ja hergekommen.»

«Gut, aber fassen Sie nichts an. Sie sollen sich nur einen Überblick verschaffen. Erst wenn von der Spurensicherung alles freigegeben ist, können Sie die Sachen, von denen Sie beweisen können, dass es Ihre sind, bei mir im Büro abholen. Thiele, gehen Sie mit. Und nichts anfassen, klar?», schärft er den beiden ein.

In diesem Augenblick ist draußen eine erregte Stimme zu hören, und die Tür des Gastraums wird mit einem gewaltigen Schwung aufgerissen. Ein hochgewachsener älterer Mann in Wanderkluft steht breitbeinig im Raum. Er wirkt nicht sonderlich anziehend, eher mickrig trotz seiner Größe, was an seinem nur mehr spärlichen Haarwuchs liegen mag, dessen klägliche Reste er von einem auf der Seite angedeuteten Scheitel quer über den kahlen Schädel gezogen hat. Sein Gesicht ist vor Zorn gerötet.

«Das ist wohl das Letzte! Uns lässt man ewig warten, während Sie seelenruhig ein Schwätzchen halten. Wer ist hier zuständig?» Der im Süden ungewohnte norddeutsche Zungenschlag verstärkt die Schärfe der vorgebrachten Zurechtweisung.

«Bitte, wer sind Sie?», will Reinhold Lorenz wissen.

«Wer wir sind? Wir sind die, die seit heute Morgen warten, einen Ferientag sinnlos opfern, nur weil Sie offenbar nicht in der Lage sind, pünktlich zu sein.»

Thiele, der noch in der Tür steht, kriegt einen roten Kopf. «Ich habe Sie nur gebeten zu warten, bis wir kommen. Eine genaue Uhrzeit hatten wir nicht ausgemacht», protestiert er.

«Sind Sie noch zu retten? Wir dachten, dass Sie umgehend herkommen und wir nicht bis in den Nachmittag hinein dazu verdonnert sind, unnötig herumzusitzen.»

Das ist nun stark übertrieben, denn es ist noch nicht einmal Mittag.

«Darf ich nochmals fragen, wer Sie sind?» Lorenz sieht sich schon wieder gezwungen, seine diversen Geduldsfäden sammeln zu müssen.

«Gritzinger mein Name. Johannes Gritzinger aus Hamburg, und das ist Frau Jürgens, meine Begleiterin.» Die ‹Begleiterin› schaut ihn etwas verwundert und, wie es scheint, auch leicht indigniert von der Seite an.

Lorenz interpretiert diesen Blick ganz richtig und erlaubt sich eine spitze Bemerkung, die die Kerbe bei Frau Jürgens noch ein wenig tiefer schlägt.

«Was meinen Sie mit ‹Begleiterin›? Ist Frau Jürgens nicht Ihre Lebensgefährtin oder Partnerin?»

Jetzt hat er sich alle beide zu Feinden gemacht. Lorenz weiß das, das hat er beabsichtigt. Vielleicht sprudeln sie in ihrer Wut etwas heraus, was sonst nicht gesagt würde.

«Nein. Aber das geht Sie nichts an.»

«O doch. Wären Sie so freundlich und würden Herrn Thiele, meinem Assistenten, wenn er zurück ist, Ihre Personalien geben, mit genauer Adresse bitte. Und wenn Sie auch bitte noch Ihren Beruf nennen würden.»

Gritzinger kramt seinen Personalausweis hervor, ebenso Frau Jürgens. Beide legen ihn für Thiele auf dem Tisch bereit.

«Der Herr Kommissar will noch wissen, was Sie arbeiten», hilft Fehringer nach, weil das Paar jetzt stumm geworden ist.

«Was haben Sie damit zu tun?», fährt Gritzinger den unbequemen Frager unwirsch an.

«Ich? Ja, ich habe die Leiche gefunden.»

«Was denn für eine Leiche?»

«Jetzt bitte ich Sie aber! Sie haben schließlich auch mitbekommen, dass der Fotograf, der hier gewohnt hat, ermordet worden ist. Stellen Sie sich bloß nicht doof. Die junge Frau

Oberle haben Sie ausgefragt. Und wie. Sie hat es mir erzählt.» Man merkt Herbert Fehringer sehr deutlich an, dass sich seine Sympathie für den cholerischen norddeutschen Zimmernachbarn in engen Grenzen hält.

Nach diesem Disput zwischen Gritzinger und Würschtle-Herbert beschließt Lorenz, die Vernehmung wieder selbst in die Hand zu nehmen.

«Kannten Sie Herrn Gerstenbach?»
«Nein.»
«Haben Sie ihn wirklich nie gesehen?»
«Solche Leute interessieren uns nicht!»
«Was heißt das?»
«So ungepflegt und unhöflich wie der war. Mit so was geben wir uns nicht ab. Das haben wir nicht nötig, nicht wahr, Gisela?»

Gisela bleibt weiterhin stumm. Die ‹Begleiterin› hat sie noch nicht verwunden.

Würschtle-Herbert hält es für geraten, den Dingen einen ordentlichen Verlauf zu geben. «Sie wollten noch sagen, was Sie machen, arbeitsmäßig, in Hamburg.»

Lorenz würde die Befragung zwar gern selbst durchführen, aber diese Auskunft interessiert ihn genauso, deshalb unterdrückt er eine Zurechtweisung für Würschtle-Herbert und schaut das Paar erwartungsvoll an.

«Sind Sie nicht selbst in der Lage, das Verhör zu führen?», bekommt er dafür von Gritzinger prompt in spöttischem Ton zu hören.

«Das ist eine Vernehmung, kein Verhör. Und ich kann Sie beruhigen. Ich weiß schon, was ich tue», lautet die sachliche Antwort. «Also?»

«Was also?»
«Ihr Beruf.» Weshalb ziert der sich bloß so sehr, wundert sich nicht nur Lorenz, sondern wundern sich alle, die um den Tisch herumstehen.

«Fabrikant.»

«Und was für eine Fabrik haben Sie?»

«Bei uns werden optische Systeme hergestellt.»

«Was darf ich darunter genau verstehen?»

«Objektive. Fern-, Weitwinkel-, Teleobjektive und so weiter.»

«Ach, das ist interessant. Und da haben Sie sich nie mit Gerstenbach unterhalten? Zwei Leute quasi aus der gleichen Sparte? Das ist ziemlich unwahrscheinlich, finden Sie nicht?»

«Nein, überhaupt nicht, was geht mich dieser Gerstenbach an. Frau Jürgens und ich machen hier Ferien.»

«Und Sie arbeiten auch in dieser Fabrik, Frau Jürgens?»

«Ja, ich bin die Sekretärin von Herrn Gritzinger.»

Eine kleine Bosheit muss ich noch landen, denkt Lorenz, wenn der so unverschämt auftritt, hat er sie sich selbst zuzuschreiben.

«Dann sind Sie nicht miteinander verheiratet, Herr Gritzinger?»

«Ich bin verheiratet, aber was Sie das angeht, weiß ich wirklich nicht. Das ist meine Privatangelegenheit.»

«Ich habe es nur gut gemeint, denn wenn Sie wieder zu Hause sind und ich noch weitere Fragen hätte, dann wäre es für Sie vielleicht peinlich, wenn ich zufällig anriefe, Ihre Frau am Telefon wäre und ich das alles nicht wüsste und mich womöglich noch nach Frau Jürgens erkundige.»

Selbst der harmlose Thiele, der eben mit Schüren den Gastraum wieder betreten hat, ist einigermaßen erschüttert, wie boshaft sein Chef heute ist und dabei die harmloseste Miene der Welt aufsetzt.

«Es langt. Was wollen Sie von uns?»

«Der Kommissar will ganz bestimmt wissen, wo Sie zur Tatzeit waren», hilft Würschtle-Herbert aus, noch bevor Lorenz den Mund aufmachen kann.

«Danke, Herr Fehringer, aber würden Sie mir erlauben, dass ich die Fragen stelle.» Die Stimme von Reinhold Lorenz hat jetzt einen gefährlichen Unterton, den Thiele nur allzu gut kennt. Eine baldige Explosion ist nicht ausgeschlossen.

«Herr Gritzinger, Frau Jürgens, wo waren Sie am Sonntag zwischen 16 und 18 Uhr?»

«Am Sonntag? Wir gehen immer wandern, da schaut man nicht auf die Uhr. Wo sind wir am Sonntag gewesen, Gisela?»

«Du hattest keine Lust zum Wandern, und deshalb haben wir uns nach dem Essen ins Kurhaus gesetzt, Zeitung gelesen und Kaffee getrunken. Erinnerst du dich nicht mehr?»

«Ach so, ja.»

«Sie sind beide den ganzen Nachmittag im Kurhaus geblieben? Bei dem schönen Wetter?»

«Wir sind im Ort spazieren gegangen. Ein paar Schaufenster anschauen. Und weil wir sowieso den ganzen Tag hier geblieben sind, bin ich dann in die Pension zurück, damit ich rechtzeitig zur ‹Lindenstraße› im Zimmer war», schildert Gisela Jürgens brav den Verlauf des Sonntags.

«Und wann war das?»

«Ja, also, gegen fünf war ich hier, habe mich dann noch ein bisschen hingelegt, und um 18.50 Uhr fängt die ‹Lindenstraße› an. Ich habe aber schon um 18.40 Uhr den Fernseher eingeschaltet, weil ich mich einfach nicht an die neue Sendezeit gewöhnen kann. Der Hannes ist erst danach gekommen. Ihn interessiert das nicht. Er wollte lieber auf irgendeinem anderen Sender, DSF oder so, seinen Sport gucken, deshalb ist er im Kurhaus geblieben.»

«Wann waren Sie wieder in der Pension, Herr Gritzinger?»

«Was weiß denn ich? Soll ich den ganzen Tag mit dem Wecker in der Hand herumlaufen? Mann, ich mache Ferien. Da ist einem die Uhrzeit nicht wichtig.»

«Ja doch, Hannes, mir fällt es ein, du warst kurz vor der ‹Tagesschau› hier.»

«Die ganze Zeit haben Sie im Kurhaus Sport geschaut? Über drei Stunden? Ununterbrochen?» Das kommt Lorenz reichlich merkwürdig vor.

«Und, was ist da dabei? Ist das verboten?»

Lorenz meint, eine winzige Spur von Unsicherheit in Gritzingers Stimme vernommen zu haben. Im Augenblick weiß er jedoch nicht recht weiter, über all das muss er erst einmal nachdenken. Deshalb beendet er das Frage- und Antwortspiel vorerst, kündigt aber gleich an, dass er sicherlich noch Fragen habe und die Herrschaften sich bitte zur Verfügung halten mögen.

Bei Gritzinger löst das einen erneuten Tobsuchtsanfall aus: «Heißt das, dass wir ab jetzt abrufbereit im Zimmer bleiben sollen? Wie stellen Sie sich das eigentlich vor? Ich verlange Schadenersatz für entgangene Urlaubstage.»

«Damit werden Sie schwerlich bei Ihrer Versicherung durchkommen.» Lorenz versteht ihn absichtlich falsch. «Aber beruhigen Sie sich, wir werden rechtzeitig Bescheid geben, wenn wir das nächste Mal kommen.»

Grußlos marschiert Gritzinger mit schweren Schritten aus dem Raum. Seine ‹Begleiterin› ist noch etwas verwirrt und unsicher, wie sie sich verhalten soll, bis von der Tür her der Befehl erklingt: «Gisela, komm.» Da wendet auch sie sich um und folgt eiligst ihrem Fabrikanten.

Und ich habe immer gedacht, dass Norddeutsche ruhig und bedächtig sind, grübelt Thiele, aber der ist ein richtig jähzorniger Gipskopf. Komisch, dass sich die beruflichen Sparten von ihm und Gerstenbach treffen. Ob das was zu bedeuten hat?

Ähnliche Gedanken beschäftigen Lorenz, der nun nach den Düringers fragt. Sonja öffnet die Tür zum Nebenraum, wo ein älteres, schon sehr angegrautes Paar – ihr Grau hat Frau Düringer allerdings teilweise in ein unübersehbares Lila einfärben lassen – in aller Gemütsruhe Karten spielt. Lorenz stellt sich und Thiele vor und entschuldigt sich vorsichtshalber –

wenn auch nur halbherzig – für den Umstand, dass die beiden warten mussten.

«Ach, das macht nichts. Wissen Sie, wir haben Zeit. Wir sind Rentner, da kommt es nicht mehr genau drauf an.» Worauf genau es nicht mehr ankommt, bleibt ungewiss. Lorenz bezieht diese Auskunft auf die Wartezeit und ist froh, dass er sich nicht auch noch von dieser Seite Vorwürfe anhören muss.

Die gleichen Fragen, die er den Hamburgern gestellt hat, bringt er bei den Düringers an. Ähnlich wie Würschtle-Herbert lassen auch die beiden älteren Herrschaften ein äußerst großes Interesse an dem Mordfall erkennen. Der Grund hierfür ist wohl der gleiche: Ihnen ist einfach langweilig, und sie sind über jede Abwechslung froh – selbst, wenn es ein in seinem Tarnzelt Ermordeter ist.

In unverkennbarem Dialekt beginnt Herr Düringer seine Ausführungen: «Wir kommen aus der Pfalz, Herr Kommissar, und sind schon seit Jahren Stammgäste bei den Oberles. Einmal im Jahr fahren wir nach Badenweiler zur Kur. Wir kennen zwar schon alles, aber für seine Gesundheit muss man was tun.» Das habe ich schon mehrmals gehört. Warum nur, um Himmels willen, rechtfertigen die Leute sich ständig, wenn sie kuren? Das ist schließlich nicht anrüchig. Lorenz nickt aber zustimmend, als er merkt, dass Düringer auf eine solche Bestätigung wartet.

«Also, Herr Kommissar.» Alsos sind demnach auch in der Pfalz im täglichen Sprachgebrauch üblich, schließt Lorenz aus diesem Auftakt.

«Also, den Gerstenbach, den haben wir hin und wieder gesehen. Am Abend, wenn er von seiner Fotosafari zurückgekommen ist.» Stolz schaut Herr Düringer in die Runde. Er findet, dass ihm eine richtig witzige Formulierung gelungen ist. Als Einziger grinst Würschtle-Herbert. Das muss er sich merken.

«Haben Sie sich mit Herrn Gerstenbach unterhalten?», will Lorenz wissen.

«Ja, also, das war schon sehr schwierig. Der hat immer so getan, als sei er etwas Besseres. Künstler und so. Einmal haben wir uns hier unten getroffen. Ich war gerade dabei, die Zeitung zu lesen, und da hat der doch tatsächlich gesagt, die wolle er jetzt haben. Ohne ‹bitte› und ziemlich unhöflich. Als ich dann gesagt habe, dass ich sie jetzt lesen täte, hat er gesagt, dass ich dazu wohl noch lange Zeit hätte, er aber einen anstrengenden Job. Ich habe ihm dann gesagt, dass er einen Teil haben könne, und er hat gesagt, dass er lieber ganz darauf verzichtet, und ist wütend abgerauscht.»

Das viele Gesagte trägt kaum zur Aufklärung des Falles bei, aber Lorenz wendet sich sicherheitshalber noch an Frau Düringer: «Und Sie, ist Ihnen etwas Besonderes aufgefallen?»

«Nein, was soll mir aufgefallen sein? Mein Mann hat schon alles gesagt. Das mit der Zeitung hat er mir erzählt. Ist doch eine Unverschämtheit, oder? So etwas ist uns noch nie passiert. Da fährt man auf die Kanaren oder in die Dom. Rep. oder auf die Seychellen, aber so einen Deppen haben wir noch nie getroffen.»

Lorenz starrt sie an. Eben erst hat er sich gewundert, wie man sich als Rentnerpaar eine jährliche Kur in Badenweiler leisten kann, und jetzt erfährt er ganz nebenbei, dass er zwei Weltreisende vor sich hat.

«Fahren Sie denn öfter in Ferien?», will er einfach aus Neugier wissen.

«Nein, Herr Kommissar, wo denken Sie hin. Wir sind nur im Winter auf den Kanaren, dann machen wir hier die Kur, und im Herbst, wenn die ganzen Lehrer mit ihren Kindern wieder in der Schule sind, fliegen wir in die Dom. Rep. Oder auf die Seychellen, aber in diesem Jahr wollen wir mal eine Kreuzfahrt auf so einem Luxusdampfer machen, Traumschiff, wie im Fernsehen. Kennen Sie sicher, Herr Kommissar.» Der ist platt. Es interessiert ihn, wie die beiden das finanzieren.

«Ist das alles nicht ziemlich teuer?», fragt er deshalb bedächtig nach.

«Einiges vielleicht schon ein bisschen. Aber wir haben keine Kinder und unser Leben lang gespart, und jetzt geben wir das Geld eben aus. Wer weiß, wie lange wir noch gesund sind, wie lange wir noch reisen können. Meinen Sie nicht? Ins Grab kann man nix mitnehmen.»

Es ist meine eigene Schuld, dass ich so viele banale Weisheiten verkraften muss, denkt Lorenz, wütend auf sich selbst.

Er und Brigitte hätten sich solche Reisen im Alter niemals leisten können, ganz abgesehen davon, dass es für ihn eine Horrorvorstellung ist, sein Leben reisenderweise verbringen zu müssen. Dauernd unterwegs, das nervt. Gedanklich sind Thiele und Lorenz völlig auf einer Wellenlänge. Auch Thiele, für den bereits ein Urlaub am Wörthersee der Gipfel dessen ist, was er an Entfernung von Freiburg zu verkraften bereit ist, kann einen derartigen Unternehmungsgeist nicht nachvollziehen.

Die Düringers sind nicht sonderlich ergiebig, was Auskünfte anbelangt. Dennoch versucht es Lorenz noch einmal.

«Können Sie sich wirklich an nichts erinnern, was Sie in irgendeiner Weise merkwürdig berührt hat?»

Die beiden schauen sich etwas ratlos an und lassen keinen Zweifel, dass sie ihr Erinnerungsvermögen heftig aktivieren.

«Hm, eigentlich nein, Herr Kommissar. Den Streit mit dem Herrn Schüren haben wir natürlich auch mitbekommen. Aber das wissen Sie schon. Und der Herr Obermaier ist ein so seriöser Mensch, dass wir uns gefragt haben, wie der mit dem Gerstenbach auskommt.»

Die Ohren von drei Leuten werden auf einmal riesengroß, und Lorenz, Thiele und Würschtle-Herbert starren Frau Düringer an.

«Was haben Sie da gesagt, Frau Düringer? Herr Obermaier war hier, hier in der Pension?»

«Ja, da ist doch nichts dabei, oder? Ich habe ihn im Flur getroffen, er hat sich höflich vorgestellt, nach Gerstenbach gefragt, und ich habe ihm gesagt, in welchem Zimmer der wohnt. Von den Oberles war, glaube ich, gerade keiner daheim.»

«Und dann?»

«Was – und dann?»

«Ja, ist er ins Zimmer hineingegangen, oder hat er geklopft, oder was hat er gemacht?»

Hier schaltet sich Hubert Oberle ein. «So einfach geht das nicht. Unsere Zimmer haben gute Schlösser. Und wenn ein Gast weggeht, schließt der hinter sich ab. Fremde können hier nicht ein- und ausgehen. Die Eingangstür müssen wir tagsüber offen lassen wegen der Gäste, aber in der Nacht wird immer abgeschlossen.»

«Das war aber nicht in der Nacht – oder, Frau Düringer? Wann haben Sie Herrn Obermaier getroffen?»

«Wann? Ja, genau weiß ich das nicht mehr. Warten Sie mal. Letzte Woche. Am Dienstag, oder halt, nein, dienstags haben wir den ganzen Tag Anwendungen, da kann es nicht gewesen sein. Mittwoch? Oder Donnerstag? Eher Donnerstag, jedenfalls nicht am Wochenende, da bin ich mir sicher.»

«Zu welcher Tageszeit haben Sie Herrn Obermaier gesehen?»

«Das muss gegen Abend gewesen sein. Was habe ich denn da gerade gemacht? Jetzt sag du mal was, ich habe es dir schließlich auch erzählt», wendet sich Frau Düringer etwas ungehalten an ihren Mann.

«Du erzählst viel, wenn der Tag lang ist. Wenn ich mir das alles merken müsste. Ja, ja irgendwas hast du gesagt, aber genau zugehört habe ich nicht.» Für dieses Bekenntnis erntet Herr Düringer einen bitterbösen Blick von seiner Frau.

«Es war gegen Abend», entscheidet diese dann kurzerhand.

«Hat Herr Obermaier eine Bemerkung darüber gemacht, was er hier wollte? Was hat er gesagt?»

«Nicht viel, eigentlich gar nichts. Er hat sich nur vorgestellt, und dann hat er nach Gerstenbach gefragt, an dessen Tür geklopft, und als keiner aufgemacht hat, ist er wieder gegangen. Ich habe ihn gesehen, wie er den Weg runter in den Ort gelaufen ist.»

Das heißt, überlegt sich Lorenz, dass es in dieser Pension nahezu unmöglich ist, etwas unbeobachtet zu tun oder zu lassen.

«Warum haben Sie mir das nicht gesagt?» Würschtle-Herbert lässt mit der dezidierten Betonung auf dem Wörtchen ‹mir› sehr deutlich erkennen, dass er der Erzählung von Frau Düringer weitaus mehr Interesse entgegengebracht hätte als ihr Gemahl.

«Ich habe einfach nicht mehr daran gedacht, Herr Fehringer. Wissen Sie, es gab gleich Abendessen und dann die Volksmusiksendung im Fernsehen.» Aufmerksam registriert Lorenz diesen Hinweis, denn obwohl die Programme allenthalben nur so strotzen vor schunkelseligen Wiedergaben volksmusikalischer Zumutungen, könnte es sein, dass man zufällig einmal nur am Mittwoch oder nur am Donnerstag die Fernsehzuschauer mit einer solchen Darbietung beglückt hat. Thiele bekommt einen entsprechenden Wink, versteht ihn sogar und macht sich eine Notiz. Im Internet wird er herausfinden, wann was gelaufen ist.

Würschtle-Herbert meldet sich nicht mehr zu Wort und schaut etwas gedankenverloren vor sich hin. Lorenz sieht ihn argwöhnisch von der Seite aus an: Er traut ihm nicht. Der brütet ganz sicher wieder etwas aus, was er für seine Bürgerpflicht hält, die ihn zwingt, bei der Aufklärung des Mordes behilflich zu sein. Lorenz fragt behutsam nach:

«Na, Herr Fehringer, was bereitet Ihnen solches Kopfzerbrechen?»

«Wo Sie schon fragen, Herr Kommissar, Sie haben's auch gemerkt. Mit diesem Obermaier stimmt was nicht. Im ‹Römerbad› gibt er sich als honoriger Mensch, und hier rennt er einem windigen Fotografen hinterher.»

«Darf ich mal wissen, woher Sie die Information haben, dass Herr Obermaier im ‹Römerbad› wohnt?»

«Na! Also!» Würschtle-Herbert ist die Empörung in Person. «Von Ihnen. Sie haben es im ‹Waldhorn› erzählt.»

Dass er es ‹erzählt› habe, daran kann Lorenz sich zwar nicht erinnern, wohl aber an den in seiner ersten Begeisterung zu laut gewordenen Thiele.

«Sie haben aber damit nichts zu tun. Das ist meine Sache, dafür werde ich bezahlt.»

Lorenz kommt sich auf einmal vor wie ein Kind im Sandkasten, das trotzig seinem Spielkameraden das Eimerchen entreißt mit dem Argument ‹das ist aber meins›.

«Darf ich Sie nochmals sehr eindringlich bitten, mir und Herrn Thiele die Aufklärung zu überlassen. Mit Bürgerpflicht hat Ihr Engagement nichts zu tun, sondern nur mit Neugier.»

So schnell lässt sich Fehringer nicht einschüchtern. Er lächelt milde und schreibt den Lorenz'schen Ausbruch dessen vermeintlicher Niedergeschlagenheit darüber zu, im Grunde noch keinen Schritt weitergekommen zu sein. Indessen hatte Lorenz mit seiner Vermutung, dass hinter der Fehringer'schen Stirn sich die neuen Ideen bereits jagen, nicht unrecht, denn Würschtle-Herbert überlegt hin und her, wo und wie er weitere Informationen über diesen Obermaier bekommen könnte. Im ‹Römerbad› sieht er nur mehr wenig Chancen. Mehr als das, was er ohnehin schon weiß, ist dort kaum zu holen. Im ‹Waldhorn› ist Obermaier nie gesichtet worden. War ihm wohl nicht vornehm genug. Den Martin Pfefferle müsste er fragen. Wenn einer was weiß, dann der, aber bei dem hat er erst morgen wieder einen Termin. Wo könnten in diesem Nest denn noch Informationen zusammenlaufen?

Herbert Fehringer sieht sein Ebenbild in der Glasscheibe des Geschirrschranks. Für mein Alter bin ich gar nicht schlecht in Schuss, denkt er zufrieden, die Haare müsste ich mir mal wieder schneiden lassen. Hat die Gundi auch schon gesagt. Und da fällt es ihm ein: Wohin gehen Kurgäste, die der Weisung ihres Arztes und dessen Alkoholverbot folgen, sich aber dennoch über die Ortsneuigkeiten austauschen wollen? – Nicht ins ‹Waldhorn›, sondern zum Friseur. Und genau das wird er auch tun. Er verabschiedet sich ungewohnt schnell, aber wie immer sehr freundlich von allen, gibt seiner Gundi noch kurz Bescheid und verschwindet. Dieser rasche Aufbruch beunruhigt Lorenz zwar, aber er kann von seinem Lieblingsfeind schließlich nicht verlangen, bei ihm Rechenschaft darüber abzulegen, wann und wohin er geht und wohin nicht.

Schüren nimmt die Gelegenheit wahr, um sich gleichfalls zu verabschieden. «Brauchen Sie mich noch, Herr Lorenz? Ich müsste in Freiburg einiges erledigen. Nachher fährt ein Bus. Das habe ich draußen auf dem Fahrplan gesehen, da hätte ich Anschluss nach Freiburg.»

«Also gut. Bleiben Sie noch in der Stadt?»

«Ja, meinetwegen, ich habe diese Woche Urlaub genommen.»

«Haben Sie übrigens in Gerstenbachs Zimmer etwas gesehen, das Ihnen gehört?»

«Auf den ersten Blick nicht, obwohl der jede Menge Fotoausrüstung von mir geliehen hat. Dermaßen viel, dass ich mich gefragt habe, was er damit will. Ich bin mal gespannt, was ich davon wiedersehe. Wann kann ich damit rechnen, die Sachen zu sichten?»

«Kommen Sie morgen Vormittag auf alle Fälle zu uns ins

Büro», entscheidet Lorenz. Sollte sich noch nichts ergeben haben, was diesen Schüren betrifft, fällt ihm immer noch eine Ausrede ein. Aber da sich die Kollegen von der Spurensicherung für heute Nachmittag in der Pension angemeldet haben, kann man davon ausgehen, dass zumindest ein Teil des Gerstenbach-Besitzes bald zur Verfügung stehen wird. Den Oberles wird es auch wohler sein, wenn sie das Zimmer des Ermordeten endlich freigegeben wissen und nicht mehr mit dem amtlichen Siegel versehen, von denen Thiele diesmal sogar eines dabei hat, um es erneut über das Schloss zu kleben.

14.

Eilig sieht man Herbert Fehringer wenig später zielstrebig der Ortsmitte zusteuern. Wenn er sich etwas vorgenommen hat, dann muss er das sofort tun. Das ist einer seiner Charakterzüge. Geduld war noch nie seine Stärke, bisweilen sehr zum Missfallen seiner Gundi, die im Gegensatz zu ihm weitaus zögerlicher ist und meint, dass man erst gründlich nachdenken sollte, bevor man etwas in Angriff nimmt. Dies wiederum geht ihrem Herbert gegen den Strich. Da fürchtet er, Wichtiges zu verpassen. Vorhin hat er sich vorgenommen, diesen ominösen Obermaier aufs Korn zu nehmen, und das wird er postwendend tun.

Drei Friseure gibt es in Badenweiler. Das stellt Herbert Fehringer vor das Problem, welcher der richtige für sein Vorhaben ist. Zuerst öffnet er die Tür des vornehmen ‹Salon zur Burg›. Der Laden scheint ihm schon auf den ersten Blick hierfür zu anonym und gestylt. Außerdem stehen nur junge Dinger rum, die in Würschtle-Herberts Vorstellung sicher nur ihre Liebschaften im Kopf haben, allenfalls noch die geilsten Modefummel. Dass sie sich für das Ortsgeschehen interessieren könnten, traut er ihnen nicht zu. Da wird er sich nicht die Haare schneiden lassen. Vermutlich ist der Laden auch völlig überteuert, was die exklusive Ausstattung nahelegt. Auf zum nächsten Frisiersalon. Über dessen Tür prangt groß, breit und nicht zu übersehen das Schild ‹Salon für die Dame›, demnach bleibt nur einer übrig, nämlich der direkt beim Thermalbad, ‹Friseursalon Bucher›.

Als Herbert Fehringer das Geschäft betritt, ist er überzeugt, dass es wie geschaffen ist für seine Erkundungen. Der Salon mit den leicht vergilbten Postern an den Wänden, auf denen Models Frisuren präsentieren, die sicherlich vor zehn Jahren der letzte Schrei waren, bedürfte dringend eines neuen Anstrichs, und der schwarzweiß gesprenkelte Linoleum-Fußboden erinnert Fehringer an den in der Küche seiner Großmutter. Die Frisierbedürftigen, derzeit nur weiblich und schon sehr weit jenseits dessen, was man mittleres Alter nennt, sind offenbar sowohl Kurgäste als auch Einheimische, wie Herbert Fehringer, dem man einen Sessel bei der Garderobe für die Wartezeit angeboten hat, den Gesprächen entnimmt. Die Unterhaltung dreht sich um den üblichen Klatsch und Tratsch.

Das Friseurehepaar ist mit seinem Geschäft alt geworden. Im Laufe der Jahre sind viele Köpfe durch ihre Hände gegangen, und die beiden sind es gewohnt, geduldig diverse Histörchen und selbst persönlichste Geständnisse an sich herantragen zu lassen. Es genügt meist, mit einem freundlichen «ach ja», «tatsächlich», «was Sie nicht sagen» Anteilnahme zu bekunden, ohne dass sie im Nachhinein genau zu sagen wüssten, was erzählt worden wäre. Auch die zwei Angestellten, ebenfalls nicht mehr taufrisch, haben sich diese Haltung zugelegt.

Herbert Fehringer hört genau zu. Eine Fülle von Nebensächlichkeiten wird verhandelt. Ist denn der Mord kein Thema mehr, fragt er sich. Der ist erst am Sonntag passiert. Noch nicht mal eine Woche ist das her, und schon hat man ihn vergessen? Angestrengt überlegt Fehringer, wie er es anstellen könnte, mit einer entsprechenden Bemerkung die Aufmerksamkeit der Damen und des Friseurehepaares auf dieses spektakuläre Ereignis zu lenken. Die Zeitschrift auf seinen Knien hat er noch nicht einmal aufgeschlagen.

Kurzerhand beginnt er eine Unterhaltung mit dem Besitzer, der neben ihm die Haarsträhnen einer Dame Stück für Stück in Alufolie wickelt.

«Sie sind wohl schon lange in Badenweiler, oder?»

«Ja, sicher, seit über dreißig Jahren.»

«Und ist in der ganzen Zeit schon mal so etwas Schreckliches passiert?»

Von der Strähnchen-Dame fängt sich Herbert Fehringer in diesem Moment einen bösen Blick ein. Jetzt ist sie dran, das heißt, der Friseur gehört ihr ganz allein, vor allem, was die Unterhaltung anbelangt.

«Was meinen Sie denn mit ‹so etwas Schreckliches›?»

«Den Mord im Kurpark natürlich. Am Sonntag. Das kann Ihnen doch nicht entgangen sein!»

«Ach so, ja. Nein. Aber die Polizei hat wohl noch keine Spur. Gelesen habe ich nichts.»

«Heutzutage ist man nirgends mehr sicher. Nicht mal mehr im Kurpark, man stelle sich das vor: im Kurpark! Ich gehe nicht mehr allein spazieren. Zeiten sind das heute. Das gab's früher nicht», mischt sich die alugesträhnte Kundin sofort aufgebracht ein. Für die Richtung, in die das Gespräch münden könnte, hat Würschtle-Herbert ein feines Gespür, er kennt diese Schiene vom Stammtisch zur Genüge. Noch höchstens zwei Andeutungen, und dann sind sich alle einig, dass «früher, damals, als noch Zucht und Ordnung herrschten, nicht alles schlecht war». In weiser Voraussicht greift er deshalb sofort ein.

«Ich bin überzeugt, dass Sie keine Angst haben müssen. Wie ich den Kommissar – wissen Sie, ich kenne den gut – verstanden habe, handelt es sich um einen Mord in der Szene.» Das ist freilich völlig aus der Luft gegriffen, aber der Spannung durchaus förderlich.

«Wie meinen Sie das, welche Szene?»

«Allzu viel darf ich nicht sagen. Sie verstehen. Man darf die Polizeiarbeit nicht noch schwerer machen durch vorschnelle Bekanntgabe von Ergebnissen.»

Allen Damen ist die Restaurierung ihrer Haarpracht auf einmal ziemlich egal.

«Das ist klar. Das sieht man auch im Fernsehen immer. Aber bei X Y waren die ganz froh, wenn sie die Hilfe der Zuschauer hatten. Sonst wären ihnen nie so viele Verbrecher ins Netz gegangen. Da war, ich glaube, es war Ende 1980, so ein Fall …»

Bevor sie diesen Fall ausführlich referieren kann, fällt ihr Herbert schnell ins Wort.

«Ich bin ganz Ihrer Meinung. Unsere Pflicht als Bürger ist es, die Augen offenzuhalten.»

Und dann hält er den Zeitpunkt für gekommen, sich in Positur zu setzen.

«Ohne mich läge der arme Fotograf wahrscheinlich immer noch im Kurpark.»

Aller Augen sind voller Konzentration auf ihn gerichtet.

«Wieso? Weshalb?»

«Ja, ich bin der Herbert Fehringer und wohne in der gleichen Pension wie der tote Fotograf, und nachdem der nicht zum Frühstück gekommen ist, habe ich darauf bestanden, dass man ihn sucht. Der Förster Stammer hat mir beim Suchen geholfen, und so haben wir ihn gefunden. Erschlagen in seinem Tarnzelt. Ein Anblick war das, kann ich Ihnen sagen. Schrecklich!»

Ein Glück, dass ich gerade heute meinen Friseurtermin habe, denkt sich jede der Damen. Wann hat man schon einmal Gelegenheit, einen echten Augenzeugen vor sich zu haben.

«Und Sie müssen mitmachen beim Aufklären des Falls?»

«Man hilft, wo man kann. Wie gesagt, vor Bürgerpflichten darf man sich nicht drücken.»

«Gibt es schon Hauptverdächtige?»

«Hat man Fingerabdrücke gefunden?»

«Sind Genspuren festgestellt worden?»

Die Begriffe, die im Zusammenhang mit Kriminalfällen in den Medien auftauchen, finden im Frisiersalon selbstverständliche Weiterverwendung, auch wenn sie nicht hundertprozentig mit der professionellen Terminologie übereinstimmen.

«Das braucht alles seine Zeit. Das muss in den Labors erst gründlich untersucht werden. Inzwischen forscht man nach weiteren Zeugen, die vielleicht etwas wissen und in Wirklichkeit gar nicht wissen, dass sie etwas wissen, was wichtig ist.» Ein wenig kompliziert, aber letztlich verständlich.

Herbert Fehringer arbeitet sich beharrlich weiter voran. Sein Ziel ist es schließlich, herauszubekommen, was für ein Mensch Obermaier ist, ob jemand ihn näher kennt, ohne dass er dadurch jedoch in Verdacht geriete. Eine Verleumdungsklage will Würschtle-Herbert nicht riskieren.

«Ich bin auch nur Zeuge, wenn auch der wichtigste. Aber jeder, der am Sonntag hier war, sollte überlegen, ob er etwas bemerkt hat, was ihm komisch vorgekommen ist. Nachher gehe ich rüber ins ‹Römerbad›. Da wohnt ein Gast, der, obwohl er nicht irgendwer ist, sich nicht zu vornehm war, sich der Polizei zur Verfügung zu stellen. Mit dem wollte ich nochmal reden.»

So, das ist geschafft. Würschtle-Herbert hat sein Ziel auf eleganteste Weise erreicht.

«Und wie heißt der Herr?», will eine der Damen wissen. «Ich wohne auch im ‹Römerbad›.» Das ist mehr, als sich Herbert erhoffen konnte.

«Obermaier. Aber bitte. Verstehen Sie mich nicht falsch. Es besteht keinerlei Verdacht, dass er etwas mit dem Mord zu tun hat. Er kannte nur den Fotografen, und es ist halt so enorm wichtig, dass man das Umfeld des Ermordeten erforscht.» Würschtle-Herbert ist umsichtig, braucht sich um den Mitteilungseifer seiner Gesprächspartnerin jedoch keine weiteren Sorgen zu machen.

«Ja, der Herr Obermaier. Freilich kenne ich den. Der kommt aus Fulda. Ist irgendwas Höheres in der Stadtverwaltung und so ein feiner Mensch. Immer höflich und freundlich. Kommt einem nie zu nahe.»

Herbert schaut sie etwas nachdenklich an und zieht dann

den wenig respektvollen Schluss: käme ich dir auch nicht. Dir sprüht das Gift förmlich aus den Augen. Doch er hält sich wohlweislich zurück.

«Vier Wochen ist der Herr Obermaier zur Kur. Und immer allein. Manchmal tut er mir richtig leid. Wahrscheinlich ist er zu schüchtern, jemanden anzusprechen. Dabei wäre gar nichts dabei, wenn man mal zusammen spazieren ginge oder einen Kaffee trinken würde.»

Woraus so viel Mitleid resultiert, ist Würschtle-Herbert klar. Andererseits kann er Verständnis aufbringen für die ältere Dame, die ein bisschen Anschluss sucht, um nicht ständig allein durch die Gegend laufen zu müssen. Dagegen geht es ihm richtig gut. Er hat seine Gundi. Aber er kann solchen Gedanken augenblicklich nicht nachhängen. Hier geht es um die einmalige Gelegenheit, mehr über diesen Herrn Obermaier zu erfahren.

«Nimmt er an gar keiner Veranstaltung teil?», erkundigt er sich teilnahmsvoll.

«Nichts. Nirgendwo sieht man ihn. Er geht zu seinen Anwendungen ins Thermalbad, und dann ist er wie vom Erdboden verschluckt. Den Herrn Pfefferle, ich weiß nicht, ob Sie den vielleicht kennen», Herbert nickt eifrig, «den Herrn Pfefferle habe ich schon gefragt. Der behandelt ihn, und er hat mir gesagt, dass er immer wahnsinnig nett sei, aber so oft er fragt, aus seinem Privatleben erzählt der Herr Obermaier nichts. Vielleicht hat er ein schweres Schicksal.»

Alle anderen Damen samt Personal und Besitzerehepaar hören den Ausführungen gespannt zu. Das ist alles reichlich rätselhaft. Wenn nicht mal der Martin Pfefferle, dem sich sonst alle anvertrauen, etwas herausbekommt, dann muss dieser Obermaier wirklich ein sehr verschlossener Mensch sein.

«Da fragt man sich, ob er nicht etwas zu verbergen hat.»

«Ach, so weit würde ich nicht gehen», besänftigt Herbert

den Spürsinn der Damen. «Wahrscheinlich hat er nur tagtäglich mit Massen von Leuten zu tun, sodass er froh ist, wenn er hier seine Ruhe hat. Ich kenne das. Ich habe vierzig Jahre auf dem Münstermarkt gestanden. Ich weiß, was es heißt, dauernd Menschen um sich zu haben. Da ist man froh, wenn man abschalten kann.»

Diese Feststellung ist zwar absolut nicht damit zu vereinbaren, wie sich Herbert Fehringer derzeit ins Zeug legt, von ihrer Richtigkeit ist er dennoch felsenfest überzeugt. Ob noch mehr aus der redseligen Dame im Hinblick auf Obermaier herauszubekommen ist? Würschtle-Herbert versucht es: «Reich muss er sein, dieser Obermaier, sonst könnte er sich ein Zimmer im ‹Römerbad› nicht leisten. Oder hat er gar eine Suite?»

«Nein, nein, ein ganz normales Zimmer. Aber wissen Sie, heutzutage ist das nicht mehr so wie früher. Die Hotels sind in der Vorsaison auf Gäste angewiesen, die Leute haben kein Geld mehr und sparen, wo sie können. Da müssen sogar solche Hotels Sonderpreise machen oder Wochenarrangements anbieten. Ich weiß das von mir selber, anders könnte ich mir das nicht leisten», gesteht die Redselige freimütig. «Mit der Beamtenpension, die ich von meinem Mann habe, komme ich gerade so hin.»

Kein Wunder, denkt sich Würschtle-Herbert, die gefärbten Haare, die ständig eine Runderneuerung brauchen, das ‹Römerbad›, die sicher nicht billigen Klamotten, die die anhat, das kostet. Und bei der Kosmetikerin wird sie auch Stammkundin sein. Das hat seine Gundi nicht nötig. Die sieht auch so gut aus. Da seine Gundi ihrem Herbert nicht unbedingt alles auf die Nase bindet, hat er keine Ahnung, dass auch sie zu den regelmäßigen Besucherinnen einer Freiburger Kosmetikpraxis gehört.

Das mit dem reichen Obermaier war demnach ein Schlag ins Wasser. Es hat den Anschein, als ob die Informationsquelle erschöpft sei. Das allgemeine Interesse im Salon erlahmt allmählich. Man wendet sich wieder den täglichen Schrecken und Ärgernissen zu. Dafür wird Würschtle-Herbert jetzt auf einen Friseursessel gebeten und vom Chef höchstpersönlich versorgt.

Nachdem er einen annehmbaren Preis bezahlt hat – weitaus günstiger als in Freiburg –, verlässt Fehringer das Geschäft, dem, wie so vielem in Badenweiler, nur noch ein fader Nachgeschmack an glorreiche Zeiten geblieben ist. Er will unbedingt noch zum ‹Römerbad›. Es ist immerhin möglich, dass er diesem Obermaier zufällig über den Weg läuft, und wenn er ein, zwei Stunden darauf warten müsste. Er hat Zeit. Was er dann tun wird, weiß er zwar noch nicht, aber ihm wird schon etwas einfallen. Feststeht, dass er die gesammelten Ergebnisse des Tages am Stammtisch im ‹Waldhorn› diskutieren wird.

Sehr zu Thieles Bedauern haben auch er und Lorenz sich bald nach Fehringers abruptem Aufbruch verabschiedet. Thiele hat zwar versucht, den Aufenthalt etwas hinauszuzögern, indem er angeregt hat, im Beisein der gesamten Oberle-Familie die Ereignisse der letzten Tage nochmals Revue passieren zu lassen, aber sein Chef konnte dieser Idee nichts abgewinnen. Was sollte das bringen? Viel wichtiger ist es, möglichst genau den Ablauf des Gerstenbach'schen Sonntags zu rekonstruieren und die diversen und teilweise widersprüchlichen Aussagen zu sortieren. Nur so haben sie eine Chance herauszufinden, wo Übereinstimmungen herrschen und wo nicht.

«Das könnten wir in aller Ruhe hier gleich in der Gaststube tun», hatte Thiele vorgeschlagen. Lorenz wäre sogar dazu bereit gewesen, doch der Vorschlag scheiterte an der Planung von Hubert Oberle.

«Es tut mir leid. In zwei Stunden ginge das. Aber jetzt nicht. Wissen Sie, wir machen Mittagessen für Stammgäste, die in der Gegend nur Übernachtung und Frühstück gebucht haben. Es gibt nicht viele Möglichkeiten, wo man um diese Jahreszeit in Badenweiler günstig zu Mittag essen kann. Deshalb bieten wir den Gästen ein Wochenabonnement an, zu einem guten Pauschalpreis. So rechnet sich mein Restaurant, und die Leute haben auch ihren Vorteil. In der nächsten Viertelstunde ist hier kein Stuhl mehr frei.»

«Das ist kein Problem, Herr Oberle. Wir wollen Sie nicht länger aufhalten», antwortet Lorenz höflich und wendet sich zum Gehen. Ist schon ein Problem, denkt hingegen Thiele. Es wäre so schön gewesen, noch ein bisschen in Sonjas Nähe zu bleiben. Wer weiß, ob es genug Gründe gibt, um morgen wieder nach Badenweiler zu fahren.

«Was ist, Thiele, gehen wir noch einmal ins ‹Waldhorn›?», schlägt Lorenz vor. «Es ist zwar nicht das Gelbe vom Ei, aber das Schnitzel war essbar. Und wenn wir das Gleiche nehmen wie gestern, wissen wir sogar schon, was es am Schluss kostet.»

Thiele nickt ergeben, und sie gehen einträchtig die Straße hinunter. Wenn wir noch ein paarmal herfahren müssen, wird das noch unsere Stammkneipe, denkt Lorenz belustigt. Seine Laune hat sich gegenüber gestern merklich gebessert. Die Tatsache, dass er nicht mehr allein zu Hause ist, lässt ihn etwas froher in die Zukunft schauen. Er muss unbedingt mit Ulli reden. Vielleicht fällt dem etwas ein, wie er Brigitte zurückholen kann. Zu weiteren privaten Überlegungen kommt er nicht mehr, denn die Wege in Badenweiler sind kurz, und sie stehen bereits vor dem Eingang des ‹Waldhorns›.

Heute werden sie fast schon wie alte Bekannte begrüßt. Thomas Maria Löffler bemüht sich erst gar nicht hinter seinem Schanktisch hervor, sondern beginnt gemächlich, zwei große Pils zu zapfen, während er fragt: «Zwei große Pils wie immer?»

Thiele und Lorenz nicken. Wie wenig es braucht, um sich irgendwo ein bisschen heimisch zu fühlen.

«Und zu essen?»

«Das Gleiche wie gestern, oder Thiele?» Der scheint die Schweigsamkeit entdeckt zu haben und nickt lediglich ein weiteres Mal.

«Heute hätte ich aber Leber.»

«Ach ja? Schön, dann bringen Sie mir Leber geröstet mit Brägele und Salat. Was ist mit Ihnen, Thiele?»

«Schnitzel.»

Herrje, was ist plötzlich mit dem los, grübelt Lorenz. Der war bisher immer so freundlich, obwohl ich ihn manchmal ziemlich angeraunzt habe. Kriegt der jetzt Launen wie eine Diva? Lorenz kann sich keinen Reim auf die Himmelhochjauchzend-zu-Tode-betrübt-Haltung seines Assistenten machen. Den unmittelbaren Zusammenhang mit Oberles Sonja hat er – im Gegensatz zu Herbert Fehringer – immer noch nicht begriffen.

Die Leber erweist sich als erstaunlich gut zubereitet, auch der Salat übertrifft, was den Frischegrad angeht, die gestrige Ausführung um Längen.

Die Unterhaltung schleppt sich während des Essens mühsam dahin, vielleicht auch deshalb, weil sich erst zwei Stammtischbrüder eingefunden haben, von denen sich keiner recht traut, quer über die Tische eine Unterhaltung anzufangen, so wie gestern. Sie schielen nur herüber, in der Erwartung, dass der erste Anstoß von den beiden Freiburgern kommt. Aber er kommt nicht.

Nachdem sie ihre Portion restlos bewältigt haben, stellen sie die abgegessenen Teller auf den Tisch nebenan, denn Thomas Maria denkt gar nicht daran, sich zu ihnen zu bewegen, einzig zu dem Zweck, das Geschirr abzuräumen. Für eine solche Lappalie mutet er sich den Weg von der Schank bis zur hintersten Ecke seines Lokals nicht zu.

«Lassen Sie uns einen Zeitplan aufstellen, Thiele. Also.»

Himmeldonner, schon wieder dieses ‹also›. Er muss aufpassen, dass er sich diese Unart nicht auch angewöhnt.

«Der Gerstenbach ist ungefähr um sieben Uhr an diesem Sonntag aus dem Haus gegangen, laut der Aussage der jungen Frau Oberle. Fehringer hat das bestätigt. Die Freundin, also die Tanja Sommer, behauptet, dass sie ihn begleitet hat. Hat die eigentlich mit ihm gefrühstückt?»

«Weiß ich nicht, müssen wir fragen. Soll ich gleich gehen, um zu fragen?», bietet Thiele hilfsbereit an und steht schon in den Startlöchern.

«Nein, setzen Sie sich wieder hin und überlegen Sie mit. Laut Aussage von Tanja waren sie die ganze Zeit in diesem Tarnzelt im Kurpark. Schüren muss irgendwann, nachdem die beiden das Haus verlassen haben, in der Pension gewesen sein. Hat Fehringer gesagt. Und dem glaube ich das. Um zehn Uhr haben sich Gerstenbach und Schüren im Café Lager getroffen. Eine halbe Stunde vorher hat Schüren den Gerstenbach auf dem Handy angerufen. Warum nicht früher? Und was hat Schüren in der Zwischenzeit gemacht? Tanja hat weder etwas von dem Telefongespräch gesagt, noch dass Gerstenbach zwischendurch weg gewesen sei. Warum nicht? Kommen wir zur möglichen Tatzeit.

Zunächst Berni und Sonja. Die haben sich am Nachmittag auf ihrer geheimen Kurpark-Lichtung Liebesfreuden hingegeben.» Weiter kommt Lorenz nicht, denn Thiele unterbricht ihn entsetzt: «Was haben die? Das kann nicht sein. Dieser Berni ist mit der Schönheit aus dem Café verlobt!»

«Schon, aber verknallt ist er in die Sonja Oberle und sie in ihn. Soll's geben, oder? Der Caféhaus-Erbin hat er gesagt, dass er nach Freiburg habe fahren müssen. Welchen Grund das hatte, konnte sie nicht sagen. War ihr scheint's auch egal. Gegen Abend war der Briefträger im Café, was wiederum er nicht gesagt hat, er hat vielmehr ein Riesengeheimnis daraus gemacht, wo er war. Das hat sie mir erzählt. Na ja, vielleicht ist es ihm unangenehm zuzugeben, dass er mit unserer Schönheit vom Lande gemeinsam am Tisch gesessen hat.» Thiele fehlt jegliches Verständnis für den Humor seines Chef. Er ist tief geknickt. So große Hoffnungen hatte er sich gemacht, und alle sind mit einem Knall zerplatzt. Dabei hat ihn die Sonja immer angestrahlt. Sie muss doch gemerkt haben, dass er sie mag. Und dann mit diesem Schläger Berni. Der noch dazu verlobt ist. Ob er es trotzdem einfach bei ihr versuchen sollte? Das mit Berni hat schließlich keine Zukunft. Der will ins Café einheiraten. Andererseits ist es ihm vielleicht wurscht, ob er eine Pension oder ein Café heiratet, und die Begleiterscheinung, nämlich die zugehörige Frau, ist bei der Pension zweifellos die attraktivere.

«Thiele, träumen Sie? Was meinen Sie dazu?»

«Was? Wozu? Bitte?»

«Mir kam gerade der Gedanke, dass das Alibi der beiden Nordlichter ziemlich dünn ist. Wenigstens seins. Und dann die gleiche Sparte, in der Gerstenbach und dieser Gritzinger im weitesten Sinne tätig sind beziehungsweise waren. Beide haben mit Fotoausrüstungen zu tun. Wir müssen unbedingt in dieser Richtung den Gritzinger anbohren. Den eitlen Hochwert dürfen wir ebenfalls nicht aus den Augen verlieren. Von dem wissen wir überhaupt noch nicht, wo er zur Tatzeit war. Ebenso steht es mit dem fränkischen Obermaier. Also.»

Neiiiin.

«Folgendes steht an: Tanja befragen, hoffentlich ist die nicht schon wieder in die Schweiz abgedampft. Berni festnageln, weswegen er nicht sagen wollte, dass er im Café war. Schüren muss seinen Tagesablauf lückenlos auflisten. Sonja endlich fragen, ob sie wirklich mit Berni im Kurpark war – obwohl. Das können wir uns vielleicht sparen. Falls es nicht so gewesen ist, hat ihr Lover sie längst instruiert. Fühlen wir lieber Gritzinger auf den Zahn, ob er faul ist. Hochwert und Obermaier müssen auf ihre Alibis zur Tatzeit ebenfalls überprüft werden. Genug zu tun also. Herr Wirt, wir zahlen!»

Diesmal brütet Thomas Maria Löffler lange über dem Endergebnis der einzelnen Posten, die er mit wackliger Schrift auf seinem Block notiert hat. Es war fast nichts los gewesen am Vormittag, und seine Frau hatte deshalb oben die Wohnung geputzt, was für ihn den kritikfreien Zugang zum Markgräfler Gutedel bedeutet hat und sich nun, zur Mittagszeit, schon heftig bemerkbar macht. Das konnte auch das energische Eingreifen seiner Frau, als sie zum Kochen herunterkam, nicht mehr ins Lot bringen. Es würde ein schwerer Tag für Thomas Maria werden, da kann er sich mittags nicht mehr mit so vielen Zahlen abmühen. Deshalb entschließt er sich kurzerhand, die lästige Addition etwas zu vereinfachen: «Die zwei Pils rechne ich nicht dazu. Die sind vom Osterhasen.»

15.

Lorenz und sein Assistent fassen nach dieser überraschenden Einladung den Entschluss, zunächst das naheliegendste Ziel aufzusuchen, und das ist die Wohnung von Berni Sommer. Auf ihr Klingeln wird fast sofort geöffnet. Barbara Lager, die Caféhaus-Erbin, steht an der Tür.

«Ach, Sie sind es! Kommen Sie rein.» Bei ihr sind so viele Worte beinahe als Redeschwall zu werten.

«Wollen Sie etwas wissen?»

«Ja, deshalb sind wir hier.» Die Antwort des Kommissars klingt pampig. «Ist Frau Sommer, ich meine, die Schwester Ihres, ähm, Verlobten, zufällig noch hier?»

«Ja, sie hat sich freigenommen, bis zur Beerdigung. Das gehört sich so. Was würden denn sonst die Leute sagen.»

Ob das der einzige Grund ist, überlegt Lorenz, die Sorge, was im Ort geredet werden könnte? Dass junge Leute heutzutage sich noch darum scheren, hält er für sehr fraglich. Vielleicht steckt mehr dahinter.

«Und Ihr», er räuspert sich noch einmal, «Ihr Verlobter, der Herr Bernhard Sommer, wo ist der?»

«Im Dienst. So früh kann der nicht nach Hause kommen.»

Aha, das ist vielleicht gar nicht schlecht, dann kann ich die beiden Damen in aller Ruhe befragen, sagt sich Lorenz. Thiele sagt nichts, weder seinem Chef noch sich selbst. Er hängt seinen Gedanken nach.

«Guten Tag, Frau Sommer», begrüßen sie Tanja, die es sich inmitten eines Zeitschriftenberges auf dem Sofa gemütlich gemacht hat. Sehr traurig sieht die nicht mehr aus, konstatiert Reinhold Lorenz.

«Ich hätte noch einige Fragen.»

«Fragen Sie.»

«Sie haben uns erzählt, dass Sie den ganzen Tag bis nachmittags ununterbrochen mit Gerstenbach im Tarnzelt verbracht haben. Stimmt das?»

«Ja, sicher stimmt das.»

«Und Ihr Freund ist zwischendurch nicht weggewesen?»

Tanja wird rot und beginnt zu stottern.

«Wie meinen Sie denn das? Ja, nein. Also kurz halt. Ich mein, er konnte nicht, er hat ...»

«Ganz langsam. Gerstenbach war also nicht die ganze Zeit bei Ihnen im Kurpark?»

«Nein. Er hat einen Anruf gekriegt, sich fürchterlich aufgeregt, rumgeschrien und ist wie ein Wilder weg. Ich wusste auch nicht, was los war. Er hat auch gar nicht auf mich gehört, als ich ihn gefragt hab. So, als ob ich Luft wär.»

«Und warum haben Sie uns das nicht gleich gesagt?», will Lorenz berechtigterweise wissen.

«Ich bin mir halt blöd vorgekommen. Und wichtig war es auch nicht, ob er die ganze Zeit da war oder nicht. Schließlich ist er wieder zurückgekommen. Mit dem Mord kann das also nichts zu tun gehabt haben.»

«Würden Sie freundlicherweise uns solche Schlussfolgerungen überlassen.» Das klingt leicht gereizt.

«Wo waren Sie, nachdem Gerstenbach verschwunden ist?»

«Ich?»

«Ja, Sie.»

«Ich bin dageblieben.»

«Wie dageblieben?»

«Na, eben beim Zelt.»

«So lange, bis Gerstenbach zurückgekommen ist? Das hat mindestens eine Stunde gedauert!»

«Eine Stunde? Viel länger! Über zwei Stunden habe ich gewartet. Ich habe keine Ahnung, wo er gewesen ist. Er hat auch hinterher kein Wort verloren. Nur eine Wahnsinnswut hat er gehabt. Hat mich wegen jeder Kleinigkeit angeschnauzt, und wie. Deswegen bin ich früher weg. Es war mir einfach zu blöd, mich dauernd anmachen zu lassen.»

Das kann ich mir vorstellen, grübelt Lorenz, ein Wunder, dass sie überhaupt so lange gewartet hat. Ich wäre schon viel früher gegangen. Ist sie solch ein sanftes Lamm, oder tut sie nur so? Dann rechnet er schnell nach: Eine Viertelstunde könnte Gerstenbach für den Weg zum Café gebraucht haben, eine halbe Stunde hat er, nach Schürens Auskunft, dort zugebracht, und für den Rückweg sind ebenfalls fünfzehn Minuten einzukalkulieren. Ergibt insgesamt eine Stunde. Tanja hat aber angegeben, dass er gut zweieinhalb Stunden weg war. Wo ist Gerstenbach in der Zwischenzeit gewesen?

«Sind Sie absolut sicher, dass es mehr als zwei Stunden gedauert hat, bis Ihr Freund zurück war?»

«Aber ja, sag ich Ihnen doch. Ich habe dauernd auf die Uhr geschaut, weil mir superlangweilig war. Einfach gehen konnte ich nicht wegen der ganzen Ausrüstung. Stellen Sie sich vor, jemand hätte was von seinem Fotozeug geklaut. Der Silvio hätte mich erschlagen.»

Lorenz und Thiele schauen sie an. Selbst Barbara scheint unangenehm berührt: «Tanja!»

«Na ja, ist doch wahr», räumt Tanja ein wenig kleinlaut ein.

Diese Aussagen lassen die beiden Polizeibeamten erst einmal so stehen und wenden sich Barbara Lager zu.

«Sie haben uns gesagt, dass Ihr Verlobter gegen Abend im Café war. Um welche Uhrzeit war das?»

«Ja, gegen Abend.»

«Geht's präziser?»

«Nein.»

Lorenz und Thiele haben noch sehr genau die einsilbigen Auskünfte von vorgestern in Erinnerung und fürchten nicht ganz zu Unrecht, dass es ihnen heute ebenso ergehen könnte.

Thiele fängt einen Blick seines Chefs auf, verbunden mit einer leichten Kopfbewegung zu Barbara Lager hin, was eindeutig besagt, dass er an der Reihe ist, Fragen zu stellen.

Vorsichtig beginnt er: «Vielleicht fällt Ihnen ein, ob es schon dunkel war oder noch hell?»

«Weiß ich nicht. Ich schau nicht dauernd aus dem Fenster.»

Oje, oje. Doch plötzlich belebt sich der stoische Gesichtsausdruck.

«Ja, doch, halt. Da war dieser Diebstahl.»

In den beiden verzweifelten Fragern regt sich die Hoffnung auf genauere Angaben. «Was für ein Diebstahl?»

«Einer Frau ist die Handtasche geraubt worden. Eine ganz wertvolle. Und wertvolle Sachen waren drin. Geld und wertvoller Schmuck. Es war ein Riesentrara.»

Das ist immerhin eine wertvolle Information, und beide erinnern sich an ihre Kollegen aus dem benachbarten Dezernat, die ihnen auf dem Parkplatz von diesem Vorfall berichtet haben. Von denen müsste man zumindest erfahren können, um welche Uhrzeit sich der Diebstahl ereignet hat.

«War Ihr Verlobter zu diesem Zeitpunkt im Café?»

«Keine Ahnung. Es war so ein Durcheinander. Da konnte ich nicht noch auf den achten. Mein Vater hat die Polizei angerufen, und ich hab versucht, die Frau zu beruhigen.»

Wie hat sie denn das gemacht, sinniert Lorenz. Das interessiert ihn, nicht weil es wichtig wäre für den Tathergang, sondern weil er neugierig ist, was dieser wortkargen jungen Frau dazu eingefallen ist.

«Wie man so was halt macht», wird seine Frage barsch beantwortet. «Ich hab ihr gesagt, sie soll sich nicht aufregen und sich hinsetzen. Dann hab ich ihr ein Stück von unserer Trüffeltorte gebracht. Ihrer Freundin auch. Das ist das Beste, was wir haben.»

Thiele ist baff. Lorenz ebenfalls: Die denkt wirklich nicht über ihr Kuchenbuffet hinaus, vermutlich sind schon ihre frühkindlichen Eindrücke davon geprägt. Thieles rudimentäre Psychologiekenntnisse aus der Polizeischule kommen zum Tragen.

«War denn Ihr Verlobter danach noch da?»

«Wonach?»

«Nachdem die Polizei eingetroffen ist.»

«Da habe ich nicht drauf geachtet.»

«Sie wissen also nicht, wann er das Café verlassen hat?»

«Nein, sag ich doch dauernd.»

Mehr ist ihr wohl nicht zu entlocken, entscheidet Lorenz. Deshalb fasst er Thiele am Ellbogen und schiebt ihn zur Tür.

«Dann auf Wiedersehen. Wann haben Sie gesagt, dass Ihr Verlobter nach Hause kommt?» Ein letzter Versuch!

«Weiß ich nicht. Der kommt, wenn er fertig ist und wenn er danach nichts mehr vorhat.»

Nach dieser überaus erschöpfenden Auskunft verlassen Kommissar und Assistent endgültig die Wohnung, nicht ohne sich um Verstand und Gemüt mancher Menschen ihre eigenen Gedanken zu machen.

Das nächste Ziel ist das ‹Römerbad›. Sie hoffen, dass sie sowohl Hochwert als auch Obermaier antreffen. Das läge um diese Uhrzeit im Bereich des Möglichen.

Es scheint auch ganz danach auszusehen. Der Empfangschef – es ist nicht ihr alter Bekannter, sondern ein gleichfalls sehr höflicher, aber äußerst reservierter junger Mann – teilt ihnen mit, dass Herr Hochwert sich in seinem Zimmer, Nr. 211, befinden müsse. Er melde sie gern an.

«Lassen Sie nur», lehnt Lorenz ab. «Das ist nicht nötig.»

Sie müssen zweimal klopfen, bevor Hochwert, heute ziemlich nachlässig gekleidet, die Tür öffnet.

«Sie schon wieder. Was gibt's noch?» Sein Unmut ist unüberhörbar.

«Es haben sich einige Fragen ergeben.»

«Dann kommen Sie eben rein, wenn's denn sein muss.»

Der Raum ist großzügig und mit eleganten Möbeln ausgestattet, vom Balkon aus geht der Blick in den Kurpark. Hier lässt es sich leben, findet Thiele, und aus dem Gesichtsausdruck von Lorenz ist zu schließen, dass er Ähnliches denkt.

«Wo waren Sie am Sonntag zwischen 16 und 18 Uhr?»

«War das die Mordzeit? Brauche ich womöglich ein Alibi? Ich war's nicht! Bin ich verrückt, dass ich jemanden umbringe und jahrelang in den Knast gehe. Für wen halten Sie mich?»

Für einen ganz gerissenen Hund, denkt Lorenz.

In diesem Augenblick klingelt das Handy des Kommissars, was Thiele sehr wundert, denn normalerweise vergisst sein Chef entweder es anzustellen oder es aufzuladen, sodass es die meiste Zeit nutzlos die Tasche des Sakkos ausbeult.

«Ja? Was ist? ... Das kann nicht wahr sein. ... Wie viel? ... Wo? ... Gut, danke.»

Thiele wird aus so vielen Fragezeichen nicht schlau. Er merkt nur, dass es eine Nachricht gewesen sein muss, die den Kommissar in grenzenloses Erstaunen versetzt hat. Doch der setzt seine Befragung ohne Erklärungen fort.

«Nochmal. Wo waren Sie am Sonntag zwischen 16 und 18 Uhr? Und eine exakte Auskunft, wenn ich bitten dürfte.»

«Ja, ja. Ist ja schon gut. Ich war weg, in Freiburg. Hab einen Stadtbummel gemacht.»

«Am Sonntag? Wenn die Geschäfte geschlossen sind?»

«Warum nicht? Da kommt man wenigstens nicht in Versuchung, was zu kaufen.»

Das passt nun gar nicht. Hier ein teures Zimmer, in der Garage einen Superflitzer, im Schrank Designermode. Und uns will er einreden, dass bei ihm die Sparwut ausgebrochen ist.

«Hat Sie jemand gesehen?»

«Viele, ich war nicht allein auf der Straße.»

«Ich meine jemand, der bezeugen kann, dass Sie in dieser Zeit in Freiburg waren?»

«Keine Ahnung. Getroffen habe ich niemanden. Weshalb verdächtigen Sie eigentlich ausgerechnet mich?»

«Wir müssen jeder Spur nachgehen, und Sie sind eine davon.»

«Denken Sie einen Moment ausnahmsweise mal logisch. Ich kann den gar nicht umgebracht haben, der war doch viel größer wie ich.»

«Als», verbessert Thiele.

«Hä?»

«Als ich, größer als ich. Im Vergleich immer ‹als›.» Verwirrt starren ihn Lorenz und Hochwert an. Letzterer findet nach dieser unvermuteten grammatikalischen Belehrung als Erster wieder Worte.

«Also gut, größer als wie ich. Und deshalb geht es gar nicht mit dem Mord.»

«Da irren Sie sich aber gewaltig. Unser Gerichtsmediziner hat nicht einmal ausgeschlossen, dass selbst eine Frau in der Lage gewesen sein könnte, den Mord zu begehen.»

«Heutzutage, wo Frauen bei allem mitmachen wollen, sogar bei Selbstverteidigung und Judo und solchem Kram, muss man bei denen auch mit allem rechnen.»

Sehr viel Achtung für das weibliche Geschlecht scheint bei Hochwert nicht vorhanden zu sein.

«Festzuhalten ist, dass Sie kein ausreichendes Alibi für die Tatzeit haben, Herr Hochwert. Ich muss Sie daher bitten, den Ort nicht zu verlassen. Wir wissen im Übrigen, dass Sie damals beim Privatbankskandal in Freiburg eine relativ undurchsichtige Rolle gespielt haben.»

Jetzt macht Hochwert seinem Namen alle Ehre und geht

hoch: «Überhaupt nichts hat man mir nachweisen können. Nichts ist wahr gewesen von dem, was man mir vorgeworfen hat. Ich habe meinen Job gemacht, und das war alles.»

«Und als ganz normaler Bankangestellter verdient man so gut, dass man sich so etwas hier leisten kann?» Lorenz macht eine Handbewegung, die den Komfort um ihn herum umfasst.

«Ich kenne mich eben aus mit Aktien. Aber da braucht man Grips. Da kommt man nicht voran mit so einfältigen Fragen, wie Sie sie stellen.»

Thiele wundert sich über seinen Chef, dass der geduldig sämtliche ungenauen, selbst unverschämten Antworten, die er heute allerorts serviert bekommt, hinnimmt. Das ist neu. Was ist mit ihm los? Ist vielleicht seine Frau an den häuslichen Herd zurückgekehrt? Anders kann sich Thiele den ungewohnten Gleichmut nicht erklären. Ob er ihn nachher fragen oder den Gedanken lieber für sich behalten sollte?

«Ich würde Ihnen dringend raten, Herr Hochwert, noch einmal darüber nachzudenken, wo Sie in der fraglichen Zeit waren. Es könnte sonst sein, dass Sie größere Probleme bekommen und diese Umgebung gegen eine etwas unkomfortablere Unterkunft eintauschen müssen.» Abschließend wird der Ton nun doch bissig.

Die dicken Teppiche auf dem Hotelflur, den sie entlanggehen, schlucken jegliches Geräusch ihrer Schritte. So viel Vornehmheit ist zwar für beide ungewohnt, aber sie nehmen dies kaum wahr. Thiele platzt beinahe vor Neugier, und Lorenz scheint in Gedanken versunken.

«Jetzt sagen Sie schon, Chef», durchbricht Thiele das Schweigen seines Herrn und Meisters.

«Was soll ich sagen?»

«Das Gespräch auf dem Handy, gerade eben», hilft ihm Thiele auf die Sprünge.

«Ja so. Das haben Sie ja nicht mitgekriegt. Stellen Sie sich vor: Die Kollegen von der Spurensicherung sind gerade in der Pension, und im Zimmer vom Gerstenbach haben sie in einem Versteck, das er sich im Schrank gebastelt hat, noch mehr Geld gefunden. Zwanzigtausend Euro. Keine Kleinigkeit, was? Insgesamt hat der etwas über achtzigtausend Euro besessen. Ein kleines Vermögen.»

Thiele ist sprachlos. Wo hat der bloß die ganze Kohle her!

«Sieht das nach Erpressung aus, Chef?»

«Der Schluss scheint bei solchen Beträgen naheliegend. Aber wen sollte er erpresst haben? Den Hochwert-Yuppie? Der könnte es sich am ehesten leisten zu zahlen. Meinen Sie, Sie könnten in Freiburg die gleiche Tour wie bei den beiden anderen starten, um auch dessen Konten abzuchecken?»

«Klar, ich versuche es, aber ob es wieder klappt, kann ich nicht garantieren.»

«Einen Versuch ist es wert. Aber offiziell weiß ich davon nichts.»

Thiele grinst – das erste Mal, nachdem er den Tiefschlag hinsichtlich seiner großen Liebe hat hinnehmen müssen.

«Jetzt sollten wir nur noch Glück haben und den Obermaier zu fassen kriegen. Denkbar wäre es, dass der was weiß.»

«Was soll der wissen? Das ist ein biederer Franke aus dem katholischen Bamberg.»

«Ja, eben. Biedermann und Brandstifter.» Diese literarische Reminiszenz passt zwar nicht ganz in den Zusammenhang, erfüllt aber ihren Zweck: Lorenz staunt einmal mehr über die Bildung seines Assistenten.

«Wie meinen Sie das?»

«Das ist die Komödie von Max Frisch, in der so ein biederer Bürger aus lauter Angst, weil er jemand in den Selbstmord getrieben hat, mit den Brandstiftern gemeinsame Sache macht, ihnen sogar hilft, die Lunte zu legen.»

«Und was hat das mit dem Obermaier zu tun?» Die etwas sehr weit hergeholte Replik will Lorenz nicht recht einleuchten. Aber er kommt auch nicht mehr dazu, weiter darüber nachzudenken, denn ihre Hoffnung, Karl Obermaier zu treffen, erfüllt sich soeben, als sie die letzten Treppenstufen zum Foyer hinuntersteigen. Obwohl sie ihn bisher nicht persönlich kennengelernt haben, besteht weder für Thiele noch für Lorenz der geringste Zweifel, dass der vierschrötige Mann, mit dem Würschtle-Herbert sich in einem offensichtlich angeregten Gespräch befindet, Karl Obermaier ist. Der scheint einem bayerischen Bilderbuch entstiegen: gekleidet in einen Trachtenjanker, der die Edelweiß-Knopfleiste eines dazu passenden Oberhemds frei lässt, eine Dreiviertellederhose und derbe Schuhe. Die pittoreske Erscheinung vervollständigt ein Hut mit gewaltigem Gamsbart, den Obermaier in der Hand hält.

Das glaubt uns kein Mensch, wenn wir das erzählen, der muss aus dem tiefsten Bayern stammen, denkt Thiele irritiert.

«Das hätten wir uns denken können, dass der schon wieder da ist», klagt Lorenz derweil halblaut vor sich hin, begrüßt aber dennoch beide einigermaßen freundlich.

Würschtle-Herbert revanchiert sich mit der Vorstellung seines kantigen Gegenübers.

«Darf ich bekannt machen? Das ist der Herr Obermaier aus Fulda.»

«Wie bitte? Ich komme nicht aus Fulda, ich komme aus Bamberg.»

«Ach so? Aber beim Friseur hat es geheißen, Sie kämen aus Fulda.» Herbert Fehringer ist sichtlich verwirrt.

«Bitte, was hat Ihr Friseur mit Herrn Obermaier zu tun?», will Lorenz wissen. Er kennt sich momentan nicht aus.

«Also, das ist so. Ja eigentlich. Sie haben recht, das hat nichts zu sagen», windet sich Herbert Fehringer aus der Situation.

«Also.» Verflucht, warum kann ich mir das nicht abgewöhnen, ärgert sich Lorenz. «Jetzt mal im Klartext. Sie sind Herr Karl Obermaier aus Bamberg oder aus Fulda?»

«Aus Bamberg, sag ich doch. Wie kommen Sie dauernd auf Fulda?»

Bamberg, das liegt in Franken, denkt Lorenz. Die wollen dort gar keine Bayern sein, pochen immer noch auf ihre Eigenständigkeit. Und trotzdem läuft der hier in einer Tracht herum, als ob er Werbeträger für das Land König Ludwigs selig wäre. Von mir aus.

«Der Herr Kommissar will von Ihnen bestimmt wissen, wo Sie am Sonntag zwischen vier und sechs waren und wie Sie ins Notizbuch vom toten Gerstenbach gekommen sind», wendet sich Würschtle-Herbert an Obermaier und erntet einen der giftigsten Blicke, die Lorenz je ausgesandt hat.

«Danke, Herr Fehringer, aber ich bin in der Lage, meine Fragen selbst zu stellen. Das dürfen Sie mir glauben. Soweit ich mich erinnere, habe ich Sie schon mehrfach darauf hingewiesen.»

«Nichts für ungut, Herr Lorenz. Man tut nur seine Bürgerpflicht.» Dagegen zu argumentieren würde längere Zeit in Anspruch nehmen, deshalb lässt es Lorenz von vornherein bleiben. Jedenfalls für den Moment.

«Entschuldigen Sie bitte, Herr Obermaier. Der Herr Fehringer war dabei, als die Leiche von Silvio Gerstenbach gefunden wurde, und jetzt meint er, dass er zur Aufklärung des Falles beizutragen habe, was aber nicht der Fall ist.» Der letzte Teil des Satzes ist deutlich betonter und eine Spur lauter ausgefallen.

«Ka Problem net, fei net», klingt es gemütlich fränkisch zurück.

Wie kriege ich jetzt die Kurve, dass ich nicht die Fehringer'sche Frage wörtlich wiederholen muss, überlegt Lorenz krampfhaft, das wäre ihm peinlich.

«Sie woll'n fei wissen, wo ich am Sundach zwischen vier und sechs woar», kommt ihm Obermaier zu Hilfe.

«Ja, das heißt, eigentlich wollte ich vorher … aber wenn wir schon dabei sind. Gut, wo waren Sie am Sonntag in diesem Zeitraum?»

In seinem Zimmer habe er gesessen, erzählt Obermaier im besten Fränkisch und daher mit musikalisch rollendem R, denn im Fernsehen sei die ‹Feuerzangenbowle› gesendet worden, «wissen Sie, die alde, mit dem Heinz Rrrrrühmann. Die siehd ma fei imma wieda gern. Ich freu mich fei richdig immer drauf.»

Das wäre demnach geklärt. Und nun die Frage, was Obermaier im Notizbuch von Gerstenbach verloren hat.

«Jo, Herr Gommissoar.» Lorenz erinnert sich, dass es im Fränkischen keine harten Konsonanten gibt. «Des was i fei a net. I gann mir des ned erglärn.»

«Sie haben ihn hier doch getroffen? Sie sind verschiedentlich mit ihm gesehen worden.» Das ist wieder einer der Lorenz'schen Versuchsballons, und diesmal einer, der verfängt. Obermaiers ohnehin leicht rötliches Gesicht verfärbt sich um mindestens zwei Grade dunkler, und in makellosem Hochdeutsch beginnt er ausufernd zu erzählen.

«Das kann schon sein. Wissen Sie, wenn man vier Wochen zur Kur ist, kommt man mit vielen Leuten ins Gespräch. Da wird der, wie hieß der gleich, also der Fotograf, auch darunter gewesen sein. Ich unterhalte mich halt gern, sonst ist es auf die Dauer langweilig. Aber dass ich jetzt ein besonderes Verhältnis zu dem gehabt hätte. Nein, wirklich nicht. Ich wüsste auch nicht, wer gesehen haben könnte, dass wir uns unterhalten hätten.»

Lorenz lässt den schwadronierenden Obermaier nicht aus den Augen und hat einmal mehr das deutliche Gefühl, dass etwas nicht stimmt.

Herbert Fehringer schaut den Franken mit großen Augen an. Das, was der erzählt, ist völlig konträr zu dem, was er im Friseursalon erfahren hat. Die Dame dort hat genau das Gegenteil behauptet, nämlich dass Obermaier schüchtern und zurückhaltend sei und mit kaum jemandem spreche. Das wird er nachher gleich dem Kommissar erzählen.

«Das mag alles sein, Herr Obermaier, aber das erklärt nicht, wie Ihr Name und Ihre Telefonnummer in das Notizbuch kommen.» So schnell gibt sich Lorenz nicht geschlagen.

«Herr Kommissar, das wissen Sie doch. Diese Fotografen, die notieren sich alles. Das hat absolut nichts zu sagen. Wahrscheinlich hat er es darauf abgesehen, mir irgendetwas unterzujubeln, irgendein Projekt, einen Bamberg-Bildband oder so. Schließlich bin ich Stadtkämmerer und entscheide mit über die Ausgaben. Das hat er sicher in Erfahrung gebracht und sich deshalb an mich gehängt.»

Diese Erklärung kommt mir bekannt vor. Lorenz und Thiele haben beide den gleichen Gedanken. Das hat auch Hochwert schon vorgebracht als Begründung für den Kontakt mit Gerstenbach.

«Wie lange sind Sie noch hier?», will Lorenz von Obermaier wissen.

«Jo, fei, noch a Wochn.» Der verfällt wieder ins Fränkische, was Lorenz nicht zu Unrecht dahingehend deutet, dass sich Obermaier durch diese Frage zurück auf sicherem Terrain wähnt.

«Würden Sie meinem Assistenten, Herrn Thiele, bitte Ihre Personalien, Adresse usw. geben. Möglicherweise müssen wir uns noch einmal an Sie wenden.»

Obermaier nickt und zieht aus seiner Lodenjoppe den Personalausweis und reicht ihn Thiele.

Wenn ich nur wüsste, wie ich den einschätzen soll, überlegt Lorenz. Was will eigentlich solch ein gestandenes Mannsbild, das vor Gesundheit zu strotzen scheint, hier in Badenweiler? Erstens gibt es im Fränkischen, ganz in der Nähe von Bamberg, gute Heilbäder – Lorenz kennt sich ein bisschen aus, weil er und Brigitte zweimal Verwandte in Staffelstein besucht haben, dort, wo Viktor von Scheffel den heiligen Veit besungen hat –, zweitens macht er nicht den Eindruck eines kranken Menschen. Diese Ungereimtheiten möchte er schon noch ergründen.

«Was verschlägt Sie eigentlich nach Badenweiler, Herr Obermaier? Das ist ein ganzes Stück weit weg von Bamberg.»

«Sicher. Aber darum geht es. In der Umgebung gibt's viele Bäder, wo ich hinkönnte, aber da kennt mich jeder. Dauernd muss man grüßen, sich unterhalten und trifft Leute, die was von einem wollen. Da fahre ich lieber ein paar Kilometer weiter und habe meine Ruhe.»

Gegen dieses Argument ist kaum etwas einzuwenden.

«Dann wünschen wir weiter einen angenehmen Aufenthalt, Herr Obermaier.»

«Jo, dange. I werd's scho no schee ham.»

Auch Herbert Fehringer verabschiedet sich und verlässt gemeinsam mit Lorenz und Thiele die Hotelhalle des ‹Römerbad›. Zunächst sagt keiner etwas, doch als sie außer Sicht- und Hörweite sind, sprudelt es aus Fehringer heraus: «Also, Herr Lorenz, die Frau im Frisiersalon hat was ganz anderes gesagt über den Obermaier. Der soll absolut zurückgezogen leben und mit keinem gern reden. Und jetzt hat er so getan, als sei er ein Gesellschaftslöwe, oder wie man das nennt.»

Lorenz schielt ihn von der Seite an. ‹Gesellschaftslöwe› in Badenweiler, im April, dass ich nicht lache. Aber na schön.

«Sagen Sie mir um Himmels willen, was es mit diesem Friseur auf sich hat.»

Fehringer erzählt Lorenz und Thiele nun von seiner Expedition in den Friseursalon Bucher. Sogar Haare hat er gelassen für seine Forschungen, was die beiden Kriminalbeamten jedoch kaum beeindruckt. Thiele scheint wieder einmal überhaupt nicht bei der Sache zu sein, und nachdem Fehringer seine Ausführungen beendet hat, stellt sich auch heraus, weshalb.

«Das ist irgendwie komisch, Herr Lorenz.»

«Was?»

«Am Sonntag lief den ganzen Nachmittag im ersten Programm Sport. Wegen der Europameisterschaft in der Nordischen Kombination haben sie die ‹Feuerzangenbowle› auf einen späteren Termin verschoben. Ich bin ganz sicher, denn ich habe mich noch geärgert über die Leiste, die alle paar Sekunden unten am Bildschirm wegen dieser Verschiebung lief. Der Obermaier hat in einer Fernsehzeitschrift gesehen, dass der Film angekündigt war, hat aber nicht mitbekommen, dass er abgesetzt worden ist.»

Diese Information nimmt Lorenz um einiges ernster als die von Würschtle-Herbert, der sie gleichwohl bestätigen kann – seine Gundi war nämlich auch sauer, weil sie sich vergeblich auf die ‹Feuerzangenbowle› gefreut hat.

Herbert Fehringer bringt die Erkenntnisse der letzten Minuten auf den Punkt. «Das heißt, dass mit dem Obermaier was nicht stimmt. Er hat erstens kein Alibi, und zweitens gibt er sich in Wirklichkeit ganz anders, als er von sich behauptet. Und drittens, haben Sie das mitgekriegt, Herr Lorenz? Drittens redet der immer höchstes Hochdeutsch, wenn es brenzlig für ihn wird.»

Lorenz staunt, dass auch Fehringer ein Ohr für solche sprachlichen Feinheiten hat. Thiele hingegen ist es nicht aufgefallen. Aber er war gedanklich auch zu sehr mit der falschen Angabe Obermaiers beschäftigt, und zudem spukt in seinem Hinterkopf immer noch Oberles Sonja und ihr Verhältnis mit dem Schläger Berni herum. Das müsste ihr jemand sagen, dass sie nicht zu diesem groben Klotz passt. Außerdem ist der offiziell verlobt. Auch wenn diese Barbara Lager der Sonja das

Wasser nicht reichen kann, was Attraktivität anbelangt. Aber verlobt ist verlobt.

Alle drei stehen einträchtig vor dem Eingang des Hotels ‹Römerbad›. Jeder denkt im Augenblick über seine Eindrücke nach. Herbert Fehringer würde sich gern einen Reim auf die falschen Aussagen von Obermaier machen können, Reinhold Lorenz' Gedanken kreisen um die Gerstenbach'sche Anhäufung von Geldbündeln, und Kriminalassistent Thiele sucht nach einem unauffälligen Weg, wie er Sonja klarmachen kann, dass dieser Berni ein Hallodri und sie viel zu schade für den ist.

Fehringer entschließt sich als Erster zu gehen, nämlich ins ‹Waldhorn›. Dort muss er die ganzen Vorkommnisse erst einmal überdenken, was so viel heißt wie, sie mit den Stammtischgenossen ausführlich erörtern. Immerhin könnte es sein, dass jemand zufällig doch etwas weiß über diesen Obermaier. Und jetzt am Nachmittag ist die Zeit günstig, da sind meist alle versammelt. Folglich verabschiedet sich Fehringer, wie immer sehr herzlich und freundlich, von Lorenz und Thiele.

«Wir sehen uns bestimmt morgen wieder. Ich höre mich um. Vielleicht kann ich etwas in Erfahrung bringen. Man hilft doch gern.»

Innerlich fletscht Lorenz die Zähne, hält sich ansonsten aber zurück, weil es wirklich möglich sein könnte, dass Fehringer in seiner leutselig-jovialen Art mehr herausfindet als er und Thiele als offizielle Staatsbeamte, denen viele nur mit Vorbehalt oder einfach nur mit Hemmungen vor der Polizeigewalt begegnen.

Langsam machen sie sich auf den Weg zum Dienstpassat mit Automatik. Der ist schon in Sichtweite, als Thiele plötzlich eine Idee hat.

«Herr Lorenz, die Tanja Sommer arbeitet doch bei einer Schweizer Bank. Wenn der Gerstenbach schon in seinem Schrank in der Pension so viel Kies hat, könnte es dann nicht sein, dass er bei ihr in der Bank ein Konto hat anlegen lassen? Wer weiß, vielleicht hortet er dort noch mehr, in Deutschland kann er das nicht, da sind die Gläubiger hinter ihm her.»

Diese Überlegung macht Lorenz stutzig. Natürlich, Thieles Schlussfolgerung ist nicht von der Hand zu weisen. Die Möglichkeit besteht zweifellos. Hat sich Gerstenbach an Tanja vielleicht nur deshalb rangemacht, um Geld sicher in die Schweiz zu bringen? Die Kollegen vom Grenzschutz sind derzeit äußerst wachsam, was Geldtransporte anbelangt, und wenn Gerstenbach seine Freundin dazu benutzt, mit dem vielen Zeug, das sie ihm besorgen muss, auch Geld über die Grenze zu schmuggeln, ohne dass sie es weiß, dann wäre das eine ideale Möglichkeit, auf einem Nummernkonto ein Vermögen zu horten. Nur – woher es stammt, wüssten sie dann immer noch nicht.

Wie dem auch sei: Das müssen sie klären, und zwar gleich.

«Thiele, Sie sind super.»

Erschrocken bleibt Thiele stehen. Ein solches Kompliment hat er von seinem Chef noch nie gehört. Er hat nur ein kleines bisschen logisch gedacht. Mehr braucht es nicht bei der Kriminalpolizei? Dann könnte einem der Job ja direkt Spaß machen in Zukunft.

«Wir gehen zurück. Die Tanja Sommer ist bestimmt noch in der Wohnung ihres Bruders. Die fragen wir jetzt sofort.»

Diesmal ist das Klingeln zwecklos. Es scheint keiner daheim zu sein.

«Vielleicht muss die Schönheitskönigin wieder im Café bedienen, und Tanja ist mitgegangen, zur Trüffeltorte oder so.» Lorenz grinst, er kann auf einmal Sympathie für Thieles Humor aufbringen.

«Möglich wäre es. Also los. Sind ja nur ein paar Schritte.»

Die Vermutung erweist sich als richtig. Barbara Lager ist bereits in ihrem Element und in der üblichen Arbeitskluft, was bedeutet, dass sie über einem für ihre leider nicht sehr vorteilhaft gewachsenen Beine zu kurzen Rock eine langweilige weiße Bluse trägt, die sie – falls es die Qualität erlaubt – auch spielend noch in dreißig Jahren tragen kann, ohne dass sie je modisch würde. Das Ensemble wird abgerundet durch ein neckisches weißes Schürzchen, das im rückwärtigen Teil in einer riesigen gestärkten Schleife mündet.

Aus ihrer Abneigung, als sie die beiden erblickt, macht sie keinen Hehl.

«Sie schon wieder. Und auch noch hier. Was wollen Sie?»

«Ist vielleicht Tanja Sommer ebenfalls hier?»

«Ja.»

«Und wo, bitte?»

«Oben. Treppe rauf.»

Nach der für sie geradezu ausufernd langen, wenngleich nicht übermäßig herzlichen Begrüßung ist sie zurückgekehrt zu der ihr eigenen Kurzform, die auch bedeutet, dass sie die beiden Männer einfach stehenlässt.

«Na, das werden wir noch schaffen.» Diese ironische Entgegnung erreicht sie nicht mehr.

In der äußersten Ecke des Raums sitzt Tanja an einem kleinen Tisch und blättert schon wieder in einer Zeitschrift. Hat ihr denn der Blätterberg auf dem Sofa noch nicht gereicht, denkt Thiele, da steht schließlich überall dasselbe drin.

«Frau Sommer, haben Sie noch einen Augenblick Zeit? Wir brauchen einige Auskünfte.»

Tanja schaut überrascht hoch. «Was wollen Sie? Mehr weiß ich nicht.»

«Es geht um ein mögliches Konto auf Gerstenbachs Namen. Wissen Sie, ob er in der Schweiz ein solches Konto besessen hat?»

«Ja, sicher. Ich habe es ihm einrichten müssen», erklärt Tanja mit der größten Selbstverständlichkeit.

«Und warum haben Sie uns das nicht gleich gesagt?» Lorenz

möchte schwören, dass als Antwort nun kommt, dass sie danach nicht gefragt hätten. Und tatsächlich klingt es recht unwillig: «Sie haben mich nie danach gefragt.»

«Könnten Sie uns etwas mehr darüber erzählen?»

«Was soll ich erzählen? Der Silvio hat mir ziemlich zu Anfang unserer Bekanntschaft aufgetragen, bei meiner Bank ein Konto für ihn einzurichten. Ist auch logisch, wo ich schon dort arbeite.»

«Kam Ihnen das nicht merkwürdig vor?»

«Wieso? Ich sage doch gerade, dass ich es in Ordnung fand, weil ich sowieso jeden Tag in der Bank bin.»

Stellt die sich so beschränkt, oder ist sie es wirklich? Lorenz ist sich nicht sicher.

«Gerstenbach hat Ihnen gegenüber aber immer wieder betont, dass er eine arme Kirchenmaus sei, und Sie haben mir selbst berichtet, dass sie oft Dinge für ihn bezahlt und das Geld nicht zurückbekommen haben. Wofür brauchte er dann ein Konto?»

«Ich habe auch nichts einbezahlt, ich habe es nur eingerichtet. Er hat gehofft, dass er mit seinen Fotos das große Geld macht, und weil er geplant hat, in der Schweiz wohnen zu bleiben, war das eben praktisch.»

Sie ist so beschränkt, beantwortet Lorenz die Frage, die er sich eben gestellt hat.

«Hat Ihr Bruder Ihnen nichts davon gesagt, dass Gerstenbach in die Karibik wollte?»

«Schon, aber nur kurz, zum Fotografieren.»

Mein Eindruck stimmt, bestätigt sich Lorenz.

«Könnte es sein, dass er ohne Ihr Wissen auf das Konto etwas eingezahlt hat.»

«Klar könnte das sein, aber er hat doch nichts gehabt. Was hätte er denn einzahlen sollen?»

«Haben Sie Zugang zu dem Konto?»

«Theoretisch ja.»

«Und praktisch?»

«Ich weiß nicht, wie das jetzt ist, wo er tot ist. Ob ich da berechtigt bin dranzugehen.» Nun kommt die akkurate Bankbeamtin in Tanja zum Vorschein. Lorenz überlegt. Jetzt nur nichts falsch machen. Wenn er die Genehmigung der Schweizer Kollegen braucht, um sich offiziell Zugang verschaffen zu können, kann das heiter werden. Er muss versuchen, über Tanja an das Konto zu kommen, ohne dass sie argwöhnisch oder bürokratisch wird. Hilfesuchend schaut er Thiele an. Fällt dem nichts ein?

«Frau Sommer, wenn sich herausstellen sollte, dass Gerstenbach krumme Geschäfte mit dem Konto gemacht hat, hängen Sie ganz schön mit drin. Oje, da müssen wir gleich überlegen, wie wir Sie da raushalten. Was meinen Sie, Chef? Am besten wäre es, wenn Frau Sommer – es handelt sich vermutlich um ein anonymes Nummernkonto und Sie können nachprüfen, ob und wie viel Geld drauf ist? – sich hier absichert. Wenn wir diese Informationen haben, sind wir gewappnet und Sie nicht gefährdet.» Treuherzig schaut Thiele zu Tanja hin.

Lorenz wiederum schaut seinen Assistenten mit offenem Mund und großen Augen an. Junge, denkt er, ich lasse dich in Gold fassen, wenn die auf diesen Blödsinn anspringt. So viel Raffinesse hätte ich dir nie zugetraut.

«Meinen Sie wirklich, dass ich Probleme kriegen könnte?» Der Schreck steht Tanja ins Gesicht geschrieben.

«Ich fürchte schon, zumal Sie bei der Bank arbeiten. Um Ihre Stelle dort fürchten Sie vermutlich zu Recht.» Thieles Gesicht nimmt einen sorgenvollen Ausdruck an.

«O Gott, nein. Die Schweizer sind eh schnell bei der Hand mit Entlassungen. Und dann kommt womöglich noch was ins Zeugnis. Was soll ich denn machen?»

«Das Beste für Sie wäre, wenn Sie möglichst bald wieder in

die Bank gingen – es dauert noch, bis die Leiche freigegeben wird. Und was wollen Sie so lange in diesem Kaff hier herumsitzen. Sie langweilen sich ja jetzt schon.» Thiele deutet auf die Zeitschriften. «Wir würden Ihnen Bescheid geben, wenn es so weit ist, dass man sich um das Begräbnis von Gerstenbach kümmern muss. In der Zwischenzeit schauen Sie nach, ob und wenn ja, welchen Stand das Konto aufweist, sodass Sie uns Auskunft darüber geben können. Sie werden dadurch in nichts hineingezogen. Das kann ich Ihnen in diesem Fall garantieren.»

Thiele, Thiele, staunt Lorenz. Mann, dich habe ich unterschätzt.

«Ist gut. Das mache ich. Ich fahre heute noch zurück. Aber sagen Sie mal, was meinen Sie eigentlich mit ‹sich um das Begräbnis kümmern›? Das ist nicht meine Angelegenheit. Soll ich das womöglich noch zahlen? Und den ganzen Aufwand auf mich zu nehmen habe ich nicht die geringste Lust. So eng war ich mit dem Gerstenbach nicht.» Tanja lässt ihrer Empörung freien Lauf.

Ist das eine Liebe unter den Menschen. Lorenz schaut betreten.

«Dann kümmern wir uns eben», verspricht Thiele etwas vorschnell und sichert sich dadurch die ganze Sympathie Tanjas.

«Okay, ich fahre noch heute zurück. Bin sowieso froh, die dauernde Meckerei meines Bruders nicht mehr hören zu müssen.»

Tanja setzt ihren Vorsatz sofort in die Tat um, erhebt sich und brüllt durch die obere Etage: «Zahlen, Barbara.»

Auf diesen Vorgang können Lorenz und Thiele verzichten und verabschieden sich deshalb mit kurzen Worten.

Draußen lässt Lorenz seinem Assistenten erst einmal das Maß an Bewunderung zukommen, das ihm gebührt, allerdings nicht ohne den Einwand, dass dieser Weg nicht ohne Risiko sei, denn Tanjas Alibi ist fragwürdig, wenngleich es nicht sehr wahrscheinlich ist, dass sie als Mörderin in Frage kommt. Aber wie pflegte sein Sohn Ulli das früher drastisch zu formulieren? Ich habe schon Pferde kotzen sehen.

«Meinen Sie, das klappt, ohne dass Tanja uns durch die Lappen geht?», fragt er seinen Assistenten vorsichtig.

«Das kann ich auch nicht sagen, aber es ist die einzige Chance, die ich sehe, problemlos und schnell an den Kontostand zu kommen. Offiziell schaffen wir das frühestens in zwei Monaten. Ein Risiko ist es, aber ich glaube, ein minimales. Wissen Sie, Chef, ein bisschen Verlust ist immer.»

16.

Als die Freiburger sich erneut in Richtung Parkplatz aufmachen, kommen ihnen Polizist Holzer und Förster Stammer entgegen, beide in ein angeregtes Gespräch vertieft.

Holzer sieht sie zuerst und legt sofort einen Schritt zu.

«Ein Glück, dass ich Sie treffe. Wie steht es? Sind Sie schon weitergekommen? Haben Sie eine heiße Spur?» Der Polizist gerät richtig in Fahrt.

Lorenz zweifelt in diesem Moment wieder einmal daran, ob seine Berufswahl die richtige war, denn wenn er etwas hasst, dann ist es das, ständig von allen und jedem gefragt zu werden, ob er schon weitergekommen sei. Ist vielleicht ein einziger Mensch daran interessiert zu erfahren, ob es einem Lehrer gelungen ist, seinen Schülern etwas beizubringen, oder ob ein Steuerberater erfolgreich die Einkommensteuererklärungen seiner Mandanten bewältigt hat? Wohl kaum. Aber Polizeibeamte werden mit solchen Fragen ständig bombardiert. Himmel nochmal! Hin und wieder, in letzter Zeit häufiger, ist Lorenz uneins mit sich und der Welt.

Als hätte er dessen Gedanken lesen können, setzt der Holzer Toni etwas kleinlaut hinzu: «Entschuldigung, wenn ich so dumm frage, aber für uns ist das halt wichtig zu wissen. Wenn wir in unserem ruhigen Badenweiler uns auf einmal auf Mafia-Methoden einrichten müssen, kriegen wir die größten Probleme. Es bleiben so schon genug Kurgäste weg, weil sie sich das nicht mehr leisten können und die Krankenkassen nicht mehr mitspielen wie früher. Unser Bürgermeister schwafelt in jeder Gemeinderatssitzung nur noch von Strukturwandel und Defizit in der Kasse.»

Lorenz kann Holzers Sorgen zwar verstehen, aber auch keine Wunder vollbringen, folglich versucht er, die nicht ganz unberechtigten Bedenken des Kollegen etwas zu zerstreuen.

«Ach, Herr Holzer, das glaube ich nicht. Wir ermitteln eher im privaten Umfeld des Fotografen.»

Wobei ihm bei dieser beschwichtigenden Antwort klar ist, dass sie mit der Wahrheit wohl nicht allzu viel zu tun hat. Hinter dem Fotografenmord könnte mehr stecken, als sie möglicherweise ahnen. Die aufgefundenen hohen Geldbeträge sind nicht ohne weiteres in Einklang zu bringen mit dem, was Lorenz eben als ‹privates Umfeld› bezeichnet hat.

«Kann ich irgendetwas tun? Ich habe den Fotografen zwar nicht gekannt, aber dafür kenne ich mich hier aus», bietet Holzer seine Hilfe an.

«Ich glaube kaum, das heißt, sagen Ihnen die Namen Karl Obermaier oder Manfred Hochwert etwas? Beide wohnen im ‹Römerbad›.»

Bedauernd schüttelt Holzer den Kopf.

«Tut mir leid, aber ‹Römerbad›-Gäste gehören weniger zu meiner Kundschaft, es sei denn, sie parken vor einer Einfahrt und man muss das Auto abschleppen lassen. Dann kommen sie zu mir und beschweren sich. Ich habe derzeit eher mit anderen üblen Zeitgenossen zu tun. Sie wissen vielleicht, dass wir noch immer im Dunkeln tappen, was den Handtaschendiebstahl vom Sonntag im Café Lager anbelangt. Der Täter wird wohl kaum im ‹Römerbad› zu finden sein.»

Warum eigentlich nicht, denkt sich Lorenz. Dem Hochwert würde ich das glatt zutrauen. Ganz ähnliche Gedanken gehen seinem Assistenten durch den Kopf. Auch er wäre sofort bereit, Hochwert in den Kreis der Verdächtigen aufzunehmen. Derweil setzt Holzer sein Klagelied über den ungeklärten Fall fort: «Ich frage mich immer noch, wie man so leichtsinnig sein kann, sein ganzes Vermögen mit sich herumzuschleppen. Es waren ja nicht nur ein paar hundert Euro, sondern Hunderttausende, wenn man den Wert des Schmucks dazurechnet. Ein normaler Mensch müsste doch so viel Verstand haben und das Zeug in ein Schließfach oder einen Hotelsafe geben. Hat mittlerweile jede mittlere Pension in den Schränken.»

«Hat denn jemand davon gewusst, was die Frau bei sich gehabt hat?», versucht Lorenz seinen Teil zur Aufklärung beizutragen.

«Angeblich nur die Freundin, mit der sie zusammen war. Sonst niemand. Und die kann's schlecht gewesen sein, denn die war mit der Bestohlenen an der Kuchentheke, als die Tasche verschwunden ist. Und wo hätte sie sie auch verstecken sollen auf die Schnelle.»

«Vielleicht hat sie jemanden mit dem Diebstahl beauftragt und teilt sich jetzt den Gewinn.»

Holzer fixiert Thiele, der diese Vermutung geäußert hat, ernst. Lorenz tut dies im Übrigen ebenfalls. Der läuft wirklich zu großer Form auf, der Kleine, denkt er – nicht ohne eine gewisse Hochachtung –, vielleicht wirkt meine Erziehung schon.

«Auf diese Idee bin ich noch gar nicht gekommen. Aber das hat was, obwohl die Freundin der Geschädigten total harmlos, fast ein bisschen beschränkt wirkt. So …» Er macht eine entsprechende Handbewegung vor seiner Stirn, die andeuten soll, dass er sie mindestens für reichlich verschroben hält.

«Ich spreche mit den Kollegen vom anderen Dezernat», sagt Lorenz zu. «Die haben immer mal den einen oder anderen Informanten, der was rauslässt. Vielleicht ist der Schmuck oder wenigstens ein Teil davon in einschlägigen Kreisen schon aufgetaucht.»

«Ach, das wäre wirklich nett von Ihnen. Ich höre mich dafür nach den beiden Herren um, die Sie mir genannt haben. Wie waren die Namen gleich?»

Thiele nennt sie ihm und gibt freimütig einige Überlegungen preis, die er und Lorenz angestellt haben, schweigt aber sofort, als er mitbekommt, dass sich die Stirn seines Vorgesetzten unheilvoll zu kräuseln beginnt.

«Wir befinden uns – wie gesagt – noch im Stadium der Mutmaßungen. Das sind alles nicht bewiesene Annahmen», rückt der die Äußerungen des jungen Kollegen zurecht. «Aber wenn Sie so nett wären und sich umhörten, wäre das gut. Sie kennen sich hier am besten aus.»

Förster Stammer hat die ganze Zeit über stumm daneben gestanden. Nun wendet er sich seinem Stammtischfreund Toni zu.

«Du, Toni, jetzt, wo der Herr Kommissar» – der ‹Herr Kommissar› Thiele läuft ob des ihm noch nicht zukommenden Titels rot an – «das mit der Freundin gesagt hat, fällt mir was ein, was mir neulich schon komisch vorgekommen ist. Letzte Woche habe ich zufällig den Berni Sommer mit einem dieser aufgebrezelten, hochnäsigen Weiber im Kurpark spazieren gehen sehen. Ich habe mich noch gewundert, was der mit so einer alten Tante zu tun hat. Aber dann habe ich mir gedacht, dass bei dem womöglich die Liebe zu seinen Mitmenschen ausgebrochen ist und er mit der Alten deshalb im Kurpark herumläuft, damit die ein bisschen Ansprache hat. Vielleicht hat er Wind gekriegt von dem Vermögen und hat die Freundin von der Beklauten ausgequetscht.»

Diese Beobachtung erregt höchste Aufmerksamkeit.

«Hat der Briefträger Sie gesehen?», will Lorenz wissen.

«Nein. Unmöglich. Ich war auf dem oberen Weg.»

«Würden Sie die Frau, die sich in Berni Sommers Begleitung befand, wiedererkennen?»

«Hm, schwierig. Irgendwie sehen die alle gleich aus. Aber versuchen könnte ich es. Nur – wo finde ich die?»

«Dann wäre es das Klügste, Herr Holzer, wenn Sie die beiden Damen aus dem Café unter einem Vorwand auf den

Polizeiposten einbestellten, und der Herr Stammer würde sich ebenfalls einfinden. Das wäre keine direkte Gegenüberstellung, und die Freundin würde nicht misstrauisch werden, wenn sie etwas zu verbergen hätte. Vielleicht kommen Sie auf diesem Weg der Aufklärung des Falles näher.»

«Das ist eine Superidee, Herr Kollege. Vielen, vielen herzlichen Dank.» Diese überschwängliche Dankesbezeigung des Polizisten erfolgt jedoch nicht, ohne dass er sich ein Hintertürchen für seine eigene Einfallslosigkeit in dieser Sache reserviert.

«Wissen Sie, Herr Kollege, so ist es, wenn man niemanden hat, mit dem man sich austauschen kann. Beim gemeinsamen Überlegen kommt immer mehr heraus. Sie haben Ihren Assistenten fürs Brainstorming. Das bräuchte ich halt auch.»

Besagter Assistent feixt. Da kann sein Chef endlich mal hören, wie gut es ihm geht, weil er ihn, Thiele, treu zur Seite hat. Lorenz wiederum kann Holzers Sehnsüchten nicht ganz zustimmen. Manchmal könntest du ihn glatt geschenkt kriegen, den Thiele, erwidert er in Gedanken. Aber obwohl, in der letzten Zeit macht er sich. Na, wir werden sehen.

Zu Holzer und Stammer gewandt, ringt er sich zu einer höflichen Zustimmung durch:

«Ja, ist schon gut. Es würde mich interessieren, wie Sie die Sache weiterverfolgen. Dieser Berni Sommer ist mir auch nicht ganz geheuer. In die Mordsache scheint er irgendwie verwickelt. Ich bin aber noch nicht dahintergekommen, was mit dem los ist. Ein ordentliches Alibi für die Tatzeit hat er nicht. Wenn Sie ihn im Auge behalten würden, wäre mir sehr geholfen, Herr Holzer.»

«Ganz klar, Herr Kollege.» Da sich Holzer mit dem Freiburger Kommissar während dieses Gesprächs vollkommen solidarisch fühlt, gebraucht er die kollegiale Form, die beide auf dieselbe Stufe stellt, was Lorenz – obgleich er wenig Standesdünkel hat – etwas auf die Nerven geht. Mit einem Dorfpolizisten, wie er Holzer bei sich nennt, möchte er sich nun doch nicht auf einer Ebene wissen.

«Also dann», sagt er abschließend, «Sie melden sich, wenn Sie etwas herausgefunden haben. Auf Wiedersehen.»

«Ja, bis dann, ich melde mich auf jeden Fall, Kollegen.»

Nachdem sie außer Hörweite sind, seufzt Lorenz wieder einmal in bewährter Manier.

«Mensch, Thiele, so gut geht es uns nicht. Wir präsentieren denen die Lösung quasi aus dem hohlen Bauch und haben selbst einen Ermordeten und soundso viele, die für die Tat in Frage kommen. Und keiner von denen, wirklich keiner hat ein brauchbares Alibi, weder der Schüren noch die Tanja oder ihr Bruder, schon gar nicht der Hochwert oder dieser undurchsichtige Gritzinger, und der Obermaier hat uns auch angelogen. Obzwar ich den noch am wenigsten im Verdacht habe, dass er was damit zu tun hat. Wahrscheinlich hat er irgendwo eine Freundin sitzen und will nicht, dass sein Verhältnis auffliegt. Als Finanzbürgermeister oder so ähnlich im katholischen Bamberg kann er sich das nicht leisten. Womöglich ist er noch mit dem Bischof befreundet. Die Einzige, die wir – glaube ich – ausschließen können, ist die Briefträger-Verlobte, die Barbara Lager. Der wäre es glatt zu umständlich, jemanden um die Ecke zu bringen.»

Thiele versucht sein Bestes, um seinen Chef aufzuheitern.

«Jetzt sehen Sie nicht so schwarz. Ich finde, wir sind schon ziemlich gut vorwärtsgekommen. Dass der Gerstenbach nicht nur ein Fiesling war, sondern bestimmt auch ein Erpresser, steht fest. Woher sollte er sonst dermaßen viel Geld gehabt haben! Und die Tanja, meine ich, könnten wir auch aus dem Täterkreis ausschließen. Die ist zwar stinkwütend auf ihren Lover, aber das allein reicht bei der – meine ich – nicht aus als Grund, ihn abzumurksen. Das würde die nie auf ihr Gewissen laden.

Dass sie nicht sonderlich traurig ist, steht auf einem anderen Blatt.»

«Hm, das ist alles nicht von der Hand zu weisen. Sobald wir in Freiburg sind, werden wir bei sämtlichen Personen, die für den Mord in Frage kommen, bei jedem Einzelnen, nochmals genauestens nach einem Motiv fahnden und danach, ob und welche Folgen es für jeden von ihnen hat, dass der Fotograf nicht mehr unter den Lebenden weilt.»

«Machen wir, Chef, vielleicht klappt es auch nochmal mit der Bankauskunft von Hochwerts Konten. Und wenn ich schon dabei bin, soll ich es mit denen von Obermaier auch probieren?» Thiele ist voller Tatendrang.

«Das ist ein heißes Ding. Da lassen Sie lieber vorerst die Finger davon. Wenn da zufällig was an die Öffentlichkeit dringt, können wir beide in die Frühpension gehen. Und für Sie wäre das noch sehr früh.»

«Okay. Mal sehen, was sich machen lässt.»

Unterdessen sitzt Würschtle-Herbert auf seinem Lieblingsplatz am Stammtisch im ‹Waldhorn› und berichtet von den neuesten Wendungen, die der Fall genommen hat, vor allem davon, dass der Herr Kommissar endlich eingesehen hat, dass er, Herbert Fehringer, bei der Aufklärung des Mordes unverzichtbar ist. Das hat man deutlich gesehen im ‹Römerbad›.

«Sag mal, Thomas, du kennst fast alle hier im Ort. Kannst du nicht mal rumfragen, ob jemand was über den Obermaier oder den Hochwert weiß?», wendet sich Fehringer an den Wirt.

Der ist nicht eben bester Laune, weil auf dem Putzplan seiner Frau heute die Küche der Wirtschaft steht und sie nebenbei ein wachsames Auge auf den Gutedelkonsum ihres Gatten hat.

«Was geht mich das an? Wofür zahlen wir Steuern, wenn wir auch noch die Arbeit der Polizei übernehmen sollen. Die haben genug Leute, die ihren Arsch vom Schreibtischstuhl nicht hochkriegen.» Die Seelenlage ist wirklich auf einem Tiefpunkt.

«Jetzt stell dich nicht so an. Der Lorenz kennt sich in Badenweiler nicht aus. Der ist darauf angewiesen, dass man ihm hilft. Und Bürgerpflicht ist es auch.»

Einmal mehr muss die Bürgerpflicht herhalten.

«Ja, ja, hinterher wirft man uns sonst wieder vor, dass wir nichts getan hätten. Wie damals. Dabei haben wir nichts gewusst. Keiner hat was wissen können.»

Würschtle-Herbert schluckt mit Mühe seine aufkommende Wut hinunter. Nicht schon wieder diese Tour, die kennt er zur Genüge.

«Jetzt hör endlich auf mit deinen alten Kamellen. Das gehört nicht hierher. Bist wohl auch den Braunen hinterhergerannt», kann er sich nicht verkneifen und weiß im gleichen Augenblick, dass diese Bemerkung ein Fehler war.

«Ich war immer dagegen. Mir kann keiner was. Ich habe es von Anfang an gewusst, dass das nicht gutgehen kann. Aber wir haben keine andere Möglichkeit gehabt. Was haben wir denn gewusst in der HJ? Spiele haben wir gemacht. Und sonst haben wir nichts gehabt. Das war das Einzige, wo wir mal rausgekommen sind in der Jugend. Discos und so, das hat es nicht gegeben. Aber ihr Jungen, ihr könnt überhaupt nicht mitreden. Ihr habt es nicht miterlebt.»

«Ja, ja. Das muss immer herhalten als Entschuldigung. Aber hier geht es um anderes.» Herbert Fehringer versucht alles, um seinen Zorn zu unterdrücken. Diese Leier mag er einfach nicht mehr hören. Endet das niemals? Kapieren die denn nicht, dass solches Gefasel Wasser auf die Mühlen der neuen Rechtsradikalen ist?

«Jetzt nochmal, Thomas, komm, denk nach. Bei wem könnte man sich umhören?»

Doch er hat heute kein Glück. Thomas Maria Löffler mauert und muffelt. Ihm ist es egal, wer den Fotografen auf dem Gewissen hat, solange es seinen Umsatz nicht beeinträchtigt. Und weil sich alle Stammgäste Neuigkeiten erhoffen und sich daher in schöner Regelmäßigkeit einfinden, ist eher das Gegenteil der Fall. Welche Ambitionen sollte er also haben, an der Aufklärung mitzuwirken.

«Ich stimme Ihnen völlig zu, Herr Fehringer», meldet sich Lehrer Lempel zu Wort. «So geht das nicht. Wenn sich in unserem schönen Badenweiler, noch dazu mitten im Zentrum, im Kurpark, Derartiges ereignet, müssen wir solidarisch zusammenstehen. Wer sagt uns denn, dass nicht auch andere Gäste in Gefahr sind. Wenn wir erst als Schlagzeile in der Bildzeitung landen, können wir einpacken. Dann kommt kein Mensch mehr hierher. Gleich zweimal sind wir in einer Woche ins Gerede gekommen. Der Mord und der Handtaschenraub.»

«Ja, glaubst du denn, dass es da einen Zusammenhang gibt?» Im Eifer des Gefechts duzt Würschtle-Herbert Lehrer Lempel versehentlich.

«Weiß man's? Könnte sein, dass der, der die Handtasche geklaut hat, auch der Mörder ist.» Diese Theorie scheint zwar ziemlich weit hergeholt, dennoch wird sie ausgiebig diskutiert.

Letztlich aber drehen sich die Gespräche im Kreis, ohne dass von einem der Anwesenden auch nur der geringste Hinweis käme, der Herbert Fehringer bei seiner persönlichen Suche nach dem Mörder des Fotografen Gerstenbach weiterbringen könnte. Deshalb beschließt er, wenn auch ein wenig frustriert, zu seiner Gundi in die Pension zurückzukehren. Sie ist sowieso empfindlich, weil er sich in den letzten Tagen kaum um sie gekümmert hat. Überhaupt – die Pension! Sollte er sich nicht diesem Gritzinger, der so unverschämt aufgetreten ist, intensiver widmen? Den hat er bislang links liegenlassen. Also, auf zur Pension Oberle.

«Gehen wir noch auf ein Bier, Herr Lorenz?» Thiele ist auf den Geschmack gekommen.

«Nein, Thiele, heute nicht mehr. Mein Sohn ist gekommen, und ich muss schauen, dass ich ihm ein bisschen Schützenhilfe geben kann. Seine Freundin hat ihn aus der gemeinsamen Wohnung rausgeworfen, wie ich das sehe.»

«Ach, der Arme. Gibt es denn nirgendwo mehr eine stimmige Beziehung?»

Lorenz mustert seinen Assistenten nachdenklich. Weiß der etwas? Lieber nicht weiterfragen, beschließt er.

«Ich gehe aber vorher noch auf einen Sprung ins Büro. Irgendwie habe ich das Gefühl, dass in den Sachen, die vom Labor geschickt worden sind, was zu finden sein könnte. Kommen Sie mit?»

«Ja, warum nicht, ich habe nichts zu versäumen, auf mich wartet auch niemand.»

Das ‹auch› war zu viel, das ist Thiele in dem Augenblick, als er es ausgesprochen hat, klar. Doch Lorenz braust schon auf.

«Was heißt ‹auch›? Eben habe ich Ihnen gesagt, dass mein Sohn auf mich wartet. Also.»

Ist schon gut, denkt sich Thiele. Mein Lieber, glaubst du wirklich, dass es im Präsidium jemanden gibt, der noch nicht wüsste, dass dich deine Frau verlassen hat?

Als sie das Gebäude in Freiburg betreten, hält zu ihrem Erstaunen der Pförtner die Nachricht bereit, dass ein gewisser Herr Schüren schon seit mehr als einer Stunde auf sie warte. In der Tat, auf der harten, unbequemen Holzbank im Flur vor dem Lorenz-Büro sitzt Schüren und blättert in einer Fotozeitschrift.

«Sagen Sie mal, was machen Sie denn hier», wundert sich Lorenz. «Woher haben Sie gewusst, dass wir nochmal hierherkommen?»

«Nicht gewusst. Das habe ich nur gehofft. Sonst hätte ich

es halt morgen früh wieder versucht. Aber so ist es mir schon lieber.»

Lorenz schließt seine Bürotür auf und bittet Schüren herein.

«Nehmen Sie Platz. Was gibt es so Wichtiges? Sie konnten vorhin doch gar nicht schnell genug aus Badenweiler verschwinden?»

«Eben. Ich wollte wissen, was der Silvio so alles fotografiert hat. Ist schließlich für mich nicht unerheblich zu wissen, was ich noch machen muss und was nicht. Und da wollte ich Sie fragen, wo das ganze andere Material ist.»

«Welches andere Material?»

«Ich habe alles gesichtet, und für die lange Zeit, die der Silvio schon in Badenweiler verbracht hat, müsste der weitaus mehr fotografiert haben. Es gibt nur ganz wenig Aufnahmen, die wirklich was taugen.»

«Vielleicht war die Witterung nicht günstig», gibt Lorenz zu bedenken.

«Mit der richtigen Ausrüstung lässt sich fast alles machen. Es kann schließlich nicht die ganze Zeit geregnet haben.»

«In Freiburg jedenfalls nicht. Es war zwar recht kühl, aber ganz schön, eigentlich», meint Thiele.

«Also. Da hören Sie es. Wo ist der Rest?»

Was will der eigentlich von mir, denkt Lorenz, bin ich dafür verantwortlich, wenn sein Kollege nichts zustande gebracht hat! Obwohl – wenn de facto so wenig da ist, womit hat Gerstenbach dann seine Zeit vertrödelt? Hat er überall verbreitet, dass er den Tag in seinem blöden Tarnzelt verbringt, und sich in Wirklichkeit mit ganz anderen Dingen beschäftigt?

«Tut mir leid, alles, was an Filmen und CDs da war und ich Ihnen schon übergeben durfte, haben Sie. Ich frage aber morgen bei den Kollegen von der Spurensicherung nach, ob sie weiteres Material gefunden haben. Und Tanja Sommer ist auch noch da. Es könnte sein, dass in deren Wohnung in der Schweiz ebenfalls noch einiges herumliegt.»

«Ach so. Okay, Herr Lorenz, die kann ich selber anrufen. Die Nummer habe ich.»

«Woher denn?»

«Silvio hat sie mir gegeben, als er bei der eingezogen ist. Falls etwas auszurichten wäre oder so.»

«Aha. Sollte Frau Sommer aber tatsächlich noch Fotomaterial haben, möchte ich sehr darum bitten, dass Sie uns zunächst alles herbringen. Es wäre immerhin möglich, dass sich neue Hinweise ergeben.»

«Also schön. Ich frage diese Tanja, und wenn sie was hat ... Oder am besten, ich fahre morgen früh hin. Bis Zürich ist es so weit nicht. Ich vermisse nämlich einiges, was ich dem Silvio geliehen habe. Das Zeug ist teuer, ich kann mir nicht leisten, einfach darauf zu verzichten.»

«Es gilt aber auch hierfür dasselbe, Herr Schüren. Ich möchte erst sehen, was Sie an sich nehmen.»

«Ja, ja. Ist schon gut.»

«Wenn Sie schon nach Zürich fahren, könnten Sie nicht alles mitbringen, was dem Gerstenbach gehört hat und eventuell für die Aufklärung relevant sein könnte?», lässt sich Thiele jetzt hören.

«Ich meine nicht seine Klamotten, sondern was er sonst noch bei seiner Freundin gelagert hat.»

Einmal mehr schaut Lorenz seinen Assistenten groß an. Das ist alles andere als legal und außerdem ein weiteres Risiko. Andererseits – wenn Schüren darauf eingänge und man ihm vertrauen könnte, dass er wirklich alles brächte, was interessant sein könnte, wäre ihnen sehr geholfen. Wie sollen sie auf die Schnelle eine Hausdurchsuchungsanordnung in der Schweiz bekommen?

«Kann ich machen», erklärt Schüren eher gleichmütig.

«Wenn's nicht zu viel ist, bringe ich den ganzen Kram mit. Schließlich habe ich auch ein Interesse zu wissen, ob noch etwas zu holen ist.»

Wie viel bleibt übrig, wenn das Leben eines Menschen auf diese Weise endet, fragt sich Lorenz. Und was ist denen, die ihn gekannt haben, wichtig? Ein paar Habseligkeiten, mit denen niemand etwas anzufangen weiß, oder Dinge, die aus irgendwelchen Gründen für irgendjemanden wichtig sind, auf die sich dieser Jemand dann stürzt? Seine tiefsinnigen Betrachtungen werden unterbrochen von Thieles sachlicher Feststellung: «Herr Schüren, Sie wissen schon sehr genau, dass Sie sich strafbar machen, wenn Sie uns nicht alles abliefern, was Sie vorfinden?»

Den drohenden Unterton könnte er glatt aus einem Karl-May-Film entliehen haben, wenn Old Shatterhand einem Bösewicht droht, dass Winnetou mit seinen Apachen naht, amüsiert sich Lorenz. Aber immerhin: Es wirkt.

«Ja, ja, ist gut. Ich weiß. Mir ist auch klar, dass Sie mich verdächtigen. Aber glauben Sie mir, ich habe mit der Sache nichts, aber auch gar nichts zu tun. Ich habe mich zwar oft fürchterlich über den Silvio und seine krummen Touren geärgert, aber dafür, ihn zu ermorden, hätte es nie und nimmer gereicht. Damit belaste ich mein Gewissen nicht. Und den Knast riskiere ich schon gleich gar nicht. Ich bringe niemanden um, nur weil der mir ein Geschäft vermasselt hat.»

Es sind schon Leute für weniger umgebracht worden, weiß Lorenz aus seiner langjährigen Berufspraxis. Aber im Grunde genommen traut er Schüren keinen Mord zu. Dennoch, das predigt er seinem Assistenten andauernd, von seinen Gefühlen darf man sich zuletzt leiten lassen in diesem Beruf. Hier zählen nur unumstößliche Fakten.

«Machen wir es so, Herr Schüren, Sie bringen uns alles, was zur Aufklärung beitragen könnte, und wir sichten dann gemeinsam die Gerstenbach'schen Habseligkeiten. Können wir einen Termin ausmachen für morgen?»

«Ich könnte sicher am Nachmittag wieder zurück sein», sagt Schüren zu.

«Gut, dann bis morgen.»

Als Schüren die Bürotür hinter sich geschlossen hat, fällt Thiele ein, dass er sich noch in der Haftanstalt, in der Gerstenbach einsaß, nach Besuchern erkundigen wollte, und die Akten von damals sollte er ebenfalls anfordern. Und was war da noch? Ach so, die Volksmusiksendung im Fernsehen, um zu klären, ob Obermaier am Mittwoch oder Donnerstag in der Pension war. Letzteres ist die leichteste Übung, mit der Thiele leider Pech hat. Seine Recherche im Internet ergibt, dass musikalisch gleich auf mehreren Sendern an beiden Tagen bieder-einfältig volksgetümelt wurde.

Als Nächstes nimmt er das Telefonat mit der zuständigen Stelle im Gefängnis in Angriff, angesichts der fortgeschrittenen Tageszeit jedoch ohne viel Hoffnung auf eine Auskunft. Hier irrt er, denn der diensttuende Beamte erweist sich wider Erwarten als äußerst kooperativ. Er verspricht, in einigen Minuten zurückzurufen, wenn er sich kundig gemacht habe. In der Tat klingelt kurz darauf das Telefon, und Thiele erfährt, dass während der ganzen Zeit, in der Gerstenbach eingesessen ist, sich niemand um eine Besuchserlaubnis bemüht hat.

Den letzten noch ausstehenden Auftrag, nämlich das Anfordern der Gerstenbach-Akten, erledigt Thiele per Mail, denn hier ist er völlig sicher, dass bei den betreffenden Kollegen sich heute keiner mehr für zuständig hält.

Nach so viel außerhalb der Dienstzeit geleisteter Arbeit macht sich Thiele auf in Richtung Heimat, was Lorenz ganz lieb ist, denn er will in aller Ruhe ein weiteres Mal den Inhalt der beiden Plastiksäcke sichten, den die Leute von der Spurensicherung bei dem Ermordeten eingesammelt haben: verschiedenste Foto-Utensilien, mehrere Objektive, eine kleine Decke, eine Thermosflasche, ein billiger Rucksack für die Essensvorräte des Tages, ein kleines, leichtes Taschenmesser, mehrere leere Einkaufstüten, ein kleiner Feldstecher, ein Mittel gegen Mücken – alles in allem nichts Spektakuläres oder Außergewöhnliches. Er packt die Sachen wieder zusammen und verstaut sie in den beiden blauen Säcken. Einmal mehr hat er das Empfinden, auf der Stelle zu treten. Warum nur kommt er nicht weiter? Vielleicht ergibt sich morgen etwas, wenn Tanja sich den Stand des Schweizer Nummernkontos angesehen hat.

17.

Wieder brennt in der Küche Licht, als Lorenz um die Ecke biegt. Und wieder überkommt ihn ein tröstliches Gefühl. Auch ohne Brigitte wird er heute nicht ganz so einsam sein. Er wird mit Ulli über alles sprechen, darüber, welche Erfolge er bei der Aufklärung dieses Mordfalls verzeichnen kann beziehungsweise welche Nicht-Erfolge, und vor allem darüber, wie sehr er Brigitte vermisst. Das nimmt er sich in diesem Moment fest vor. Vielleicht kann Ulli sie bewegen, nach Freiburg und zu ihm zurückzukehren.

Bereits einige Meter vor der Haustür schnuppert er: Knoblauchduft strömt aus dem geöffneten Küchenfenster. Sollte Ulli etwa gekocht haben? Das kann der doch gar nicht. Dafür hat er sich nie interessiert. Lorenz muss sein vorschnelles Urteil sofort revidieren. Auf ihn wartet nämlich nicht nur Ulli, sondern ein wundervolles Pollo con olive – ein toskanisches Olivenhähnchen –, das sein Sohn meisterhaft, unter Einbeziehung einer ganzen Knoblauchknolle, zubereitet hat.

«Sag mal, seit wann kannst du kochen? Und so aufwendig?» Lorenz kommt aus dem Staunen gar nicht mehr heraus.

«Papa, die Welt ändert sich Tag für Tag. Und du musst dich mit ihr ändern. Wenn du den Anschluss verpasst, hast du schon verloren.»

Nach dieser tiefgründigen philosophischen Belehrung, die Reinhold Lorenz widerspruchslos akzeptiert – insbesondere deshalb, weil er auf einmal merkt, wie hungrig ist –, setzt er sich mit seinem Sohn an den Küchentisch und genießt seit langer Zeit mal wieder ein wundervolles Essen in der heimischen Umgebung.

«Wo hast du denn das gelernt», will er wissen, während er das Olivenhähnchen langsam und genüsslich verspeist.

«Immer dieser ewige Dosenfraß war uns irgendwann zu blöd, und da haben wir eben beschlossen, was Anständiges zu kochen.»

Diese Erklärung ist nicht eben umfassend, aber Lorenz gibt sich damit zufrieden. Letztlich ist es ihm egal, wo und weshalb Ulli kochen gelernt hat, Hauptsache, es schmeckt. Und das tut es.

«Hättest dir zu Hause auch mal ein bisschen mehr Mühe geben können und nicht immer nur einfach alles Mama überlassen», krittelt Ulli. Das sitzt. Der Genuss ist auf einmal beeinträchtigt.

«Was willst du damit sagen?»

«Ganz einfach. Alles im Haushalt hat immer Mama machen müssen. Hast du dich ein einziges Mal um etwas gekümmert und dir überlegt, was du ihr abnehmen könntest?»

Das ist wirklich nicht das, was Lorenz hören möchte. Ganz im Gegenteil. Er ist nach wie vor vollkommen davon überzeugt, alles getan zu haben, was ihm möglich war, und das wird er seinem Sohn auch postwendend begreiflich machen.

«Hör mal zu, Sohn. Ich habe meinen Beruf, und der ist ziemlich anstrengend. Außerdem habe ich auch eingekauft, wenn Mama keine Zeit hatte.»

«Hin und wieder. Aber den ganzen Haushaltsscheiß hatte sie am Hals. Und was heißt ‹Beruf›. Sie hat auch einen.»

Reinhold Lorenz staunt nicht nur, langsam wird er wütend. Das sagt ihm genau der Richtige. «Und wie war das mit euch? Habt ihr euch vielleicht dabei überschlagen, Mama zu helfen? Wann hast du je gekocht oder eingekauft oder gewaschen? Na?»

«Forget it, Papa. Wir haben halt alle unsere Fehler. Aber ich habe es wenigstens gecheckt.»

«Was heißt das? Auf dem Ohr bist du wohl taub?»

Sie sind auf dem besten Weg, einen handfesten Streit vom Zaun zu brechen, und das ist das Allerletzte, was Lorenz sich für den heutigen Abend wünscht. Noch bevor er sich aber weiter rechtfertigen kann, erhebt sich sein Sohn umständlich und erklärt währenddessen entschieden:

«Ich habe gekocht, und du räumst auf. Arbeitsteilung. Ich gehe auf ein Bier mit Timo. Erinnerst du dich? Klassenkamerad aus der Neunten. Ciao, Papa.»

Also nichts mit der erhofften ausführlichen Unterhaltung. Bleibt folglich nur der Fernseher. Während er vor dem flimmernden Bildschirm sitzt, wandern die Gedanken von Reinhold Lorenz zurück in den Badenweiler Kurpark und zu dem gewaltsam um sein Leben gebrachten Fotografen. Im Grunde ein bedauernswerter Mensch. Niemand mochte ihn wirklich. Aber wenn man einzig auf seinen eigenen Vorteil bedacht ist und sich so mies verhält, ist das auch kein Wunder. Bin mal gespannt, ob diese Tanja an das Nummernkonto rankommt. Ob sie wirklich die Wahrheit sagen wird? Wenn Gerstenbach in der Schweiz ebenfalls Geld angehäuft hat, wäre es für sie am einfachsten, das Konto leer zu räumen, kein Wort verlauten zu lassen und zu erklären, sie habe nichts gefunden.

Warum lügt eigentlich dieser Obermaier aus Bamberg? Vielleicht trifft er sich in Badenweiler tatsächlich mit einer Freundin und will es nicht zugeben, der honorige Herr. Kommt er aber deshalb als Mörder in Betracht? Ist er von Gerstenbach beobachtet worden? Wenn ja, so ist er sicherlich nicht mit dem Vorsatz angereist, einen Fotografen umzubringen, der im Kurpark auf irgendwelche Viecher wartet oder Büsche und Bäume fotografieren will. Mord im Affekt? Andererseits: Für so abgebrüht, dass er danach weiterhin seelenruhig seine Kur absolviert, hält ihn Lorenz nicht. Aber Vorsicht, alter Knabe, keine vorschnellen Urteile oder Freisprüche, ermahnt er sich.

Weiter. Wahrscheinlicher wäre es, diesen Schlägertypen, diesen Berni Sommer, mit der Tat in Verbindung zu bringen. Alibi hat er auch keins. Welches Motiv könnte er gehabt haben? Nur die Wut, weil er sich über Gerstenbach geärgert hat – genügt das? Aber er ist Choleriker. Das hat seine Schwester selbst gesagt.

Nein, ich muss das anders angehen, überlegt Lorenz. Gerstenbach war ziemlich sicher ein Erpresser. Woher sonst sollte das viele Geld stammen, das bei ihm gefunden worden ist, von dem er angeblich niemandem etwas erzählt hat. Aber wen könnte er erpresst haben? Hochwert? Hat er über den etwas herausbekommen, was sie noch nicht wissen? Wie haben der und Gerstenbach sich überhaupt kennengelernt? Obermaier? Heutzutage regt sich kein Mensch mehr auf, wenn einer einen Kurschatten hat. Gritzinger? Das scheint weit hergeholt, denn allein die Tatsache, dass Gerstenbach und er mit Fotoausrüstungen zu tun haben, rechtfertigt keinen Verdacht. Obwohl? Gritzinger war ziemlich nervös und hektisch, und er hat kein überzeugendes Alibi. Schüren käme genauso in Frage. Überhaupt hätte der die triftigsten Gründe. Was Gerstenbach sich ihm gegenüber geleistet hat, grenzt fast an Rufmord in dessen Eigenschaft als Fotograf. Aber Schüren hat wiederum eine sichere Stelle bei dieser Pharmafirma, sodass er keinen finanziellen Ruin hätte befürchten müssen. Oder ist der Arbeitsplatz vielleicht gar nicht so sicher? Hatte er vor, sich ein zweites berufliches Standbein als Fotograf zu schaffen, und Gerstenbach ist ihm in die Quere gekommen? Durch seine verleumderischen Behauptungen hat er Schürens Renommee und damit vielleicht eine neue Zukunftsperspektive fast zerstört.

Weshalb liegt eigentlich diesem Wurst-Menschen so sehr an einer Aufklärung des Falls? Der ist die Aufdringlichkeit in Person. Will er mit seiner permanenten Hilfsbereitschaft etwas verschleiern? Ziemlich weit hergeholt, Lorenz, muss er sich selbst eingestehen. Da macht einer eine Kur nach vierzig Jahren Knochenjob auf dem Freiburger Münsterplatz, und dann hätte er nichts Besseres zu tun, als einen Fotografen umzubringen? Wohl kaum.

Seit einer ganzen Weile starrt Lorenz auf den Fernseher, ohne zu realisieren, was dort vor sich geht. Erst jetzt, als Schimanski mit seinem abgewetzten Parka und einer Pistole in der Hand einen gewagten Sprung auf das Dach eines Lastwagens vollführt, merkt er, dass es sich um eine der zahllosen Tatort-Wiederholungen handelt, und er wird sich der Ironie bewusst, dass zwischen der fiktiven Handlung im Film und seinem Fall, den er zu klären hat, eine Parallele existiert: So wie ihm eben das Geschehen des Fernsehkrimis entgangen ist, so geht es ihm mit dem Mordfall. Ihm scheint augenblicklich ein klarer Blick auf den Mordfall Gerstenbach schwerzufallen. Alle um ihn herum wissen offenbar etwas, nur er nicht. Mit dieser deprimierenden Erkenntnis begibt sich Lorenz an diesem Abend in sein einsames Schlafzimmer.

Ganz ähnliche Gedanken, wenn auch aus anderen Beweggründen, beschäftigen Herbert Fehringer. Er hat einfach Mitleid mit dem Freiburger Kommissar. Es muss frustrierend sein, dauernd im Trüben fischen zu müssen. Da wird der zu einem Mordfall gerufen, kennt keinen Menschen und soll rauskriegen, wer es war. Blöde Situation. Aber er, Herbert Fehringer, wird tun, was er kann, auch wenn Gundi ihm heute Abend heftig Bescheid gesagt hat. So hat sie sich den Aufenthalt in Badenweiler nicht vorgestellt. Dauernd lässt er sie allein, weil er entweder unterwegs ist oder im ‹Waldhorn› hockt. «Ja, komm halt mit», hat er ihr vorgeschlagen, darauf aber eine empörte Abfuhr erhalten. «Was soll ich da? In der verräucherten Kneipe kriegt man nicht mal richtig Luft. Früher waren es die Bratwürste am Stand, und jetzt soll ich mir die Lunge mit Zigarettenqualm füllen?

Ich denke nicht im Traum daran. Und es wäre schön, wenn du dich gelegentlich daran erinnern würdest, dass wir den Ruhestand gemeinsam verbringen wollten.»

So gut es ging hat er versucht, sie zu besänftigen. «Ach, Gundi, das ist nur so lange, bis der Mörder gefunden ist. Ich verspreche dir auch, dass wir am Sonntag zum Tanztee ins Kurhaus gehen.»

Das ist für Würschtle-Herbert das größte Opfer, das er seiner Gundi bringen kann. Von jeher hatte sie ihn zu überreden versucht, wenigstens hin und wieder mit ihr tanzen zu gehen, vielleicht sogar einen Kurs zu machen, einen für Ehepaare. Aber er hatte das unter Zuhilfenahme zahlreicher Ausflüchte beharrlich zu verweigern gewusst. Das war nicht sein Metier. Wenn er ihr das nun aber versprochen hatte, musste er es auch halten. Das wussten sie beide. Auf diese Weise hat er sich für den Rest der Woche wenigstens die Möglichkeit freigeschaufelt, die Aufklärung des Mordfalls weiter zu unterstützen. Daher sitzt er wieder, diesmal ruhigen Gewissens, im ‹Waldhorn›.

Wie stets seit dem Zeitpunkt, als der Tote gefunden worden ist, drehen sich die Gespräche um den rätselhaften Mord. In Anbetracht der fortgeschrittenen Stunde entbehren allerdings einige der Redebeiträge einer gewissen Logik und bei dem einen oder anderen auch einer klaren Sprache. Herbert Fehringer kann das nicht passieren. Bei ihm ist spätestens nach dem dritten Bier Schluss, da steigt er um auf Mineralwasser. Das hat er sein Leben lang so gehalten, einfach deshalb, weil er es hasst, wenn jemand vom Alkohol so benebelt ist, dass er nicht mehr Herr seiner selbst ist.

Mineralwasser ist auch bei Thomas Maria Löffler angesagt. Seine Frau ist längst fertig mit dem Putzen, sitzt wie ein Zerberus hinter der Schank und hat alles im Blick, vor allem ihren Mann. Das Quantum Gutedel, das sie für ihn als angemessen befindet, hat er längst ausgeschöpft, er muss sich nun mit Antialkoholischem begnügen, was ihm sehr missfällt. Alles stört ihn momentan: seine Frau, die Gäste, die trinken dürfen, was und so viel sie wollen, die einfach sitzen bleiben, statt sich nach Hause zu begeben, die Diskussionen, die immer um dasselbe Thema kreisen und überhaupt.

«Thomas. Zahlen. Ich gehe jetzt heim», macht Herbert Fehringer zumindest einmal einen Anfang.

«Ja, ja.» Missmutig schlurft Löffler durch seine Wirtschaft, zückt am Tisch den kleinen Brauereiblock und seinen Bleistift. Wie üblich schlägt er die Augen gen Himmel beziehungsweise zur Kneipendecke, rechnet und notiert Zahlen auf seinen Block, die er sich überlegt hat und die nie jemand zu Gesicht bekommt.

«Thomas. Du weißt doch, was es kostet. Jeden Abend dasselbe. Da.» Fehringer hat die Summe schon parat.

«Mmmhmm.» Mehr ist dem Wirt heute nicht mehr zu entlocken. Immerhin begleitet er seinen Gast an die Tür, um etwas frische Luft zu schnappen. Auf dem kleinen Fußweg, der am ‹Waldhorn› vorbeiführt, geht eben Karl Obermaier entlang, ohne die beiden zu bemerken. Löffler und Fehringer schauen ihm nach.

«Das ist der Obermaier, der im ‹Römerbad› wohnt und den Gerstenbach auch gekannt hat. Ich habe mich lange mit dem unterhalten. Ist Finanzbürgermeister oder so und kommt aus Bamberg, macht hier seine Kur. Ein richtig vornehmer Herr.»

Dieser Einschätzung hat Thomas Maria allerdings etwas ganz Entscheidendes entgegenzusetzen. «Der? Dass ich nicht lache. Der hat es faustdick hinter den Ohren. Den habe ich neulich in Freiburg gesehen an der bekannten Stelle, wo sich die Stricher und so treffen.»

Würschtle-Herbert, der schon mehrmals gegähnt hat, ist auf einmal wieder hellwach.

«Was? Der? Das kann nicht sein. Da irrst du dich.»

«Wenn ich es dir sage! An unserem Ruhetag war's. Da waren

ich und meine Frau in Freiburg und sind an diesem Treffpunkt vorbeigegangen. Weiß man doch. Am helllichten Tag war das. Der ist mir aufgefallen, weil er in seiner bayerischen Tracht dort gestanden hat. Ich habe mir noch überlegt, dass ich, wenn ich so wohin ginge, sicher nicht so auffällig angezogen wäre. Aber schließlich kennt ihn ja keiner in Freiburg.»

Herbert Fehringer kann seine Aufregung kaum unterdrücken: «Bist du ganz sicher? Und war er allein?»

«Ich bin nicht blöd und auch noch nicht verkalkt. Natürlich bin ich sicher. So wie der aussieht, kann man ihn überhaupt nicht verwechseln. Der läuft hier genauso rum. Ich habe ihn schon ein paarmal gesehen. Aber allein war der in Freiburg nicht. Ein junger Kerl ist bei ihm gestanden. Wahrscheinlich ein Junkie, der das Geld braucht. Ich bin extra ein paar Schritte weitergegangen, damit es nicht so auffällt, und hab gewartet, ob die zwei zusammen weggehen. Es war halt ein Bild zum Schreien. Der Bayer mit dem Gamsbart und der Junkie. Sind dann wirklich zusammen weg.»

«Und das hast du beobachtet? In aller Öffentlichkeit haben die miteinander verhandelt?»

«Na ja, in aller Öffentlichkeit nicht. Ich hab doch gesagt, dass ich ein paar Schritte weitergegangen bin. Die haben sich schon hinter die Sträucher verdrückt, damit sie von der Straße aus nicht gesehen werden. Ich würde mich halt unauffälliger anziehen, wenn ich so wohin ginge. Aber wahrscheinlich hat der sich gedacht, wenn der Mos…, Mosdorf oder Mosmann, wie hat der in München geheißen, der umgebracht worden ist? Also, wenn der mit seinem Rolls-Royce durch die Gegend fährt, dann kann er auch im Trachtengewand gehen.»

Herbert Fehringer ist richtig aus dem Häuschen.

«Du bist dir wirklich ganz, ganz sicher?»

«Mensch, Herbert, wie oft soll ich es dir noch sagen? Ja, zum Donner. Aber warum ist das so wichtig? Lass den doch leben, wie er will. Wenn der aus der tiefsten katholischen Provinz stammt und einer von den Oberen ist, kann er sich schließlich nichts erlauben. Dann gönn's ihm doch hier.»

«Darum geht es nicht. Von mir aus kann der machen, was er will. Aber denk mal weiter. Stell dir vor, der Gerstenbach hat das spitzgekriegt. Irgendwie, durch Zufall, wie du. Der war Fotograf? Und?»

«Hä? Und was?»

«O Mann, überleg doch! Wenn der ihn fotografiert und erpresst hat? Das wäre das ideale Mordmotiv.»

«Ja, jetzt, wo du es sagst.» Thomas Maria Löffler war noch nie der Hellste, aber nach dieser schlüssig dargelegten These, die Würschtle-Herbert eben entwickelt hat, sieht selbst er klar. «Dann war's der Obermaier? Der hat den Fotografen umgebracht?»

Das wiederum geht Herbert Fehringer zu rasch.

«Das habe ich nicht gesagt. Nur dass er ein Motiv gehabt hätte. Ich muss das morgen unbedingt mit dem Kommissar besprechen. Morgen früh rufe ich ihn sofort an. Ich berichte dir, wie es weitergeht.»

«Ist recht. Mach's gut. Gute Nacht.» Löfflers Interesse an dem Fall, das sowieso deutlich nachgelassen hat, erlahmt bereits wieder. Man wird sehen. Vielleicht hat dieser Bayer den Fotografen definitiv umgebracht. Dann würde wenigstens wieder Ruhe einkehren in Badenweiler. Er dreht sich um und geht zurück in seine Gastwirtschaft. Soll er den anderen am Stammtisch von der Entdeckung berichten? Ach was, das ist jetzt zu mühsam. Dann bleiben sie nur noch länger. Er hofft doch schon eine ganze Weile, dass sie Herbert Fehringers Beispiel möglichst bald folgen und sich auf den Heimweg begeben.

Aufgeregt nimmt Fehringer in der Pension zwei Stufen auf einmal, um zu seinem und Gundis Zimmer zu gelangen. Auf halbem Weg begegnet ihm Hubert Oberle, bereits im Schlafanzug und mit offenem Bademantel darüber, der Gürtel schleift auf dem Boden.

«So spät noch unterwegs, Herr Fehringer?» Ein leichter Tadel schwingt in diesem Gruß unüberhörbar mit.

«Stellen Sie sich vor, Herr Oberle, was ich eben gehört habe.»

Der Besitzer der Pension bekommt nun brühwarm die neuesten Neuigkeiten aufgetischt. Und wenigstens er tut Würschtle-Herbert den Gefallen und ist, anders als Thomas Maria Löffler, wie elektrisiert.

«Sagen Sie bloß! Das könnte die Lösung sein. Sollten wir den Kommissar gleich anrufen? Oder soll ich vielleicht dem Holzer Toni Bescheid sagen?»

Gemeinsam überlegen sie, was in dieser Situation und nach diesem veränderten Erkenntnisstand angebracht und richtig wäre. Lorenz anzurufen hat wenig Sinn, um diese Zeit ist der längst daheim, und selbst wenn sie die Privatnummer herausfinden, wird er kaum etwas unternehmen. Und was soll der Holzer Toni mit den neuen Informationen anfangen? Er kann schlecht ins ‹Römerbad› marschieren und den Obermaier verhaften. Weshalb auch? Ist schließlich nicht strafbar, sich in dieser Weise auszuleben. Da muss man vorsichtig zu Werke gehen. Bleibt demnach nur, morgen als Erstes den Kommissar anzurufen.

Nachdem sie diesen weisen Entschluss gefasst haben, wünschen sich die beiden Herren eine gute Nacht, um stehenden Fußes in die jeweiligen Schlafzimmer zu eilen und dort die bereits tief schlafenden Gattinnen aufzuwecken, um ihnen von dieser überraschenden Wendung des Falles – dass es eine solche ist, davon sind beide felsenfest überzeugt – zu berichten. Dass sowohl Gundi als auch Frau Oberle der nachmitternächtlichen Störung ihres Schlafes rein gar nichts abgewinnen können und sich dementsprechend wenig interessiert zeigen, verstehen weder Herbert Fehringer noch Hubert Oberle. Beide schlafen in dieser Nacht äußerst unruhig. Fehringer, weil er ungeduldig den Morgen erwartet, um seine Neuigkeiten endlich bei Reinhold Lorenz loszuwerden, Hubert Oberle, weil er sich immer noch nicht damit abfinden kann, dass ausgerechnet sein Haus zum Mittelpunkt eines aufsehenerregenden Mordfalls geworden ist.

18.

Am nächsten Tag hört Reinhold Lorenz schon auf dem Flur des dritten Obergeschosses das Telefon klingeln. Wenn ihn morgens etwas nervt, dann das, wenn bereits vor Dienstbeginn jemand auf ihn wartet oder er gezwungen ist zu telefonieren. Er ist bestimmt kein Bürokrat, der zunächst seine Bleistifte sortieren müsste, aber ankommen möchte er wenigstens in aller Ruhe. Anders als an den beiden vorangegangenen Tagen ist Thiele demnach noch nicht da. Das hätte ihn auch gewundert. Ein derart überraschender Anfall von Arbeitseifer legt sich wohl bald.

Diesmal ist ein Seufzer bereits zu dieser frühen Stunde angesagt, denn der durchdringende Ton des Telefons setzt sich rücksichtslos fort.

Du liebe Zeit, fragt sich Lorenz, was in aller Welt kann vor dem ersten Hahnenschrei so wichtig sein? Hoffentlich kein zweiter Mordfall. Das hätte ihm gerade noch gefehlt. Nachdem er sein Büro betreten hat, wartet er einen Moment ab, ob sich das laut surrende Ding auf seinem Schreibtisch beruhigt, aber der unbekannte Anrufer ist unüberhörbar von der Dringlichkeit der Nachricht, die er loswerden will, überzeugt. Nun denn. Lorenz nimmt endlich den Hörer ab. Die Stimme kommt ihm bekannt vor, aber er kann sie im ersten Augenblick nicht zuordnen.

«Gut, dass ich Sie endlich erreiche», tönt es von der anderen Seite der Leitung. Spinnt der? Was heißt hier endlich! Es ist noch nicht mal acht Uhr. Verlangen die Leute, dass wir rund um die Uhr Dienst schieben? Lorenz ist auf dem besten Weg, ungnädig zu reagieren.

«Wer ist da, bitte?»

«Na ich. Sind Sie das, Herr Lorenz?»

«Ja, und könnten Sie mir endlich verraten, wer Sie sind?»

«Ich? Ja, ich bin's doch. Der Herbert Fehringer. Kennen Sie mich nicht mehr?»

Am liebsten nicht.

«Natürlich, Herr Fehringer, aber woher soll ich wissen, dass Sie es sind, wenn Sie sich nicht melden?»

Bevor dieses Gespräch noch weitere Ähnlichkeiten mit einem Dialog des absurden Theaters annimmt, schlägt Lorenz einen verbindlichen Ton an.

«Guten Morgen, Herr Fehringer. Was gibt es so Wichtiges?»

Was ihm Fehringer zu berichten hat, ist – das muss Lorenz zugeben – von äußerst großem Interesse. Die Beobachtung des ‹Waldhorn›-Wirtes scheint tatsächlich hieb- und stichfest, so wie ihm das von Fehringer geschildert wird, zumal er, nach einem diskreten Fehringer'schen Hinweis zu schließen, sowohl gestern Abend als auch in Freiburg einen sehr niedrigen Gutedel-Pegel hatte, denn beide Male stand er unter dem Schutz seiner wachsamen Frau. Auch die logische Konsequenz, die er daraus gezogen hat, leuchtet ein.

Das heißt, überlegt Lorenz, dass die Fertigstellung der Kriminalstatistik mindestens einen weiteren Tag Aufschub erdulden muss, denn es bleibt nichts anderes übrig, als erneut nach Badenweiler zu fahren, um sowohl den Kneipenwirt als auch den für Bamberg unverzichtbaren Herrn Obermaier zu befragen. Hoffentlich ist diese Tanja Sommer neugierig genug, um sich rechtzeitig in die Bank zu bemühen, sodass sie, bevor sie aufbrechen, noch eine Nachricht aus Zürich erhalten – so sie überhaupt kommt und Tanja es nicht vorzieht, mit dem eventuell vorhandenen Geld sang- und klanglos zu verschwinden. War es ein Fehler, Thieles idiotischem Einfall zu folgen und Tanja in dieser Weise einzubinden? Aber so einfach dürfte das für sie nicht sein, alles im Stich zu lassen. Vor allem müsste es sich wirklich lohnen.

Lorenz ist, während er diese Überlegungen angestellt hat, Fehringers Ausführungen nur mit halbem Ohr gefolgt. Deshalb bekommt er erst nach dessen zweiter Nachfrage mit, dass von ihm eine Antwort erwartet wird.

«Wie bitte, Herr Fehringer? Ich habe Sie nicht verstehen können. Die Leitung ... Was meinten Sie?»

«Also, Herr Kommissar, ich meine, dass der Gerstenbach den Obermaier erpresst hat. Soll ich schon mal ins ‹Römerbad› gehen und dafür sorgen, dass der saubere Herr Finanzbürgermeister festgehalten wird, bis Sie kommen?»

«Um Himmels willen, nein, Herr Fehringer. Das geht nicht. Mit welchem Recht wollen Sie das tun? Lassen Sie bloß die Finger davon. Obermaier weiß nichts von der zufälligen Beobachtung des Wirtes und unseren Mutmaßungen. Wenn wirklich etwas dran sein sollte an unserem Verdacht, darf er auf keinen Fall gewarnt werden. Ist das klar, Herr Fehringer? Sie unternehmen nichts. Nichts. Bitte versprechen Sie mir das!»

«Geht klar, Herr Kommissar. Aber vorsichtig überwachen könnte ich ihn.»

«Nein, auch das nicht. Sie sind schließlich nicht bei der Polizei. Wir kümmern uns darum. Verlassen Sie sich darauf.»

«Also schön. Auf Ihre Verantwortung. Was soll ich machen, bis Sie herkommen?»

«Frühstücken Sie. Halten Sie den Termin bei Ihrem Masseur ein. Gehen Sie mit Ihrer Frau spazieren. Was weiß ich. Nur pfuschen Sie uns nicht ins Handwerk. Wenn irgendwas schiefläuft, kann ich sehr unangenehm werden.»

Würschtle-Herbert entgegnet zunächst nichts, und Lorenz hört aus diesem Schweigen deutlich heraus, dass der andere beleidigt ist. Nach einer kurzen Pause tönt es jedoch vorwurfsvoll:

«Wenn ich Ihnen das nicht gesagt hätte, dann wüssten Sie ...»

«Herr Fehringer, ich bin Ihnen ja wirklich dankbar für Ihre Hilfe, aber alles Weitere überlassen Sie uns. Bitte!»

«Bis nachher dann.»

Das gewünschte Versprechen bleibt aus, so kann Lorenz nur inständig hoffen, dass Fehringer darauf verzichtet, Detektiv zu spielen. Deshalb schaut er ziemlich finster drein, als sein Assistent den Raum betritt – weit weniger elegant als gestern, nämlich in seinem üblichen Outfit, das aus Jeans und Sweatshirt besteht und farblich nur mit viel gutem Willen als einigermaßen passend zu bezeichnen ist.

Die morgendliche Begrüßung fällt von beiden Seiten verhalten aus.

Vorsichtig fragt Thiele nach: «Ist was, Chef?»

«Ja, wir müssen wieder nach Badenweiler.»

Diese Mitteilung wird von Thiele, trotz der Enttäuschung wegen Sonjas geheimem Verhältnis mit Berni, frohgemut aufgenommen. Vielleicht ist noch nicht alles verloren. Wenn Berni beispielsweise den Fotografen umgebracht hätte – und so weit hergeholt ist das nicht –, dann wäre es denkbar, dass er, Kriminalassistent Thiele, sich bei Sonja wieder Chancen ausrechnen könnte.

Vorerst teilt ihm Lorenz erst einmal mit, was er selbst eben am Telefon erfahren hat. Hm, das sieht nicht danach aus, dass das aufkeimende Fünkchen Hoffnung sich in einen großen Funken oder gar eine lodernde Flamme verwandeln könnte. Noch während des Berichtes gibt das Telefon erneut die ihm eigenen unangenehmen Töne von sich.

«Was ist jetzt schon wieder? Will er uns womöglich davon in Kenntnis setzen, dass er Obermaier auf eigene Faust verhaftet hat?» Lorenz traut Fehringer und dessen Begeisterungsfähigkeit inzwischen einiges zu.

Aber es meldet sich nicht Herbert Fehringer, sondern Tanja Sommer, und ihrer lauten Stimme merkt man sofort an, dass sie in höchstem Maße aufgebracht ist.

«Tanja Sommer hier. Ich war gestern noch in der Bank, weil es mir keine Ruhe gelassen hat, aber als ich Sie danach anrufen wollte, waren Sie nicht mehr da.» Der Vorwurf ist unüberhörbar. Noch jemand, der erwartet, dass wir vierundzwanzig Stunden Dienst tun, leitet Lorenz aus dieser Einleitung ab.

«Was gibt es?» Am besten übergeht man solche Bemerkungen.

«Ja, also.» Das wird wieder ein Also-Tag, fürchtet Reinhold Lorenz. Schon die Zweite, die sein Reizwort heute gebraucht.

«Ich war also gestern noch in der Bank, weil – wie gesagt – es hat mir keine Ruhe gelassen. Und wissen Sie, was auf dem Konto drauf war? Ich bin fast zusammengebrochen, stellen Sie sich vor, da waren umgerechnet zwanzigtausend Euro drauf. Eingezahlt zwei Tage nachdem ich das Konto eingerichtet hab für den Gerstenbach. Und mich hat er ausgenutzt bis zum Letzten. Kriege ich was von dem Geld? Wem gehört das überhaupt?»

Das würde ich auch gern wissen, überlegt Lorenz, ist gleichzeitig aber froh, dass Tanja offensichtlich ehrlich genug gewesen ist, sich das Geld nicht unter den Nagel zu reißen. Allerdings, wer sagt ihm, dass es wirklich die Summe ist, die das Konto nach Tanjas Angabe aufweist? Vielleicht war die sehr viel höher, und Tanja hat den größten Teil abgeräumt und nur noch einen Rest belassen, um keinen Verdacht auf sich zu lenken. Freilich passt dieser Betrag mengenmäßig recht gut zu dem, was in verschiedenen Verstecken in Gerstenbachs Zimmer gefunden wurde. Wenn Tanja das erst wüsste!

«Haben Sie die Sachen durchgesehen, die Gerstenbach in Ihrer Wohnung gelagert hat?»

«Da können Sie sich drauf verlassen. Jedes einzelne Stück. Aber nichts, was irgendwie interessant wäre. Nur sein Fotokram und ansonsten lauter alter Plunder. Seine Klamotten, haufenweise Notizen, was man wie und wann am vorteilhaftesten fotografiert. Glauben Sie mir, ich habe alles mehrmals hin und her gewendet. Die halbe Nacht habe ich damit verbracht. Das hätte ich mir glatt sparen können.»

Ich könnte mir vorstellen, dass sie die Wahrheit sagt, schließt Lorenz aus den erregten Äußerungen Tanjas. Die ist gar nicht auf die Idee gekommen, das Geld an sich zu nehmen. Da wäre ihr Bruder wohl schneller gewesen. Vorsichtig lenkt Lorenz das Gespräch in diese Richtung.

«Haben Sie mit jemandem über all das gesprochen?», will er wissen.

«Nein. Ich wollte den Berni anrufen, weil ich so eine Sauwut habe. Aber der war mal wieder nicht daheim. Und die Barbara interessiert das nicht.»

Da bin ich mit ihr einer Meinung, bestätigt Lorenz insgeheim Tanjas Ansicht über die beeindruckende Interessenlosigkeit der Caféhaus-Erbin.

«Das alles ist sehr wichtig, Frau Sommer. Bitte, behalten Sie es vorläufig für sich. Falls ich mich nicht auf Sie verlassen kann, könnten Sie in größte Schwierigkeiten kommen, weil man Sie wegen», hier stockt Lorenz, weil ihm gerade nicht einfällt, weswegen man die gute Tanja Sommer belangen könnte, «ja wegen», ein hilfesuchender Blick wandert zu Thiele, der das Gespräch von Beginn an mitverfolgt, weil Lorenz die Lautsprechertaste gedrückt hatte, «wegen Zeugenbeeinflussung», hilft Thiele aus, «wegen gesetzwidriger Zeugenbeeinflussung belangen könnte, müsste.»

«Inhaftierung wegen Verdunkelungsgefahr», droht Thiele weiter.

«Das hätte zweifellos eine Inhaftierung wegen Verdunkelungsgefahr zur Folge.» Ach du liebe Güte, was rede ich da für einen Unsinn, wird sich Lorenz im gleichen Augenblick bewusst. Egal, der Zweck heiligt die Mittel, und am anderen Ende der Leitung klingt es ziemlich eingeschüchtert: «Ich mache nichts, was Sie mir nicht sagen. Hauptsache, es kommt alles raus, was der auf dem Kerbholz hat. So ein fieses Schwein.»

Moment, denkt Lorenz verblüfft, was ist jetzt los? Wir suchen immerhin vorrangig nach dem Mörder, der dieses ‹fiese Schwein› umgebracht hat, und erst dann reden wir davon, was das Opfer selbst ausgefressen hat.

«Frau Sommer, was ich noch sagen wollte. Herr Schüren hat vor, Sie heute zu besuchen. Er möchte die Sachen, die Gerstenbach hinterlassen hat, ebenfalls durchsehen, weil er vermutet, dass einiges davon ihm gehört. Wenn ich Sie bitten dürfte, eine genaue Liste dessen anzufertigen, auch von jenen Dingen, von denen Schüren behauptet, dass sie sein Eigentum seien.»

«Der ist schon hier und kramt.»

«Aha. Seit wann ist Herr Schüren bei Ihnen?»

«Seit einer halben Stunde ungefähr. Wollen Sie ihn sprechen?»

Will ich das, überlegt Lorenz, schaden könnte es nicht.

«Ja, bitte.»

Als Schüren das Telefon übernimmt, lässt ihn Lorenz als Erstes leicht ungehalten seine Verwunderung darüber spüren, dass er anscheinend schon mitten in der Nacht nach Zürich gefahren ist.

«Sie haben es wohl sehr eilig, Herr Schüren.»

«Erstens wissen Sie bereits, dass ich Frühaufsteher bin. Und zweitens geht es mir darum, möglichst schnell herauszubekommen, was von meinen Sachen, die ich dem Silvio geliehen habe, noch da ist und was nicht. Ich habe den Verdacht, dass er ziemlich viel verscherbelt hat.»

«Kann man die denn verkaufen?»

«Haben Sie eine Ahnung! Das sind teure Präzisionsgeräte. Wenn Sie die bei E-Bay anbieten, kommt einiges dabei rum.»

«Bitte, liefern Sie vorläufig alles hier ab. Ich muss zunächst mit den Schweizer Kollegen klären, wie wir verfahren. Ich habe bereits Frau Sommer gebeten, genaue Listen anzufertigen.»

Das steht mir auch noch bevor, stöhnt Lorenz unhörbar. Ich muss die Staatsanwaltschaft informieren und dann klären, wie wir hier im kleinen oder großen Grenzverkehr verfahren. Das wird ein Vergnügen werden.

«Ja, schon gut, meinetwegen. Aber meine Sachen will ich wiederhaben. Ich kann es mir nicht leisten, alles in den Wind zu schreiben.»

«Glauben Sie mir, Herr Schüren, es hat keiner ein Interesse daran, Ihnen irgendetwas vorzuenthalten. Es könnte ein Weilchen dauern, aber wenn Sie belegen können, was Ihnen gehört, bekommen Sie alles ausgehändigt.»

«Und wie soll ich das beweisen, bitte? Glauben Sie, ich hätte auf den Objektiven meinen Namen eingeritzt?»

«Wir werden sehen. Machen Sie sich keine unnötigen Sorgen.» Ich habe absolut keine Lust, mich mit solchem Kleinkram abzugeben, grummelt Lorenz still vor sich hin.

«Sie kommen ohnehin bei uns vorbei, dann können wir alles besprechen. Auf Wiedersehen, Herr Schüren.» Er legt den Hörer auf, bevor der andere Gelegenheit hat, sich weiter über das Problem auszulassen.

Ehe Lorenz den Mund aufmachen kann, um mit seinem Assistenten zwischendurch wenigstens kurz den Fortgang der Kriminalstatistik zu besprechen, schnarrt das Telefon erneut.

«Himmelmohrenelement, was ist heute Morgen los?»

«Lorenz.» Das hört sich mehr nach einem wütenden Fauchen an als nach einer freundlichen Aufforderung für den Gesprächspartner, sein Anliegen mitzuteilen.

«Hier ist Holzer aus Badenweiler. Guten Morgen.»

Die kurze Pause, die der Holzer Toni dieser Begrüßung folgen lässt, dient zweifellos dazu, dem Freiburger Kollegen ebenfalls die Möglichkeit zu geben, einen freundlichen Morgengruß herüberzuschicken, doch das klappt nicht. Lorenz bleibt stumm.

«Herr Lorenz?», fragt Holzer deshalb nach.

«Ja, was ist? Ich habe mich doch schon gemeldet.»

«Entschuldigung. Ich wollte nur fragen, ob Sie heute dabei sein wollen, wenn ich die beiden Damen vorlade.»

«Welche beiden Damen?»

«Na, die vom Handtaschenklau. Sie haben mir das selbst geraten.»

«Ja so. Nein, weshalb sollte ich? Damit habe ich wirklich nichts zu tun. Den Förster sollten Sie dazubitten.»

«Ich weiß, ich dachte auch nur, dass es Sie vielleicht interessiert.»

«Nein!»

«Na gut. Wir sehen uns sicher bald. Bis dann.»

An der kurzangebundenen Abschiedsfloskel kann sich Lorenz unschwer ausmalen, dass auch Holzer verschnupft ist, aber das kann er nicht mehr ändern.

Bedächtig meldet sich Thiele zu Wort. «Herr Lorenz. Ich schaue gleich, ob ich was über die Konten von Hochwert in Erfahrung bringen kann. Vielleicht habe ich mit meiner Tour nochmal Glück.»

«Tun Sie das, Thiele.» Endlich ein vernünftiges Wort. Es wäre zu schön, wenn sie über die Vermögensverhältnisse dieses eingebildeten Hochwert im Bilde wären. Doch heute hat Thiele Pech. Die Behörden, bei denen er um Auskunft bittet, verweigern sie ihm mit dem Hinweis auf den Datenschutz. Er möge, bitte, eine offizielle Anfrage an sie richten. Auch der Appell, Unterstützung auf dem kurzen Weg zu leisten, verfängt nicht.

«Keine Chance, Chef», teilt er Lorenz wenig später mit. «Was machen wir jetzt?» Es klingt ziemlich ratlos.

«Es bleibt nichts anderes übrig, als nach Badenweiler zu

fahren, uns den Obermaier vorzunehmen und den Hochwert ebenfalls. Wir müssen den beiden deutlich machen, dass sie die Riege der Mordverdächtigen anführen. Vielleicht stechen wir in ein Wespennest, und einer von denen macht einen Fehler. Und wenn wir schon dort sind, nehmen wir gleich diesen Briefträger unter die Lupe. Der soll bloß nicht glauben, dass wir uns mit seinen lumpigen Angaben zufriedengeben. Also los, Thiele.» Schon der zweite tiefe Seufzer heute.

«Wissen Sie, was mich wundert, Herr Lorenz», lässt sich Thiele auf dem Weg zum Parkplatz vernehmen.

«Na?»

«Die Haupteinnahmequelle dieses Gerstenbach bestand offensichtlich darin, dass er Leute erpresst hat. So viel steht wohl fest. Das können wir mit ziemlicher Sicherheit annehmen, oder?»

«Ich denke, davon können wir ausgehen. Und was wundert Sie da?»

«Ja, irgendwo müsste der notiert haben, wen er angezapft hat und weswegen. Und er muss schließlich auch Beweise haben, denn nur auf vage Behauptungen hin, egal, was es ist, zahlt kein Mensch solche Summen. Das finde ich arg merkwürdig.»

Hm, diese Argumente sind nicht von der Hand zu weisen.

«Aber es war nichts bei den Sachen, die oben liegen, dabei. Die ganzen CDs haben Sie von Anfang bis Ende durchforstet und nichts gefunden. Oder fehlt noch etwas?»

«Nein, alle Daten auf den CDs und Disketten, die Sie mir gegeben haben, habe ich einzeln überprüft. Da war nichts. Vielleicht hat er bei seiner Freundin noch Dateien geparkt.»

«Halten Sie das für wahrscheinlich? Würden Sie das tun? So etwas gibt man doch nicht aus der Hand. Da ist das Risiko, dass sie sich anschaut, was die Dateien enthalten, zu groß, meine ich.»

«Ich weiß nicht, wenn er ihr gesagt hat, dass er nur seine Landschaftsbilder abgespeichert hat?»

«Trotzdem. Er muss damit rechnen, dass sie neugierig ist oder sich gar dafür interessiert.»

«Aber die Spurensicherung hat nichts in seinem Zimmer gefunden, die haben alles von unten nach oben gekehrt. Und wenn sie in dem alten Bus, den er gefahren hat, was entdeckt hätten, wüssten wir es längst.»

«Stimmt. Wo würden Sie denn so etwas aufbewahren, Thiele?»

«Keine Ahnung. In einem Schließfach vielleicht. Kommt drauf an, wie viel Material es ist.»

«Schließfach – wie in einem schlechten Krimi. Ein entsprechender Schlüssel war nicht bei seinen Sachen.»

«Sie haben mich gefragt. Woher soll ich wissen, wo der das Zeug versteckt hat!» Thiele ist ein bisschen eingeschnappt, daher verläuft die Fahrt in den Kurort, wie schon fast üblich, weitgehend schweigend, außer einigen belanglosen Bemerkungen über die schöne Gegend und das Wetter.

In Badenweiler kommen die beiden Freiburger Beamten überein, zunächst Würschtle-Herbert aufzusuchen, um sich von ihm nochmals genau berichten zu lassen, was Thomas Maria Löffler beobachtet hat. Sie sind sich zwar klar darüber, dass dies nur eine Mitteilung aus zweiter Hand ist, aber glauben, dass im Moment zu viel Staub aufgewirbelt würde, wenn sie den Wirt direkt befragen. Dazu ist später noch Zeit. Thiele kommt dieser Entschluss selbstverständlich überaus gelegen, denn noch hat er nicht alle Hoffnung auf seine Chancen bei Sonja aufgegeben.

In der Pension treffen sie als Erstes auf Gundi, deren Miene recht grimmig ist. «Wollen Sie schon wieder was von meinem Mann?»

«Entschuldigen Sie, Frau Fehringer, aber Ihr Mann kann eventuell Wichtiges zur Klärung des Falles beitragen.»

«Können Sie das nicht allein? Brauchen Sie dazu einen Kurgast, der sich lieber auf seine Anwendungen konzentrieren sollte? Wissen Sie, dass mein Mann ununterbrochen wegen dieses toten Fotografen unterwegs ist? Ich und die Kur scheinen überhaupt nicht mehr zu existieren.»

Zu sagen, dass Frau Fehringer ungehalten ist, wäre stark untertrieben. Ich kann es ihr nicht verdenken, sinniert Lorenz, so lange hat sie sich gefreut auf geruhsame Tage mit ihrem Mann, und jetzt macht er ihr einen Strich durch die Rechnung.

Brigitte war manchmal auch ziemlich brummig gewesen, wenn aus einer geplanten Unternehmung wie so oft nichts geworden ist. Früher ist sie dann zu Hause geblieben, in letzter Zeit aber kurzerhand allein gegangen. Zugegeben, er hatte schon hin und wieder seinen beruflichen Stress vorgeschoben, um seine Ruhe zu haben. Ihm lag nun mal nichts an gesellschaftlichen Kontakten, gleich welcher Art, ganz im Gegensatz zu ihr. Lorenz, fang nicht schon wieder an, mit deinen Gedanken abzuschweifen, ermahnt er sich, als er bemerkt, dass er nicht mehr bei der Sache ist. Allerdings naht in der Person Herbert Fehringers ein zuverlässiger Helfer, der ihm in seiner fröhlich-lauten Art wenig Raum für Privates lässt. Dass er vorhin am Telefon etwas beleidigt reagiert hat, scheint längst vergessen. Voller Optimismus strahlt er die beiden Polizeibeamten an: «Jetzt kommen wir endlich vorwärts. Jetzt sieht man ein Licht am Ende des Tunnels», verkündet er.

Das ‹Wir› der ersten Person Plural stört Lorenz erheblich. Da muss er vorsichtshalber rechtzeitig und unmissverständlich bremsen.

«Wie gesagt. Wir sind Ihnen sehr dankbar, Herr Fehringer, aber das weitere Vorgehen ist ausschließlich unsere Sache. Da haben Sie mich am Telefon hoffentlich richtig verstanden.»

«Machen Sie sich keinen Kopf, Herr Lorenz. Ich fahre Ihnen nicht in die Parade. Aber Sie müssen zugeben, wenn Sie mich nicht gehabt hätten, wäre von Anfang an alles schwieriger für Sie gewesen. Stellen Sie sich nur vor, Sie hätten den Gerstenbach schon halb vermodert vorgefunden, dann hätten Sie überhaupt erst herausfinden müssen, um wen es sich handelt.»

«Ja, Herr Fehringer. Ich weiß. Trotzdem, bitte keine Extratouren.» Lorenz sammelt bereits wieder Geduldsfäden, und das recht mühsam. «Erzählen Sie mir lieber genau, was Ihnen Herr, wie heißt der Wirt nochmal, berichtet hat.»

«Löffler, Herr Kommissar, Löffler, Thomas Maria Löffler.» Und nun gibt sich Würschtle-Herbert alle Mühe, so präzise es geht wiederzugeben, was er gestern am späten Abend von Thomas Maria erfahren hat.

Mit der fast flehentlich vorgebrachten Bitte, nicht weiter über die Angelegenheit zu reden, und zwar nirgendwo, verabschieden sich Lorenz und Thiele in Richtung ‹Römerbad›. Da Gundi während der gesamten Unterhaltung daneben stehen geblieben ist, vertraut Lorenz – nicht zu Unrecht – darauf, dass sie dafür sorgen wird, dass in dieser Hinsicht Verlass ist auf ihren Mann. Sie wird ihn schon im Zaum halten. Davon ist Lorenz überzeugt.

Im ‹Römerbad› – mittlerweile haben sie sich an das luxuriöse Ambiente gewöhnt – erkundigen sie sich nach der Zimmernummer des Herrn Obermaier. Das Angebot des Empfangschefs, sie telefonisch anzukündigen, lehnen sie ab.

Beide sind froh, dass Obermaier in seinem Zimmer zu sein scheint und nicht unterwegs, was wieder eine endlose Warterei zur Folge gehabt hätte. Obermaier ist überrascht, als er die Kripobeamten vor seiner Tür stehen sieht. «Sie?»

«Wir müssen mit Ihnen sprechen, Herr Obermaier.»

«Jo, aba jetz hob i fei ka Zeid ned.»

«Tut mir leid, die müssen Sie sich schon nehmen.»

Obermaier runzelt die Stirn. Ein solch entschiedener Ton macht ihn stutzig. Er bittet die beiden dennoch in sein Zimmer.

«Und um was geht es?» Die gemütliche fränkische Färbung ist verschwunden.

«Der Fotograf Gerstenbach hat Sie erpresst, nicht wahr?», steuert Lorenz geradewegs auf sein Ziel zu.

«Mich erpresst? Wie kommen Sie auf die Idee? Wieso soll der mich erpresst haben? Mit was sollte er mich erpressen? Ich bin Kurgast, und das reicht wohl nicht für eine Erpressung. Jetzt sagen Sie bloß, wie Sie das meinen. Erpressung. Dass ich nicht lache. Glauben Sie, ich ließe mich erpressen?» Obermaier, knallrot im Gesicht, ereifert sich immer mehr.

O Mann, denkt Thiele, auffälliger geht's wohl nicht. Dass da etwas im Busch ist, merkt ein Blinder ohne Krückstock.

«Ganz ruhig, Herr Obermaier. Ganz langsam. Ich sage es noch einmal. Sie sind von Gerstenbach erpresst worden. Das steht fest!» Lorenz sagt das in so bestimmtem Ton, als hätte er jede Menge schlüssiger Beweise in der Tasche. Für einen kurzen Moment wird selbst Thiele unsicher. Woher nimmt der diese Gewissheit, fragt er sich.

«Hier in Badenweiler haben Sie sich wohl kaum mit Strichern getroffen. Folglich hat Sie Gerstenbach, wahrscheinlich ganz zufällig, in Freiburg gesehen, sich auf die Lauer gelegt und Sie fotografiert.»

Lorenz' Aussagen klingen, ungeachtet dessen, dass alles pure Vermutungen sind, die bislang noch jeglicher konkreten Grundlage entbehren, absolut definitiv.

Thiele staunt noch mehr. Eine derartige Kaltblütigkeit hätte er seinem Chef nie zugetraut, aber es scheint der richtige Weg gewesen zu sein, denn der bullige Obermaier fällt sichtlich in sich zusammen.

«Ist das etwa ein Verbrechen? Ich tu keinem was. Und bezahlt habe ich immer großzügig. Die Jungs bieten sich doch an dafür. Keinem habe ich je etwas getan. Ist auch nicht strafbar», jammert er.

«Darum geht es nicht. Herr Obermaier. Welchen Vergnügungen Sie nachgehen, ist Ihre Privatangelegenheit. Das geht uns nichts an. Wir müssen einen Mordfall aufklären.»

Erst jetzt dämmert es Obermaier, auf welche Weise er mit dem Mord an Gerstenbach in Verbindung gebracht wird.

«Sie glauben doch nicht etwa, dass ich den umgebracht habe? Ich habe in Bamberg eine wichtige Funktion. Da bringt man keinen um.»

Diese Folgerung leuchtet weder Lorenz noch Thiele ein. Ersterer verfolgt seine Strategie unbeirrt weiter.

«Vorläufig gehören Sie zum inneren Kreis der Verdächtigen, Herr Obermaier. Sagen Sie uns bitte, wo Sie am Sonntag zwischen 16 und 18 Uhr waren. Diesmal aber die Wahrheit, wenn ich bitten darf.» Obermaier schaut sie mit großen Augen verwundert an, gibt dann aber ohne weiteres zu:

«Na ja, halt auch in Freiburg. Ich habe mich mit einem der Jungen angefreundet.»

«Der Name?»

«Herr Kommissar, glauben Sie, dass man in solchen Kreisen nach dem Namen fragt? Ich habe ihn halt Ralphi genannt. Er hat gesagt, dass alle Ralphi zu ihm sagen.»

Das kann heiter werden. Im Strichermilieu ermitteln und nicht mal den richtigen Namen kennen. Vielleicht könnte man die Kollegen vom Drogendezernat um Hilfe bitten.

«Herr Obermaier. Wir wollen einfach miteinander reden. Sie sagen uns die Wahrheit, und wir hören zu. Klar? Also los! Gerstenbach hat Sie erpresst.»

«Ja.»

«Geht es etwas ausführlicher?» Wenn der mit seinen Worten

genauso knausrig ist wie die Barbara Lager, wird das eine mühselige Angelegenheit, fürchtet Thiele.

«Fragen Sie halt.» Obermaier wirkt fast hilflos, so wie er vornübergebeugt im eleganten seidenbezogenen Sessel sitzt.

«Hat Gerstenbach Sie in verfänglicher Situation fotografiert und gedroht, dass er die Bilder in Bamberg veröffentlicht?»

«Ja.»

«Haben Sie die Bilder gesehen?»

«Ja.»

Lorenz und Thiele schauen sich vielsagend an. Das ist genau der Punkt, über den sie vorhin, ohne zu einem Ergebnis zu kommen, nachgedacht haben.

«Wie viel hat er verlangt?»

«Zwanzigtausend.»

«Haben Sie ihm das Geld gegeben?»

«Was hätte ich denn machen sollen? Der hat es ernst gemeint.»

«Wissen Sie, wie Gerstenbach darauf gekommen ist, dass Sie sich in diesem Milieu bewegen?»

«Nein. Das hat er nicht gesagt. Aber es wird wohl so sein, wie Sie gesagt haben. Wahrscheinlich hat er mich irgendwo zufällig gesehen.»

«Haben Sie den einen oder anderen der Jungen mit hierhergebracht?»

«Na ja. Zweimal. Einmal waren wir im Wald und das andere Mal im Kurpark. In dieser Jahreszeit ist da noch kein Mensch. Schon gar nicht am Abend. Hierher konnte ich ihn ja schlecht mitnehmen.»

«Waren Sie in der Nähe des Gerstenbach'schen Tarnzeltes?»

«Woher soll ich wissen, wo der sein Zelt hatte. Ich habe jedenfalls keins gesehen.»

«Herr Obermaier, ich muss Sie leider bitten, sich nach Freiburg zu bemühen. Sie müssen alles, was Sie uns erzählt haben, zu Protokoll geben.»

«Bin ich jetzt verhaftet?», fragt Obermaier weinerlich.

«Wir werden Ihr Alibi überprüfen, und wenn es sich so verhält, wie Sie sagen, sind Sie aus dem Schneider. Ich werde Unterstützung aus Freiburg anfordern, damit man Sie ins Präsidium bringt.»

«Mit dem Polizeiauto? Das können Sie mir nicht antun. Ich bin nicht irgendwer. Meine Stellung. Denken Sie mal nach. Ich mache alles, was Sie wollen, aber bitte lassen Sie mich nicht in ein Polizeiauto einsteigen.»

Thiele hat Mitleid. «Wir könnten Sie in unserem Wagen bis zum Parkplatz ...», weiter kommt er nicht, denn der Blick, den ihm Lorenz zuwirft, spricht Bände.

«Tut mir leid, Herr Obermaier. Es geht nicht anders. Thiele, fordern Sie einen Wagen in Freiburg an. Wir bleiben so lange hier. Und so schlimm ist das nicht, Herr Obermaier, Sie werden schließlich nicht in Handschellen abgeführt.»

Lorenz nimmt sich dennoch vor, an der Rezeption verlauten zu lassen, dass es sich lediglich darum handelt, Herrn Obermaiers Zeugenaussage auf dem Präsidium protokollieren zu lassen. Irgendwie kann er sich nicht vorstellen, dass Obermaier einen solch brutalen Mord begangen haben soll.

19.

Als wenig später Karl Obermaier, sicher in ein Polizeifahrzeug verfrachtet, nach Freiburg unterwegs ist und die Kollegen entsprechend instruiert sind, kommen Lorenz und Thiele überein, sich als nächsten Kandidaten Manfred Hochwert vorzuknöpfen. Von irgendwoher muss das ganze übrige Geld schließlich stammen, wenn Obermaier wirklich nur zwanzigtausend gezahlt hat. Der soll derweil ruhig ein bisschen im Polizeipräsidium schmoren. Für die weitere Vernehmung ist am Nachmittag noch Zeit. Jetzt ist erst einmal Hochwert dran.

Dass sie mit ihm ein weitaus gerisseneres Kaliber vor sich haben werden, ist ihnen klar. Dennoch wird Lorenz auch bei ihm versuchen, einen ähnlichen Überfall wie bei Obermaier zu starten, um das Überraschungsmoment zu nutzen. Das Problem ist nur, dass sie im Gegensatz zu eben rein gar nichts in der Hinterhand haben. Hochwert wird sich winden wie eine Schlange, fürchtet Lorenz nicht zu Unrecht.

Erst einmal haben sie Glück, denn auch er ist in seinem Zimmer anzutreffen.

«Sie haben mir noch gefehlt», knurrt er, als er die beiden Männer vor seiner Tür stehen sieht.

«Deshalb sind wir hier, Herr Hochwert. Da Sie uns bisher kein glaubhaftes Alibi für die Zeit des Mordes am Fotografen Silvio Gerstenbach liefern konnten, sind Sie unser Hauptverdächtiger», beginnt der Kommissar übergangslos mit recht lauter Stimme, ohne sich auf eine weitere Form einer Begrüßung einzulassen.

«Sind Sie verrückt geworden? Nicht so laut. Kommen Sie bloß rein. Wenn das jemand hört.»

«Das ist mir ziemlich egal. Silvio Gerstenbach hat Sie erpresst, das steht fest. Sie haben gezahlt, er wollte mehr, und deshalb haben Sie ihn umgebracht.»

«Ich glaube, Sie haben einen Knall!» So schnell lässt sich Hochwert nicht ins Bockshorn jagen, und Thiele ist gespannt, was seinem Chef einfallen wird, denn außer einigen vagen Verdachtsmomenten haben sie rein gar nichts, womit sie Hochwert einschüchtern könnten.

«Würden Sie sich bitte mäßigen. Sonst haben Sie im Nu zusätzlich eine Anzeige wegen Beamtenbeleidigung am Hals. So, und jetzt reden wir Tacheles. Am besten, Sie gestehen gleich.»

«Und was bitte?»

«Beispielsweise, dass Sie Gerstenbach umgebracht haben.»

«Ich habe es Ihnen schon mal gesagt, Sie phantasieren.» Immerhin formuliert Hochwert nun seine Unschuldsbeteuerung etwas höflicher.

«Jetzt erzählen Sie uns halt die Wahrheit, und zwar ohne Umschweife.»

Thiele meint, zwei Kontrahenten vor sich zu haben, die unentwegt umeinander herumschleichen, ohne sich einen Moment aus den Augen zu lassen.

«Alles, was Sie wissen wollten, habe ich Ihnen bereits beantwortet.»

«Möglich, aber jetzt will ich noch mehr wissen. Erstens: Wie viel haben Sie an Gerstenbach gezahlt? Zwanzigtausend? Zweitens: Wie viel hat er danach verlangt? Drittens: Woher wussten Sie, wo sein Zelt aufgebaut war?»

«Erstens, zweitens, drittens. Nichts von alldem stimmt.» Hochwert ist sichtlich nervös, seine Stimme zittert ein wenig, mit den Händen nestelt er fahrig am Verschluss seiner Strickjacke.

«Ganz ruhig, Herr Hochwert. Sie haben illegal Gelder ins Ausland transferiert, und Gerstenbach ist dahintergekommen.

Das Grundwissen für Betrug und Steuerhinterziehung haben Sie sich damals beim Bankhaus Ammerling in Freiburg angeeignet. Ich bin sehr sicher, dass die ganze Sache mit unserem Kenntnisstand von heute nochmals neu aufgerollt wird. Dass Sie die nächsten Jahre schon aus diesem Grund in einer etwas kleineren und einfacheren Behausung als hier verbringen werden, steht außer Frage. Den Mord an Gerstenbach werden wir Ihnen ebenfalls nachweisen.»

Thiele staunt seinen Chef mit großen Augen an. Hat er in dieser Sache etwas nicht mitbekommen? Woher hat Lorenz solche Beweise, und warum hat er ihm nichts davon erzählt? Dass er so sehr blufft, traut er ihm nicht zu.

Ungerührt redet Lorenz weiter auf Hochwert ein.

«Ein umfassendes Geständnis wirkt sich natürlich strafmildernd aus. Wir warten, Herr Hochwert. Ansonsten nehme ich Sie fest wegen Flucht- und Verdunkelungsgefahr.»

Das hatten wir heute schon, findet Thiele.

«Sie haben sich am späten Sonntagvormittag mit Gerstenbach getroffen. Aus welchem Grund? Welche weiteren Forderungen hat er gestellt? Und wie ist er Ihnen überhaupt auf die Schliche gekommen?»

Was keiner der beiden Polizeibeamten geglaubt hat, geschieht. Hochwert lässt sich auf den nächstbesten Stuhl fallen und gibt unumwunden zu, von Gerstenbach erpresst worden zu sein. «Aber alles, womit der mir gedroht hat, ist gelogen, Herr Kommissar. Er hat behauptet, er hätte mich beobachtet, und dass die Fotos, die er mir gezeigt hat, eindeutig beweisen, dass ich Geld in die Schweiz schaffe. Aber die Bilder sind manipuliert, das geht ganz einfach heutzutage. Mit Photoshop. Das kann jeder Depp.»

«Und weshalb haben Sie dann trotzdem gezahlt? Wenn es sich wirklich so verhält, wie Sie sagen, hätten Sie doch in aller Ruhe abwarten können.»

«Sie haben vielleicht eine Ahnung! Etwas bleibt immer an einem hängen. Das habe ich damals gemerkt. Da kann man die weißeste Weste aller Zeiten haben.»

Ach, du armes Unschuldslämmchen, glaubst du wirklich, dass ich dir das abnehme? Lorenz unterlässt es, seine Gedanken laut zu äußern, denn es läuft besser, als er je zu hoffen gewagt hatte. Jetzt nur nicht nachlassen. Schon diese kurze Gesprächspause war zu lang. Hochwert hat auf einmal wieder Oberwasser.

«Haben Sie überhaupt einen Haftbefehl? Sie können mich gar nicht verhaften», trumpft er auf.

«O doch, ich kann. Ich habe es Ihnen eben schon erklärt: Flucht- und Verdunkelungsgefahr. Jetzt machen Sie keine Schwierigkeiten, sondern kommen mit, oder sollen wir Sie in Handschellen quer durchs ‹Römerbad› führen?»

Das wirkt. Hochwert nimmt seine Jacke von der Garderobe und lässt sich von Lorenz und Thiele zur Tür schieben. «Ich kann allein gehen», murmelt er noch, bevor er gänzlich stumm zwischen den beiden den Flur entlang zum Fahrstuhl und durch die Halle zum Auto marschiert, das Lorenz diesmal in weiser Voraussicht auf dem Hotelparkplatz abgestellt hat.

Er hätte zwar gern noch den Briefträger und sicherheitshalber auch diesen missmutigen Gritzinger in die Mangel genommen, doch zwei Verdächtige, denen man ein Motiv nachweisen kann, sind für den Moment auch nicht schlecht. Vielleicht ergeben die Vernehmungen in Freiburg mehr. Für den Augenblick ist Lorenz mit sich und seinem unerwarteten Erfolg hochzufrieden.

Nachdem sie Hochwert im Polizeipräsidium an der richtigen Stelle zur Bewachung abgegeben haben, werden sie im dritten Obergeschoss wieder einmal von Michael Schüren erwartet.

«Was wollen Sie schon wieder hier», fährt ihn Lorenz an.

Für heute hat er genügend Verdächtige eingesammelt, die er zu vernehmen hat.

«Sie wollten doch, dass ich herkomme, wenn ich aus der Schweiz zurück bin. Außerdem habe ich einiges mitgebracht, was mir gehört, und auch alle Disketten und CDs, die noch zwischen dem Kram von Gerstenbach gelegen haben. Was drauf ist, habe ich bisher nicht kontrolliert. Muss ich noch machen. Für mich ist das extrem wichtig, denn ich muss den Auftrag schleunigst weiter vorantreiben.»

«Ich hatte Ihnen ausdrücklich gesagt, dass ich mit den Schweizer Kollegen deshalb in Kontakt treten werde. Sie können die Sachen nicht einfach mitnehmen. Geben Sie sie mir erst einmal her.»

Insgeheim ist Lorenz alles andere als böse über diese Entwicklung, die zwar vor den bestehenden Gesetzen keinesfalls zu rechtfertigen ist, aber sie vielleicht der Aufklärung ein Stückchen näherbringt.

«Thiele, schauen Sie die Sachen bitte durch. Wir geben Ihnen Bescheid, Herr Schüren, wenn Sie das Material wieder an sich nehmen können.»

«Aber das muss bald sein. Ich kann nicht ewig hierbleiben.»

«Etwas Geduld werden Sie schon aufbringen müssen. Notfalls muss ich Sie in Sicherungsverwahrung nehmen.» Lorenz ist gerade so schön in Fahrt, da kommt es ihm auf einen Eingesperrten mehr oder weniger nicht an.

«Ja, ja, ist ja gut.» Schüren gibt nach. «Ich rufe aber nachher an, okay?»

«Ich kann Sie nicht daran hindern», schnauzt Lorenz, während Thiele bereits mit dem Packen in seinen kleinen Nebenraum verschwunden ist, um den Rechner anzuwerfen.

Schon nach ziemlich kurzer Zeit lässt er sich enttäuscht bei Lorenz blicken.

«Nichts, Chef, nur Blumen, Gräser, Tiere, Bäume, Wiesen. So viel Sie wollen. Nichts, was man auch nur andeutungsweise verwenden könnte, um jemandem Geld aus der Tasche zu ziehen. Ich verstehe das nicht. Der muss doch was in der Hand gehabt haben. Der Obermaier hat zugegeben, dass er Fotos gesehen hat und der Hochwert auch. Wo ist denn das Zeug?»

«Das ist mir auch schleierhaft, Thiele. Weit kann es nicht sein. Schauen wir halt zum dritten Mal seine Sachen durch, die er bei sich hatte. Vielleicht habe ich etwas in irgendeiner Seitentasche oder so übersehen. Holen Sie bitte den blauen Sack von da hinten?» Ein Glück, dass der immer noch in der Ecke des Büros steht, eigentlich hätten sie ihn schon längst wieder den Kollegen zur ordnungsgemäßen Aufbewahrung übergeben sollen.

Lorenz zieht Stück für Stück alles, was man beim Toten und im Zelt gefunden hat, aus dem Sack. In einer kleinen Plastiktüte ist gesondert eingepackt, was in den Jacken- und Hosentaschen des Ermordeten gefunden worden ist.

«Da ist nichts, Thiele.» Das klingt richtig mutlos.

Thiele wirft einen Blick auf das, was Lorenz eben ausbreitet, und wird plötzlich ganz zappelig.

«Was ist das denn, Chef?»

«Was? Das Taschenmesser? Ist ganz leicht.»

«Herr Lorenz, das ist kein Taschenmesser. Das ist ein USB-Stick.»

«Ein was?»

«Ein USB-Stick. Das ist ein Speichermedium. Darauf kann man eine sehr, sehr große Datenmenge speichern.»

«Auf dem kleinen Ding?»

«Ja, geben Sie her.» Thiele ist so aufgeregt, dass er jede Höflichkeit vermissen lässt. Er reißt seinem Chef das kleine blaue Ding aus der Hand.

«Da ist vielleicht alles abgespeichert, wonach wir bis jetzt vergeblich gesucht haben. Kommen Sie mit. Wir schauen uns das an.»

Gebannt starren die beiden Augenblicke später auf Thieles Monitor. Was dort erscheint, verschlägt ihnen fast den Atem. Auf dem Bildschirm sind nicht nur die Fotos zu sehen, von denen Obermaier berichtet hat, wo er und sehr junge Männer in kaum misszuverstehenden Situationen zu sehen sind, sondern auf der nächsten Datei ist Hochwert abgebildet, sehr unauffällig gekleidet auf dem Müllheimer Bahnhof, wie er eben in einen Regionalzug einsteigt. Die nächsten Aufnahmen zeigen ihn auf einem Bahnsteig des Basler Schweizer Bahnhofs, seinen Weg, den er zu Fuß in die Stadt zurücklegt, wie er eine Bank betritt und dort aus der Innentasche seiner Jacke ein recht umfangreiches Geldbündel hervorholt und dem Bankbeamten übergibt.

«Wie der Gerstenbach es geschafft hat, in der Bank zu fotografieren, ohne von jemandem daran gehindert zu werden, ist mir ein Rätsel», wundert sich Thiele, und Lorenz muss ihm recht geben.

«Dieser Gerstenbach war weit gerissener, als wir je vermutet haben. Machen Sie weiter, Thiele. Vielleicht ist noch mehr zu sehen.»

Die Neugier von Reinhold Lorenz und seinem Assistenten wird in höchstem Maße befriedigt. Auf dem Bildschirm erscheinen Gritzinger und seine Begleiterin Frau Jürgens, eng umschlungen auf einem Waldweg wandernd; man sieht sie auf dem Parkplatz der Pension, wie sie die Koffer aus dem Mercedes auspacken, dann händchenhaltend auf dem Weg in den Ort.

«Wen regt das heutzutage noch auf? Jeder hat irgendwann mal ein Verhältnis oder leistet sich einen Seitensprung.» Nun ist es an Lorenz, über seinen Assistenten zu staunen. Was hat der denn für Ansichten? Sollte es wirklich so sein, dass Treue und Vertrauen gänzlich aus der Mode gekommen sind?

«Lassen Sie uns mal sehen, Chef, vielleicht finden wir noch mehr. Da sind noch Word-Dateien.»

Die Hoffnung trügt nicht. Gerstenbach war nicht nur ein perfider, sondern auch ein sehr ordentlicher Mensch. Für jeden, den er abgelichtet und dann erpresst hat, existiert eine penibel angelegte Datei, in der bis ins kleinste Detail jede Beobachtung und jedes Ergebnis der Gerstenbach'schen Nachforschungen festgehalten ist. Dass er nicht sorgfältig recherchiert hätte, kann man ihm kaum vorwerfen. Obermaiers Position und seine Familienverhältnisse in Bamberg sind genauestens aufgezeichnet, ebenso mit Datum und Uhrzeit seine Ausflüge nach Freiburg.

Hochwerts kleine Reisen in die benachbarte Schweiz sind ebenfalls akkurat notiert. Was fehlt, sind lediglich die Quellen, aus denen er das Vermögen bezogen hat, das er in die Schweiz transferiert hat. Vermutlich blieb Gerstenbach für deren Erforschung keine Gelegenheit mehr.

«Jetzt ist Gritzinger dran. Mal sehen, womit er den in der Hand hatte. Ach, sieh an. Das Unternehmen gehört seiner Frau, und er ist nur angestellter Geschäftsführer. Wenn die erfahren hätte, dass er ein Verhältnis mit der Sekretärin hat, hätte sie ihn sicher aus der Firma und der Ehe gefeuert und ihn ohne Rücksicht auf Verluste auf die Straße gesetzt. Das alte Lied.»

Nach dieser lakonischen Bemerkung Thieles kommt sich Lorenz auf einmal vor, als wäre nicht er der alte Hase, der das Leben in- und auswendig kennt, sondern sein junger, vermeintlich unerfahrener Kollege.

«Weiter, Thiele, was gibt es noch. Vielleicht tauchen die anderen, die in den Fall verwickelt sind, auch auf.»

«Eine Excel-Datei. Der war vielleicht pedantisch. Mit Datum und Uhrzeit sind alle Geldeingänge verzeichnet. An dem ist ein Buchhalter verlorengegangen.»

«Weiter, Thiele.»

«Hier, noch eine Datei: Sommer. Es geht um den Berni.

Nichts Konkretes. Wahrscheinlich nur das, was er von Tanja weiß. Prügelt sich, hat schon mehrmals mit der Polizei zu tun gehabt. So schlau sind wir auch. O Mann, Mist. Mehr ist nicht, Chef.»

Es klingt überaus enttäuscht. Auch Lorenz hätte gern noch mehr erfahren. Nun wussten sie zwar konkret, wen, weshalb und welche Summen Gerstenbach erpresst hat, aber auf der Suche nach dem Mörder sind sie im Grunde keinen Schritt vorangekommen. Ganz im Gegenteil. Der Kreis ist um einen weiteren Hauptverdächtigen, nämlich Gritzinger, erweitert worden.

«Wenn er schon so ordentlich war, hätte er auch den Namen seines Mörders eingeben können.» Bisweilen kann Lorenz trotz aller neuen Bewunderung für seinen Assistenten dessen Humor nicht ganz folgen. Aber dieses Mal übergeht er die Bemerkung wortlos.

«Was machen wir jetzt, Chef?»

Wie oft habe ich das schon von ihm gehört, klagt Lorenz still vor sich hin. Aber er muss insgeheim selbst zugeben, dass er momentan auch nicht weiß, wie er weiter vorgehen soll. Jedenfalls sind Obermaier und Hochwert mehr denn je verdächtig und daher im Polizeigewahrsam vorerst gut aufgehoben. Schließlich haben beide für die Tatzeit kein Alibi.

«Ursprünglich wollten wir diesen Briefträger heute in die Zange nehmen, und Gritzinger müssen wir uns sowieso vorknöpfen. Ergo: auf ins schöne Badenweiler, Thiele.»

«Jetzt noch? Da sind wir bis Dienstschluss aber längstens nicht zurück.»

Ein drohender Kommissar-Blick unterbindet jede weitere Assistenten-Einwendung.

«Okay, okay, ich hole meine Jacke. Ist auch egal. Auf mich wartet keiner.»

Ach, das kenne ich jetzt schon zur Genüge, und zwar in

genau demselben Jammerton. Mann, Thiele, such dir halt endlich eine Freundin.

Nur gut, dass Thiele keine Gedanken lesen kann. Sollte ich mich vielleicht auch umsehen?, überlegt Lorenz. Würde Brigitte ganz recht geschehen, wenn sie merkt, dass ich in meinem Alter noch Chancen habe. Lorenz fällt auf, dass er, seit Ulli wieder bei ihm wohnt, etwas weniger unter dem Auszug seiner Frau leidet. Braucht er womöglich nur ein bisschen Gesellschaft und das Gefühl, dass jemand auf ihn wartet? Wenn es mit ihm so weit gekommen wäre, dann gäbe das freilich keine gute Basis für eine funktionierende Ehe ab, muss sich Lorenz eingestehen. Sollte Brigitte das so empfunden haben, und er hat es nur nicht gemerkt? Darüber muss er bei passender Gelegenheit genauer und vielleicht auch ehrlicher mit sich selbst nachdenken.

«Gehen wir zuerst zum Gritzinger oder zum Briefträger?», unterbricht Thiele den Ansatz der Lorenz'schen Selbstkritik – der sich sofort bemüht, seine Gedanken auf die beruflichen Anforderungen zu lenken, was ihm gegenwärtig gar nicht unlieb ist.

«Als Ersten werden wir selbstverständlich den Gritzinger angehen, denn der hatte nach dem, was wir eben herausbekommen haben, wesentlich mehr Veranlassung, Gerstenbach ins Jenseits zu befördern.»

Thiele kommt das sehr gelegen. Bestimmt ist Sonja um diese Zeit in der Pension, um beim Servieren des Abendessens zu helfen. Schade, dass er sich heute nicht in Schale geworfen hat. Sicherheitshalber wird er sich morgen wieder schicker anziehen. Sie werden bestimmt wieder nach Badenweiler fahren.

Die beiden Beamten finden Gritzinger und Frau Jürgens im kleinen Lesezimmer des Hauses, in dem einige Zeitschriften ausliegen und ein kleines Bücherregal steht, das ausgerüstet ist mit Romanen, deren Autoren nie in die Verlegenheit gekommen sind, sich für die Übergabe des Nobelpreises einkleiden zu müssen.

Aus Gritzingers Miene kann man zweifelsfrei auf die in ihm aufsteigende Wut darüber schließen, dass er schon wieder von der Polizei belästigt wird.

«Können Sie einen nie in Ruhe lassen? Es gibt gleich Abendessen, und ich habe keine Lust, mir das von Ihnen versauen zu lassen.»

«Tut mir leid, Herr Gritzinger, aber auf das Abendessen werden Sie wohl verzichten müssen, denn Sie werden uns nach Freiburg begleiten ins dortige Untersuchungsgefängnis.»

«Was werde ich? Sie sind wohl nicht ganz bei Trost.»

«Herr Gritzinger, Sie stehen in dringendem Verdacht, Silvio Gerstenbach ermordet zu haben.»

«Sie sind übergeschnappt! Sie haben sie nicht mehr alle! Wie kommen Sie auf die Idee?»

«Ganz einfach, Herr Gritzinger, Sie haben für die Mordzeit kein Alibi, und Sie sind von Gerstenbach erpresst worden. Um welche Summe ging es genau, Herr Thiele?»

Herr Thiele weiß, dass sein Chef weiß, dass es sich um zwanzigtausend Euro handelt, und er weiß ebenso, dass der seine Überlegenheit, soweit es geht, auskosten möchte.

Gritzinger ist nämlich in der Zwischenzeit aschfahl geworden.

«Du bist erpresst worden? Davon hast du mir gar nichts erzählt.» Der Vorwurf seiner Begleiterin klingt so milde und beiläufig, als sei sie nur ein wenig erstaunt darüber, dass er vergessen hat, ihr mitzuteilen, dass es regnet.

«Es stimmt schon, Frau Jürgens. Herr Gritzinger ist von Silvio Gerstenbach erpresst worden, weil er seiner Frau verheimlicht hat, dass er mit Ihnen hier Ferien macht und Sie wohl schon länger miteinander ein Verhältnis haben. Die Firma gehört, wie Sie sicherlich wissen, seiner Gattin, und finanziell würde es sich für Herrn Gritzinger kaum auszahlen, wenn sie ihn entlassen würde.»

Ein kleiner Schrei, dem ein lautes Aufschluchzen folgt, unterbricht ihn. «Aber du hast mir gesagt, dass dir die Firma gehört und dass du deine Frau verlässt und mich heiratest. Sag dem Kommissar, dass das nicht stimmt, was er da behauptet.»

«Ach, sei still.» Das klingt nicht gerade liebevoll und ruft weiteres intensives Geheule hervor.

«Darf ich Sie bitten, uns zu begleiten. Oder können Sie schlüssig beweisen, wo Sie zur Tatzeit waren?»

«Ich habe Ihnen gesagt, ich war im Kurhaus. Ach was, jetzt ist schon alles egal. Ich habe jemanden kennengelernt und war mit der zusammen.»

Frau Jürgens ist starr vor Schreck. «Wann hast du jemanden kennengelernt? Hier? Und wen?»

«Ja, glaubst du, dass ich versaure, wenn du bei der Kosmetikerin oder der Massage oder sonst wo bist?»

«Hat diese Person auch einen Namen und eine Adresse?» Lorenz bemüht sich um größtmögliche Sachlichkeit und Lautstärke, mit der er das einsetzende Wutgeschrei der Sekretärin zu übertönen sucht.

«Das kann ich nicht sagen. Die Dame ist verheiratet. Ich kann sie nicht kompromittieren.»

«Gut. Dann nicht. Herr Thiele, die Handschellen, bitte!»

Bevor Thiele noch einwenden kann, dass er derzeit – wie üblich – keine bei sich trägt, hat Gritzinger ein Einsehen.

«Also schön. Ich gebe Ihnen Namen und Adresse. Aber dann lassen Sie mich in Ruhe.»

Ein kurzer Anruf im Hotel, in dem die neue Angebetete des Nordlichts wohnt, ergibt, dass Gritzinger sich zur Tatzeit tatsächlich dort aufgehalten hat, er ist sogar gesehen worden.

Eine weitere Festnahme erübrigt sich somit, und das Freiburger Gespann kann sich auf die Suche nach Berni Sommer begeben, um ihn nochmals intensiv daran zu erinnern, dass er sich überlegen sollte, wo er am Sonntagabend zur fraglichen Zeit war.

«Könnte sein, dass Gritzinger sein Abendessen jetzt trotzdem nicht so richtig genießen kann – oder Chef?» Thiele kichert. «Geschieht dem ganz recht, wenn er der das Blaue vom Himmel verspricht, nie vorhat, es zu halten und obendrein noch ein zweites Verhältnis anfängt. Der muss auf seine verdiente Strafe nicht lang warten, wie ich mir vorstellen könnte.»

«Thiele, Thiele, Sie sind schadenfroh.»

«Na und? Er hat es verdient, hätte es ja anders haben können.»

Nach dieser Schlussfolgerung, der Lorenz im Grunde zustimmt, verlassen sie die Pension Oberle, ohne dass sie – sehr zu Thieles Leidwesen – jemanden von der Familie zu Gesicht bekommen hätten.

So, als wiederholten sich die Ereignisse, kommt ihnen auf dem Weg der Holzer Toni entgegen, diesmal unterscheiden sich lediglich die Richtungen, aus denen sie kommen.

«Das war leider ein Schlag ins Wasser, Herr Kommissar.»

«Wie meinen Sie?»

«Na, diese verkappte Gegenüberstellung von Stammer, dem Förster, und der Freundin von der Frau, der die Handtasche geklaut worden ist. Er ist sich ziemlich sicher, dass sie es nicht war, die er im Kurpark gesehen hat.»

«Schade. Aber es hätte sein können.»

«Was ist schade, Herr Kommissar?»

Diese fröhliche Stimme gehört nur einem: Würschtle-Herbert, der sich auf dem Weg ins ‹Waldhorn› befindet. Gundi hat ihm gnädigerweise freigegeben, weil heute Abend im Fernsehen ein Rosamunde-Pilcher-Film läuft, den sie gern in aller Ruhe sehen möchte, was nicht möglich ist, wenn ihr Mann daneben sitzt. Die Sendungen mögen noch so spannend sein: Herbert schätzt seinen eigenen Unterhaltungswert weit höher ein und kommentiert das Bildschirmgeflimmer stets überaus einfallsreich.

Jetzt hat der nicht mal mitbekommen, was sich da drin abgespielt hat. Thiele bedauert das aufrichtig, denn dem Gritzinger, der sich so mies gegenüber seiner hoffnungsvollen Freundin benommen hat, hätte er gegönnt, dass sein Doppel- und Dreifachleben in Badenweiler die Runde macht.

Bevor Lorenz es verhindern kann, beginnt Polizist Holzer, Herbert Fehringer ausführlichst von ihrem schönen, aber leider gescheiterten Plan zu unterrichten.

«Ja, das wäre was gewesen, wenn man da hätte was rauskriegen können. Das ist wirklich schade. Stimmt, der Handtaschendiebstahl ist immer noch nicht aufgeklärt. Wer das viele Geld jetzt wohl hat? Wir könnten doch alle vier noch einmal darüber nachdenken. Wie wär's, Herr Kommissar, kommen Sie mit ins ‹Waldhorn›?»

Das trifft wahrlich nicht die Vorstellung, die sich Lorenz von diesem Abend gemacht hat. Andererseits, wer weiß, es könnte sein, dass man heute bei den Stammgästen, die zu dieser Stunde in der Kneipe versammelt sind, auf eine neue Spur stößt. Der Zufall könnte ja ausnahmsweise gnädig sein und sie noch etwas mehr über Berni Sommer erfahren lassen. Lorenz schwankt und schaut Thiele an, aus dessen Gesichtsausdruck ebenfalls nicht die reine Freude spricht.

Während sie noch unschlüssig stehen und Herbert Fehringer ungeduldig das Gewicht von einem Fuß auf den anderen verlagert, kommt wie auf Verabredung Förster Robert Stammer die Straße entlang.

«Jetzt machen wir aber gleich einen Stehkonvent, grüß dich, Robert.» Seit dem Tag des gemeinsamen grausigen Fundes sind Würschtle-Herbert und Stammer stillschweigend zum freundschaftlichen Du übergegangen.

«Was treibt dich um diese Zeit noch um?»

«Ach, der Hubert hat bei der letzten Sitzung seine Unterlagen vergessen, und ich muss sie ihm endlich bringen.»

«Wir gehen gleich alle ins ‹Waldhorn›. Was ist, hast du nicht auch Lust?»

«Warum eigentlich nicht. Ich gehe nur schnell hinein, gebe dem Hubert die Sachen und komme dann nach. Geht ihr schon voraus.»

Eher automatisch schließen sich Lorenz und Thiele den beiden anderen an. Es muss ja nicht länger als auf ein Bier sein.

20.

Ganz selbstverständlich sind die Stammtischbrüder zusammengerückt, damit die vier neuen Gäste sich dazusetzen können. Es ist eigentlich absolut unüblich, dass man auf seinen ureigenen Platz verzichtet, aber in diesem besonderen Fall verspricht man sich aufregende Neuigkeiten. Die beiden Freiburger halten sich damit leider ziemlich zurück.

Wenn die wüssten, was wir inzwischen wissen, denkt Thiele vergnügt. Ob ich mal eine kleine Bemerkung fallenlasse? Die bersten sicher vor Neugier. In seinen Augen funkelt es unternehmungslustig, was seinem Chef leider entgeht, denn der wartet auf die naheliegende Frage, mit der sicherlich innerhalb von Sekunden einer der Anwesenden aufwartet. Und er wird nicht enttäuscht.

«Sind Sie jetzt endlich weitergekommen? Wissen Sie schon mehr? Sie waren doch jeden Tag hier.» Ein tadelnder Unterton ist unüberhörbar.

Lorenz will eben die Erwartungshaltung etwas dämpfen, als Thiele das Wort ergreift und eine kleine Bombe platzen lässt:

«Wir haben einiges herausgefunden. Der Gerstenbach war mit Sicherheit ein Erpresser und hat sich an mehreren Gästen in Badenweiler bereichert.»

Fassungslos schaut Lorenz seinen Assistenten an. Ist der von allen guten Geistern verlassen? Wie kommt der dazu, ohne seine Erlaubnis solch wichtige Informationen am Stammtisch auszuplaudern? Na, der kann was erleben, nachher.

Den Stammtischbrüdern, wie auch Würschtle-Herbert und dem Holzer Toni ist die hemmungslose Neugier ins Gesicht geschrieben. Sie recken allesamt die Hälse, um nur ja nicht das nächste Wort zu verpassen, das Thiele hoffentlich gleich von sich gibt. Aber der denkt gar nicht daran. Er hatte eine Sekunde lang gehofft, dass seinem Bröckchen Information eventuell andere vonseiten der Gäste folgen würden, doch als er die versteinerte Miene seines Chefs sieht, beginnt er, starke Zweifel an der Richtigkeit seiner Idee zu hegen.

«Hab ich es nicht gleich gesagt», triumphiert Würschtle-Herbert, «das war vorauszusehen.» Woher er diese Gewissheit nimmt, ist nicht klar, denn es kann sich keiner erinnern, dass er jemals Entsprechendes hätte verlauten lassen.

«Wie kommen Sie darauf, Herr Fehringer?», fragt prompt der Kommissar. Sollte er sich doch geirrt haben, und Würschtle-Herbert ist gar nicht so harmlos, wie er immer tut? Aber wo läge das Motiv? Dass er den Fotografen nicht mochte, reicht bei diesem Gemütsmenschen wohl kaum aus, um jemanden umzubringen, falls er überhaupt dazu in der Lage wäre.

«Das war ganz klar. Der wohnt wer weiß wie lange bei den Oberles, schleppt teure Geräte mit sich herum und verdient nichts. Wovon zahlt der den ganzen Kram!»

«Es könnte beispielsweise sein, dass er geerbt hat.»

«Der? Geerbt? Wer würde dem was vererben? Nie!»

«Was macht Sie so sicher, Herr Fehringer?»

«Sie haben den nicht erlebt, wie der sich benommen hat. Selbst die geduldigste Tante würde den enterben.»

In diesem Augenblick betritt Förster Stammer grußlos das ‹Waldhorn›. Recht nachdenklich setzt er sich auf den einzigen noch freien Stuhl am Stammtisch.

«Was ist denn mit dir los? Hast du Krach mit dem Hubert?», will der Holzer Toni wissen.

«Wieso? Nein, natürlich nicht.»

«Und weshalb schaust du dann so komisch?»

«Irgendwie kriege ich das nicht auf die Reihe.»

«Was?»

«Ich war ganz kurz im Restaurant, weil ich dem Hubert noch was hab sagen wollen. Und weißt du, wer auch dort war?»

«Nein. Aber du wirst es uns hoffentlich gleich sagen.»

Lorenz und Thiele schauen den Förster ebenfalls interessiert an.

«Ja, also, einen Reim kann ich mir darauf nicht machen.»

«Jetzt sag halt, Mann, Robert, mach's nicht so spannend.»

«Also.» Lorenz verdreht im Geist die Augen gegen die verräucherte Decke. «Also, im Restaurant bei den Oberles hat die Frau gesessen, die ich mit dem Berni im Kurpark gesehen hab.»

Die Beamten sind wie elektrisiert. «Sind Sie ganz sicher, Herr Stammer?», hakt Lorenz aufgeregt nach.

«Ja, absolut, weil, ja weil die Frau hat so eine komische Haarfarbe, die man nicht so oft sieht, so mit ganz viel Lila.»

Die beiden Beamten wissen sofort, von wem er spricht, denn mit dieser Haarfarbe gibt es in der Pension Oberle derzeit nur eine einzige Dame: Frau Düringer. Allerdings – was sollte die gemeinsam mit Berni im Kurpark zu suchen gehabt haben? Nun wird die Sache vollends rätselhaft und eine Vernehmung von Berni Sommer immer dringlicher.

«Zahlen, Herr Wirt.» Lorenz hat es sehr eilig. «Zwei Bier.»

«Ich zahle auch, Thomas.» Das ist Würschtle-Herbert, und Lorenz vermutet völlig richtig, dass er die Absicht hat, sich ihnen anzuschließen. Er will dem eben vorbeugen und seinem Möchtegernassistenten klarmachen, dass er mit dem richtigen Assistenten schon genug hat, als er sich anders besinnt. Vielleicht wäre es gar nicht schlecht, wenn sie ihn mitgehen ließen. Immerhin könnte es sein, dass er Berni und diese Frau Düringer in der Pension bei einer Unterhaltung beobachtet hat, die ihm nicht wichtig erschienen ist. Sollte dies der Fall sein, könnte seine Anwesenheit bei der Befragung des Briefträgers durchaus nützlich sein.

Alle drei stehen auf und verlassen ziemlich eilig das ‹Waldhorn›. Thiele schaut verdutzt, weil sein Chef keinerlei Anstalten macht, Würschtle-Herberts Begleitung zurückzuweisen. Aber er zieht es vor, zum gegenwärtigen Zeitpunkt auf einen entsprechenden Hinweis zu verzichten.

Bis sie Berni Sommers Wohnung erreicht haben, fällt kein Wort. Nicht einmal von Würschtle-Herbert. Der versagt sich jede Bemerkung, weil diesem Kommissar sonst womöglich einfällt, ihn zurückzuschicken.

Von der Straße aus sehen sie, dass in Berni Sommers Wohnung Licht brennt. Auf ihr Klingeln wird umgehend geöffnet.

Nicht nur Berni ist zu Hause, sondern auch seine Braut, die das neckische weiße Caféhaus-Schürzchen mit der Riesenschleife gegen eine geblümte Kittelschürze getauscht hat, von der weder Lorenz noch Thiele geahnt hätten, dass es solch ein Modell überhaupt noch zu kaufen gibt. Es ist so altmodisch, dass es eventuell aus dem Erbe der Lager'schen Großmutter stammen könnte.

Berni ist äußerst ungehalten über die ungebetenen Gäste, die sein Wohnzimmer betreten.

«Wird man Sie nie los? Und um diese Zeit! Wissen Sie, wie spät es ist!»

Achtet man genau darauf, so kann man der Stimme nicht nur Ärger, sondern auch ein gehöriges Maß an Unsicherheit entnehmen, und Lorenz hat sich im Lauf der Zeit angewöhnt, für solche Feinheiten ein Gespür zu entwickeln.

«Ja, das weiß ich. Stellen Sie sich vor!» Lorenz greift Bernis patzigen Ton auf.

«So, und nun sagen Sie uns bitte, Herr Sommer, welche Geheimnisse Sie mit Frau Düringer zu besprechen hatten, sodass Sie dafür in den hintersten Winkel des Kurparks ausweichen mussten.»

Berni fehlen zunächst die Worte, dann beginnt er zu stottern.

«Woher …? Was? Wie? Warum, wer hat denn gesagt …?»

«Sie sind von einem zuverlässigen Zeugen gesehen worden.»

«Der da?», fragt Berni und zeigt auf Würschtle-Herbert.

«Das ist im Moment völlig unerheblich. Also, was hatten Sie mit Frau Düringer im Kurpark zu tun? Die Wahrheit bitte, aber ein bisschen flott, wenn ich bitten dürfte.»

«Ist es verboten, mit jemandem spazieren zu gehen?»

«Herr Sommer, entweder Sie sagen uns jetzt sofort, was Sache ist, oder wir verfrachten Sie ganz schnell in Handschellen ins Freiburger Untersuchungsgefängnis. Sie können es sich aussuchen.»

Aus Bernis Gesicht ist endgültig alle Farbe gewichen.

«Hast du mit der ein Verhältnis?», mischt sich höchst unpassend die Caféhaus-Erbin ein.

«Sie halten bitte Ihren Mund», reagiert Lorenz recht unhöflich, setzt dann aber etwas verbindlicher hinzu: «Die Frau ist sicher bald siebzig.»

«Du betrügst mich mit so einer Alten? Was hat sie dir geboten?»

Über so viel Dummheit staunt selbst Herbert Fehringer mit seiner vierzigjährigen Bratwursterfahrung.

«Ruhe jetzt», donnert Lorenz.

«Herr Sommer, ich warte auf Antwort. Thiele, die Handschellen, bitte.»

Diesmal ist Thiele gewappnet, zwar nicht mit Handschellen, aber er greift langsam, mit theatralischer Geste in seine hintere Hosentasche.

«Na ja, die Frau Düringer und ich hatten was zu besprechen, halt.»

«Und was?»

«Sie, Herr Sommer», mischt sich Würschtle-Herbert jetzt ein, «ich erinnere mich gerade daran, dass Sie es am Montag ganz wichtig gehabt haben mit dem Paket, was Sie der Frau Düringer gebracht haben. Ich wollte es Ihnen im Hof abnehmen, damit Sie nicht extra die Treppen raufrennen müssen zur Frau Düringer. Da wollten Sie auch mit ihr reden.»

Da habe ich mehr Glück als Verstand gehabt, dass ich meinem Gefühl gefolgt bin und zugelassen habe, dass Fehringer mitgeht, erlaubt sich Lorenz ein kleines Eigenlob.

«Mit dem Mord habe ich nichts zu tun», bricht es aus Berni jetzt heraus.

«Sondern? Womit dann?»

«Also, ja, also, ich konnte halt nicht anders!»

Alle blicken ihn an.

«Die hat mich erpresst.»

«Wer hat Sie erpresst? Gerstenbach?»

«Gerstenbach? Wie kommen Sie denn darauf? Nein, die Düringer natürlich.»

Jetzt ist es an der Reihe der drei Besucher, sprachlos zu sein.

«Womit hat sie Sie erpresst?», fasst sich Lorenz als Erster.

«Sie hat halt gesehen», ein schiefer Blick geht in Richtung Barbara, und Berni scheint sich schutzsuchend gegen die mächtige Gestalt von Würschtle-Herbert zu bewegen, «sie hat halt die Sonja und mich gesehen, wie wir im Kurpark, na eben, Sie wissen schon ... Und außerdem hat sie die Sache mit dem Auto mitgekriegt.»

«Mit welchem Auto? Meine Geduld reicht nicht ewig, Herr Sommer.»

«Vorletzte Woche habe ich mit dem Auto eine Hausmauer gerammt und bin weitergefahren. Obwohl, ich hätte anhalten können und auf den Holzer Toni warten, weil, weil ich hatte fast nichts getrunken.»

Mein Lieber, du warst todsicher sternhagelvoll, vermutet Lorenz nicht zu Unrecht.

«Ja, da hat sie mich auch gesehen.»

«So. Schön, dass wir das alles nun wissen. Es fehlt nur noch die Kleinigkeit, was Sie wirklich mit der Düringer zu besprechen hatten.»

Es dauert eine kleine Weile, bis sich Berni überwinden kann.

«Wenn ich alles gestehe, kriege ich dann Strafnachlass?»

«Das hängt nicht von uns ab. Aber ich könnte mir vorstellen, dass ich ein gutes Wort für Sie einlege. Allerdings nur, wenn ich auf der Stelle die Wahrheit von Ihnen höre.»

Ein tiefer Seufzer, dem noch einer folgt.

«Also gut. Die Düringer ist im Thermalbad mit der Freundin von der alten Tussi ins Gespräch gekommen, von der mit dem Schmuck. Und die hat ihr erzählt, dass die immer das ganze Geld und den ganzen Schmuck mit sich rumschleppt, weil sie niemandem mehr traut. Und dass die jeden Tag ins Café gehen, wo die Barbara bedient. Da ist dann die Düringer auf die Idee gekommen, die Tasche zu klauen. Und man könnte einen günstigen Augenblick abwarten und die Tasche verschwinden lassen. Und es würde sich lohnen. Und ich müsste das machen. Und ich würde auch einen Anteil kriegen.»

«Langsam. Wenn ich Sie richtig verstanden habe, dann wollen Sie sagen, dass Frau Düringer Sie gezwungen hat, die Tasche samt wertvollem Inhalt zu stehlen und ihr zu übergeben. Stimmt das?»

«Ja.»

«Und Sie sollten einen Anteil bekommen. Wie hoch?»

«Fünfhundert Euro.»

«Für fünfhundert Euro riskieren Sie so viel?»

«Nicht nur dafür. Sie hatte mich in der Hand.»

Auf Barbara und deren langsam keimende Wut hatte die ganze Zeit niemand geachtet. Jetzt nimmt sie völlig unvermutet Anlauf, stürzt sich auf Berni und bearbeitet ihn grob mit den Fäusten, noch bevor einer der drei eingreifen kann.

«Bist du verrückt geworden? In was für einen Ruf kommt unser Café? Du spinnst ja. Du betrittst es nie wieder, verstanden?»

Die denkt nur an ihr Café, registriert Thiele höchst erstaunt. Der ist ganz egal, wenn der Freund sie betrügt, klaut und vielleicht sogar mordet, Hauptsache, der Ruf des Hauses leidet nicht.

Zu dritt befreien sie Berni schließlich von der wütenden Caféhaus-Furie, und Würschtle-Herbert hält sie vorsichtshalber an den Armen fest.

«Sie haben ihr die Tasche samt Inhalt übergeben?»

«Ja.»

«Und Sie sind sich ganz sicher, dass Sie den Bargeldvorrat, der dort gehortet war, vorher nicht etwas dezimiert haben?»

«Ging ja nicht. Die blöde Gans im Thermalbad hat der Düringer ganz genau auseinandergesetzt, was und wie viel drin war.»

«Die Beobachtung von Herrn Fehringer, dass Sie am Montag die Tasche, verpackt als Paket, Frau Düringer übergeben haben, ist zutreffend?»

«Ja.»

«Wie haben Sie das im Café überhaupt angestellt, dass keiner etwas gemerkt hat?»

«Das war ganz einfach. Die zwei Weiber sind zusammen zur Kuchentheke, und mich kennt man dort, auf mich hat keiner besonders geachtet. Ich habe die Tasche hinter einer Zeitung verschwinden lassen und sie dann mitsamt der Zeitung in meinen Rucksack gepackt. War wirklich das Einfachste von der Welt. Hat kein Mensch gemerkt.»

Lorenz, Thiele und Fehringer haben augenblicklich den gleichen Gedanken: Niemand kümmert sich mehr um die Angelegenheiten anderer. Vermutlich hätte sich auch niemand gerührt, wenn er einen Diebstahl vermutet hätte.

«Gut, nun sagen Sie uns noch, wie Sie Gerstenbach umgebracht haben.»

«Das habe ich schon tausendmal gesagt. Ich war's nicht, bestimmt nicht. Sie können mich nicht einbuchten für etwas, was ich nicht getan habe.»

Berni fängt plötzlich an zu heulen, ob aus echter Verzweiflung, aus Selbstmitleid oder aus purer Berechnung, ist nicht zu erkennen.

«Sie sehen aber ein, dass wir Sie mitnehmen müssen nach Freiburg? Wir müssen ein Protokoll aufnehmen, und solange der Mörder von Gerstenbach nicht gefasst ist, gehören Sie dem Kreis der Verdächtigen an.»

«Kann ich morgen wieder raus?»

«Wenn Sie unschuldig sind, was den Mord anbelangt, sehe ich Chancen. Das kommt auf den Staatsanwalt an. Herr Fehringer, wären Sie so nett und würden den Herrn Holzer holen, damit er unseren Handtaschendieb bewacht, bis ein Wagen hier ist und ihn nach Freiburg bringt?»

«Sicher, ich hole ihn gleich. Sehen Sie, Herr Kommissar, Sie können halt doch nicht auf mich verzichten.» Diese Bemerkung kann sich Würschtle-Herbert vor seinem glorreichen Abgang nicht verkneifen.

Holzer ist wenige Minuten später da, natürlich wieder in Begleitung von Herbert Fehringer.

«Würden Sie Herrn Holzer noch Gesellschaft leisten, bis die Kollegen aus Freiburg hier sind. Herr Thiele hat schon Bescheid gegeben.»

«Ich weiß nicht, so gefährlich ist der» – mit dem Kinn macht Würschtle-Herbert eine entsprechende Bewegung zu Berni hin – «nicht.»

«Er nicht, Herr Fehringer, aber Sie! Seien Sie so nett, bitte.»

«Meinetwegen. Und was machen Sie jetzt?»

«War Herr Stammer noch im ‹Waldhorn›?»

«Ja, der wartet, bis ich zurückkomme.»

«Wunderbar. Dann können wir ihn fragen, an welcher Stelle im Kurpark er die beiden beobachtet hat.»

Genau das tun sie, und es stellt sich zur allseitigen großen Verwunderung heraus, dass dies in der Tat in unmittelbarer Nähe des Tarnzeltes gewesen sein muss.

«Das heißt, Thiele, dass Gerstenbach in seinem Versteck mitbekommen hat, was da geplant wurde. Er hatte schon die nächste Geldgeberin im Visier. Das sollte die Düringer sein.»

«Mensch, ja», fährt es Thiele wenig respektvoll heraus. «Der Gerichtsmediziner hat auch gesagt, dass sogar eine Frau den hätte umbringen können. Vielleicht waren es auch beide. Eigentlich hätten wir aber noch eine Datei finden müssen, auf der Gerstenbach die Düringer-Erpressung dokumentiert hat. Was meinen Sie, Herr Lorenz?»

«Im Grunde schon, aber wahrscheinlich ist er dazu nicht mehr gekommen, und gezahlt haben die Düringers sicher noch nicht. Das hätte er zweifellos vermerkt. Fotos gab es auch keine. Also, was hätte er zu diesem frühen Zeitpunkt der Erpressung bereits aufzeichnen sollen?»

«Wenn man es so sieht, ist es logisch, Chef.»

«So ist es. Auf in die Pension.»

Dort haben die Düringers längst ihr Abendessen beendet und sich in ihr Zimmer zurückgezogen, um ebenfalls in Ruhe den Rosamunde-Pilcher-Film anzuschauen. Dessen absehbar gutes Ende wird jedoch abrupt durch das Klopfen an der Tür unterbrochen.

Herr Düringer öffnet und prallt zurück. «Sie? Was wollen Sie von uns? Und um diese Zeit?»

«Wir hätten gern einige Auskünfte von Ihrer Frau.»

«Von meiner Frau? Was hat die mit der Polizei zu tun?»

«Bisher vielleicht nichts. Jetzt aber schon!»

Mit dieser geheimnisvollen Bemerkung wendet sich Lorenz,

der inzwischen mitten im Zimmer steht, an die ihn misstrauisch musternde lilafarbene Frau Düringer.

«Frau Düringer, Sie und Ihr Mann sind ebenfalls von Gerstenbach erpresst worden.»

«Wir? Womit denn?»

«Stellen Sie sich bitte nicht naiv. Es ist bereits alles geklärt. Ihre Frau hat Bernhard Sommer zum Diebstahl der wertvollen Tasche angestiftet und ihm damit gedroht, dass sie seiner Verlobten von seinem Verhältnis mit Sonja Oberle erzählt. Außerdem hat sie ihn bei einem von ihm verursachten Unfall in Tateinheit mit einem Akt der Fahrerflucht beobachtet. Sie hat sich mit Bernhard Sommer getroffen, um ihm das alles vorzuhalten und ihn daraufhin zu zwingen, die Handtasche zu stehlen. Dieses Gespräch hat der Fotograf Gerstenbach mit angehört und sie daraufhin zu erpressen versucht.»

«Haben Sie eigentlich schon öfter derartige Diebstähle inszeniert?», will Thiele zwischendurch wissen. «Bei Ihren vielen Reisen wäre das ohne weiteres möglich. Wahrscheinlich sind Sie in unserem Fahndungscomputer als alte Kunden registriert.»

«Uns hat man nie etwas nachweisen können», empört sich der Gatte Düringer.

«Sei still, du Idiot, merkst du nicht, dass die uns reinlegen wollen?»

«Sie können sagen, was Sie wollen. Wir haben unsere Beweise, denn Sie haben am Tatort eine entscheidende Spur hinterlassen, die durch die DNA-Analyse zweifelsfrei auf Sie verweist.»

Thiele hat wieder mal große, kugelrunde Kinderaugen, weil nichts davon, was sein Chef behauptet, stimmt. Aber er hütet sich, ihm in die Parade zu fahren.

«Habe ich dir nicht gesagt, du sollst aufpassen, du blöde Kuh», schimpft postwendend der ruhige Herr Düringer.

«Und wer hat sich nicht an ihn rangetraut! Ich musste mich aufs Zelt werfen, damit du zudrücken konntest.»

Mehr brauchen Lorenz und Thiele nicht zu hören. Das Geständnis genügt vollkommen, um den beiden erstens das Happy End von Rosamunde Pilcher vorzuenthalten, und zweitens, um sie aus dem gemütlichen Zimmer in der Badenweiler Pension in eine weniger gemütliche Freiburger Unterkunft umzuquartieren.

Es dauert eine Weile, bis die Oberle-Familie das gesamte Ausmaß des Geschehens begriffen hat. Ihr geachtetes Haus: eine Mördergrube, Räuber- und Erpresserhöhle. Diesen Makel werden sie vielleicht nie wieder los. Und dann noch die Tochter, die sich nicht schämt, der Barbara Lager den Bräutigam auszuspannen, der zu allem Überfluss ein Dieb, Schläger und Betrüger ist. Bei Mutter Oberle fließen die Tränen unaufhaltsam. In dieser Situation erweisen sich die Fehringers als echte Freunde. Würschtle-Herbert, der inzwischen nach getaner Aufsichtsarbeit zurückgekehrt ist, gießt Hubert zur Beruhigung schon den dritten Cognac ein, Gundi kümmert sich abwechselnd um die heulende Frau Oberle und die heulende Sonja und versucht zu trösten, so gut es geht.

«Unglaublich, wie viele Leute in einem so kleinen, harmlosen Ort Dreck am Stecken haben», philosophiert Thiele auf dem Heimweg.

«Glauben Sie, dass es anderswo anders ist? Wenn man genau hinschaut, entdeckt man nicht selten gerade bei denen, die sich am biedersten geben, den größten Sumpf», erwidert Lorenz, der schließlich einen reichen Erfahrungsschatz, erworben in einer langen Laufbahn, sein Eigen nennt.

Den beiden Freiburger Beamten tut die Familie leid. Die Befürchtung, dass es lange dauern wird, bis über all das in dem kleinen Ort Gras gewachsen ist, ist sicherlich nicht unberechtigt. Hoffentlich müssen sie nicht allzu viele Einbußen hinnehmen. Ohne dass die beiden es gemerkt haben, ist ihnen das Badenweiler Umfeld ungeachtet seiner etwas spießigen Bürgerlichkeit ein wenig ans Herz gewachsen.

«Und, Thiele, was meinen Sie? Wir waren gar nicht schlecht, oder?»

«Bestimmt nicht, Chef. Aber ich habe Sie noch nie so sehr flunkern erlebt. Wenn Sie nicht so, so, so – wie soll ich sagen –, also so die Wahrheit manipuliert, ich meine ...»

«Ich weiß schon, was Sie sagen wollen, Thiele. Manchmal geht es halt nicht anders. Was machen Sie eigentlich morgen Abend?»

«Morgen Abend? Keine Ahnung. Nichts.»

«Dann habe ich einen Vorschlag. Nach Dienstschluss setzen wir beide uns in mein Auto, fahren nach Badenweiler und lassen uns im ‹Waldhorn› kräftig feiern. Dem Würschtle-Herbert sagen wir nachher gleich Bescheid, er kann das dann weitergeben, damit es mit der Bewunderung auch klappt. Und hinterher, wissen Sie, Thiele, was wir hinterher machen?»

Thiele schüttelt erstaunt den Kopf, so froh gelaunt, fast übermütig kennt er seinen Chef nicht.

«Hinterher mieten wir uns für eine Nacht im ‹Römerbad› ein und lassen uns richtig verwöhnen. Wir können es uns auch mal leisten, erst um halb elf opulent zu frühstücken. Was meinen Sie? Ich lade Sie ein. Die zwei Zimmer können nicht die Welt kosten.»

Tödliches aus der Provinz

Leenders/Bay/Leenders
Die Burg

Eine englische Historiengruppe stellt in Kleve eine Schlacht aus dem 80-jährigen Krieg nach. Unter Kanonendonner wird die Schwanenburg gestürmt. Hunderte von Zuschauern verfolgen begeistert das Spektakel – bis unter der Tribüne eine echte Bombe detoniert. Die Soko vom Klever KK 11 steht vor einem Rätsel ... rororo 24199

Madeleine Giese
Die Antiquitätenhändlerin

Von Möbeln und Mördern versteht Marie Weller, Antiquitätenhändlerin, gezwungenermaßen einiges. Denn ihr Freund ist vor einer saarländischen Schlossruine tot aufgefunden worden. Auf der Suche nach Antworten stochert Marie in der blutigen Geschichte des alten Gemäuers ... rororo 24243

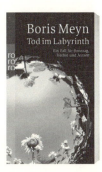

Boris Meyn
Tod im Labyrinth

Eine Leiche schwimmt im Elbe-Lübeck-Kanal. Und Landwirt Thor Hansen, der in seinem Dorf als Versager gilt, meldet das Verschwinden seiner Frau. Kurze Zeit später findet sich ein weiterer Toter im Sonnenblumenlabyrinth von Fredeburg. rororo 24351

Weitere Informationen in der Rowohlt Revue *oder unter* www.rororo.de

★ ★ ★ ★ ★

1, 2, 3, 4 oder 5 Sterne?

Wie hat Ihnen dieses Buch gefallen?

Bewerten Sie es auf

www.LOVELYBOOKS.de

Die Online-Community für alle, die Bücher lieben.

Klicken Sie sich rein und
bewerten Sie Bücher,
finden Sie Buchempfehlungen,
schreiben Sie Rezensionen,
unterhalten Sie sich mit Freunden
und entdecken Sie vieles mehr.